白水平 /著

凡世的喧嚣和明亮，世俗的快乐和幸福，如同清亮的溪涧，在风里，在眼前，汩汩而过，温暖如同泉水一样涌出来，没有奢望，只要快乐，不要哀伤。收拾起心情，继续向前，绽放自己的心情，书写诗意的人生。

你在等待什么

NI ZAI DENG DAI SHEN ME

你 在 等 待 什 么

中国和平出版社

图书在版编目（CIP）数据

你在等待什么 / 白水平著. -- 北京 · 中国和平出版社,
2011.8

ISBN 978-7-5137-0184-6

Ⅰ. ①你… Ⅱ. ①白… Ⅲ. ①散文集－中国－当代②
随笔－作品集－中国－当代 Ⅳ. ①I267

中国版本图书馆 CIP 数据核字(2011)第 177360 号

你在等待什么

白水平　著

出 版 人：肖　斌
责任编辑：李　玉
封面设计：语汇博文
责任印务：宋小仓　曲利华

出版发行：**中国和平出版社**

社　　　址：北京市西城区鼓楼西大街 154 号　　（100009）
发 行 部：(010) 84026164　84026019（传真）
网　　　址：www.hpbook.com
E - mail：hpbook@hpbook.com
经　　　销：新华书店
印　　　刷：北京振兴源印务有限公司

开　　　本：650 毫米×960 毫米　1/16
印　　　张：16
字　　　数：160 千字
印　　　数：5000
版　　　次：2011 年 9 月第 1 版　　2011 年 9 月第 1 次印刷

（版权所有　　侵权必究）

ISBN 978-7-5137-0184-6　　　　　　　　　　定 价：29.8元

我给老公写篇序

　　我的老公是老白,老白是个写书的。他写了好多年书,出了一大摞书,我是他的读者。

　　有一天,吃饭时,老白说:"给我写篇序言吧,我准备出本散文集。"我说:"亏你想得出! 你是中国作家协会会员,我什么会员都不是。一不是名人,二不是外人,三不是文人,你让我写,还不是吃香糖敲大鼓——自吹自擂吗?"他笑:"请名人写,太俗;请外人写,不放心;请文人写,怕有点儿酸。想来想去,你是首选,最合适,还是你写吧!"

　　我笑了笑,头也不抬地随口丢下了一句:"要我写呀,题目就叫'我给老公写篇序'! 别嫌我太不正规、太不当回事,你也别把写书当回事。"没想到他稍作停顿,郑重其事道:"随你吧,怎么着都行。你是我的第一读者,又是我的工作助手,还是我的幕后策划,担此重任者,舍你其谁?"

　　初以为玩笑,后来看他正经八百的样子,我倒有点惴惴不安。如果真写，该写点儿什么呢。对于散文，知之浮浅；对于人，倒是知根知底。反正文如其人，权且聊上几句，以示庄重。相伴十余年，无话不谈，但真正端坐在书桌前，却天高海远、云山雾罩，不知该从何说起。嗨，信马由缰，干脆不加检索，说哪儿算哪儿吧。

先生是个不苟言笑的人，但"脸上无风云，胸中起波澜"。用他自己的说法，叫做"心里做事"。既朴实憨厚随和，又不失机智浪漫和多情。刚认识他时，不知道他会写文章，也没有见过他写的东西，结婚后才发觉他竟"金屋藏文"，于是就随手翻看他的一些文稿，偶尔也装模作样地胡乱点评上几句，甚至"不懂机器胡抹油"地批评一通，每当此时，他总是一副谦恭之态，若有所思地说："你平时挺谦虚，没料到还是专家高手呢。其实，文学这玩意儿和新闻报导、公文材料一样，都是平民艺术，大家都懂，夹生不得。会写不如会看，会看不如会听。你认为不好的肯定就是不好，别人看了也会笑话的，对这种东西，立马销毁重来；你认为有点价值的，再添枝加叶、涂脂抹粉，进行深加工。"平日里，他有点儿随随便便、大大咧咧的，和别人从来不在公开场合谈论文学，总说那玩意儿"眼里有，心中热，嘴上说不得"。我问他为啥"说不得"，他就傻哈哈地笑："总感觉有点文绉绉、酸溜溜的劲头。"唉，我这先生，心口不一，死爱面子活受罪。不谈就不谈呗，可他照样文思泉涌，大写特写。

或许是从事编辑、记者和文秘工作时间比较久，他养成了一种职业习惯，口袋里常常备着纸笔，正在下厨、吃饭、上厕所或是睡觉时，猛地拿出家什，匆匆画上几行狂草。一会儿又"大象无形"、息影缄声，没事人一般。每逢此时，我不禁喷然失笑："你这也叫写作？纯粹是黑熊吃包米——瞎掰嘛！"他也朗笑："你不懂，这就叫'灵感突现'。好记性不如烂（赖）笔头，划上一道儿小印迹，将来说不定就能海阔天空哩。"说归说，有时他也正儿八经地写诗。在外边忙活了一整天，累得鼻塌嘴歪的，回到家里也不闲着，独自一个人缩在墙角桌边，支头抱肘，很专业似的"深沉"一阵子。但这种时候比较少，他写的文章几乎都是在"不正常"状态下写就的。

"嗨，不顶粥不顶饭，写了文章又不念，干什么去劳心费神?"我问。他便扮作一脸严肃状："怎么会劳心费神? 这正是怡心养神呀! 俗话说，好者好，恶者恶。你别把写东西看得多神圣，其实它和打牌、喝酒、钓鱼，或者植花种草、饲狗养猫差不多，理应是一种快乐才对。写出一篇好文章（自以为），心里边别提有多舒坦、多放松了，也算是一种休息的方式吧。"对他的话，我也深有感触。在一个人的一生中，总有一段岁月是留给文学的。世界在我们的眼睛里无限美好，想象常常令我们的生活出奇的美妙。事业受挫、家庭事多，他总能用文学这一高级调节剂，去润滑生活、愉悦情感，并把乐观的心境传递、馈赠给家人和同事好友。参加工作20多年，借调成了主旋律。据说是因为他本人少了点名分，也少了点狡黠，只是像头温顺的驴子，实实在在地埋头拉车。缤纷的日子如云一般漂浮，如船一样游荡。他和所有普通人一样，向往舒适恬静的生活，也重复着别人的道路，从不放松对孩子、房子、车子、位子的追逐，当然收获有幸福，也有痛苦。生活中，更是多了些酸楚和苦涩。那一年，祸不单行，年幼的儿子被确诊为严重脑瘫，生活完全不能自理; 年迈的公爹脑血栓复发，生命垂危，后又永远地离开了我们; 一生辛苦劳作的婆婆不慎左臂骨折，疼痛难忍。家里人都担心他经受不住沉重的压力而走上绝路。两鬓霜花的母亲心疼儿子，常常泪如泉涌。而他却非常冷静和洒脱，反而用各种方式劝慰大家："没有趟不过的河,没有翻不过的山。经历过风风雨雨,前面就是好日子。我是家里的男子汉、顶梁柱,我怎么会想不开?”“当人们长期处于困苦当中的时候,特别需要有一个说谎的角落:在那里可以津津有味地谈论一些永远也得不到的东西,聊以自慰。”这是法国自然主义作家左拉的名著《萌芽》中的一句话。用在他身上倒也有几分相似。有人说,忙碌可以冲散记忆,政治可以扼杀文思,于他却是例外。他行进在纷繁喧嚣的生活中,也生活在美好的文学世界里。时而白衣飘飘华山论剑,时而白发飘飘抚琴江湖,好似进入物我两融的境界,又如宠辱皆忘的大侠架势。此时此刻,又使我想起某个神秘莫测、道行颇深的隐士。他常说,志莫小,眼莫高,手莫低。生活就像洋葱,你一层层地剥开,总有一层让你流泪。关键是你必须是一个有心的人、肯做的人、不屈的人。他外表儒雅、斯斯文文,而内心奇崛超逸,平时大隐若市,不事张扬,藏而不露,融浸于书卷材料之中。欣赏他激情飞扬的文字,品味他豪迈豁达的作品,自然感受到他内心灿烂、心性澄明,而又无染无拘的品性,以及丰润厚重、直面现实、阐释身心的稳健、洒脱。

其实,他是个富于同情心、责任感和幽默幻想、浪漫情调的人。在他的笔下,有各色人等,有动物植物,有山水风景,也有碎石旧瓦,有欢乐愁苦。每篇文章里,都可以浓浓地感受到他自己的影子。他把自己的思想感情、良好祝愿甚至愤懑之心,都溶入长长短短的文字中。他总是那么富于激情。他爱生他养他的土地,爱给予他写作源泉的生活,爱家庭,爱妻子儿女。他的文字是激情的涌动,是思维的结晶。他的散文既含蓄深刻蕴含哲理,又十分通俗朴实朗朗上口。他总是有感而发,有什么说什么,想什么唱什么。反观今日文坛,虚张之势盛行,靠“星际语言”写作,作品外表异常花哨蒙眬,如同有名酒之包装,而无佳酿之琼浆,且倒出来的全是泡沫。在一片"哇噻""好好前卫"的赞美声中,新的皇帝新装被成批量地生产出来,号称"新新人类""美女作家"的裁缝们比原来的更高明,已到了人我俱骗的境界了,这是情感空泛、心浮气躁、追名逐利的必然结果。对此,我的先生总是不屑一顾,固执地走着自己的"乡巴佬"道路,始终是一派丰收的农夫的安宁与满足,不管风吹浪打,胜似闲庭信步。但他对自己的文章,却有另一番高论:"文如我名,像白开水一样平淡,这是我追求的至高境界。"他最欣赏的一句话是:"文章做到极处,无有他奇,只是恰好;人品做到极处,无有他异,只是本然。"(出自《菜根谭》)平淡如水,平淡地注视人生,平淡地放歌人生,不企图流光溢彩,不奢望艳冶夺人,"宠辱不惊看庭前花开花落,去留无意望天上云卷云舒",这是他的人生态度,也是他的为文风格。去雕饰,不做作,反映出一种达观者的睿智。

我对文学艺术、文学创作涉猎不多,惴惴复惴惴,不敢高谈阔论,我只是感觉,这本书是作者心曲的诉诵,或浅白,或深沉,或雄浑,或缠绵,有感而发,有情即抒,有此足矣。我们常说,不吐不快,既吐而于人于己,定是一桩大快事。这种如雪一样洁白的抒情,和当前一些所谓作家有着本质的区别。谈起对老白作品及人品的评价,我还想补充一句,可能他不属于任何一个派别,更不属于时下一些流行的美文,但他写的散文,不管好与坏,甚至于他会不会写散文,其实都不重要,重要的是他的追求,他的品格,他的奉献。相对而言,文学只是一种载体,一种形式,一种工具。写文章只是生活的一部分,一小部分,而追求无止境,追求还可以有很多、很多。这恰如古人所言:"人品清雅如玉,文章不俗似心。"……为自己的先生摇旗呐喊,我自然是十二分的卖力,有道是"情人眼里出西施""爱屋及乌",但我还未练就"八卦连环掌"

的推举之功,不擅长吹喇叭抬轿,只是心随感受,实话实说。

因为不太懂文,就以说人为主,因为有句古话叫"文如其人"。"别把写书当回事。"既然他也认同我这句话,想必灵犀之中都深知其意。散文不是一切,但一切美好的事物都可用散文来表述。第一次为"自己人"作序,有种真正意义上的自豪感,因为真正能欣赏我的文字的,只有他。祝老白快乐!

是为序。

乔春芬

目　录

第二辑　绽放心情,诗意人生

第三辑　平凡过客,真水无香

第四辑　回首岁月，红阡绿陌

第五辑　人在旅途,且行且歌

第六辑　指点江山，欲说还休

跋：平凡的歌者

第一辑　铭记感动,大爱无声

美丽的中国

　　国庆前,艺术家们发起了一个摄影大赛,主题是"美丽的中国"。短短两个多月,无数的风光便在这里集合。有山的巍峨,有河的磅礴;有草原激情,有碧水琼阁;有江南水乡的印痕,有北国沙漠的骆驼;有争艳的山花,有醉秋的牛车;有长白冬韵,有江枫渔火;有律动的滩涂,有珠穆朗玛的夜色;有黄山冰凌花的强健,有石林大峡谷的诉说;有厦门港口的繁忙,有原始森林的过客;有东方明珠的壮观,有荒原古堡的蹉跎;有山村小寨的恬静淑秀,有黄土高坡的激越快乐……啊,我美丽的中国!所有的景色都让人如此沉醉。啊,我美丽的中国!所有的作品,都表达出拍摄者的真诚祝贺。面对这么多的精品佳作,作为评委,我们真得无法选择。我把所有的参展图片,摆成了九曲黄河,运用更为独特的视角,虔诚地拍摄,照片的题目就叫《美丽的中国》。

十月放歌·国庆抒怀

(一)亲亲我的祖国

我在田野里收获,抬头擦汗时,在金黄的麦穗上看见了您,亲爱的祖国!我在机器旁劳作,又出精品时,在转动的齿轮上,看见了您,亲爱的祖国!我在高山上巡逻,骏马歇脚时,在庄严的界碑上,看见了您,亲爱的祖国!我在教室里端坐,凝神静思时,在厚厚的书卷中,看见了您,亲爱的祖国!我在天安门广场庄重地唱歌,国歌飞起时,在神圣的国旗上,看见了您,亲爱的祖国!……

祖国啊祖国,您在我们心中的每一个角落。祖国啊祖国,请接受我们山一样的承诺。在每一个岗位上,您的儿女都会为您奉献最美丽的花朵!

(二)以"国庆"的名义

我用网络搜索一下叫"国庆"的,一串串"国庆"列队出营,便汇成了一条壮观的大河。明明知道要重名,叫"国庆"的还是那么多,有以前的,也有现在的,将来还会有多少,谁也无法预测。纯朴的人们,热情的人们,执著的人们,或许就喜欢用这种最直接的方式,来热爱自己最亲爱的祖国!

（三）忠诚之歌

叶子对阳光的忠诚，彩云对风儿的忠诚，热血对躯体的忠诚，个性对命运的忠诚；拼搏对希望的忠诚，失落对承载的忠诚，良心对责任的忠诚，记忆对历史的忠诚；自信对成功的忠诚，热爱对信仰的忠诚，儿女对父母的忠诚，民众对祖国的忠诚。

忠诚是一脉丘陵，一道风景，一袭旧梦，一种感情，更是心灵被温存或煅打的过程。

（四）生日快乐，祖国

没有谁的生日，如此动人心魄。没有谁的生日，这样气壮山河。只有你呵，母亲，我们无比亲爱的祖国！

看哟，国徽是盛大的蛋糕，蜡烛是雄伟的华表，猎猎国旗便是烛光幸福的跳跃。齿轮用飞转的速度抒情，麦稻用沉甸甸的弯度微笑，三山五岳用庄严的气度宣告。亲爱的祖国，生日快乐！亲爱的祖国，我们为您欢歌！健壮的十月哟，挽起黄河壶口的酒，只一口便醉了。亲爱的祖国，请接受我们最朴实的祝福吧！请在这一刻，就在这澎湃着前进交响的这一刻，就在这鲜花笑脸交相辉映的这一刻，就在这全世界为您欢呼赞叹的这一刻，请让我们大声地对您说，祖国，生日快乐！生日快乐，祖国！

国旗（二题）

（一）

祖国啊，在地球的某一个角落，我正深情地望你。望风中你红色的裙衣，望金光四射的星斗，还有那无与伦比的，让世界为之倾倒的魅力！每次看到你，就会感受到热血激荡的魅力！

（二）

风中，母亲挥舞红色的头巾，向我告别。我从空中看我亲爱的母亲，泪飞如雨。这一次远涉重洋，我和所有在外学习的儿女，都知道母亲在这里等待，知道我们的家在这里等待。国旗，是家人发来的最热烈的信息！国旗，是我前进道路上永远的主题！

历史的片段

灾情！灾情！灾情就是命令。

高扬的旗帜下，紧急聚集着一群人，不同的年龄，不同的衣着，不同的身材，不同的口音。但高高举起的拳头是一样的，坚定的眼神是一样的，喊出的口号是一样的："共产党员同志们，考验我们的时候到啦,出发!"

鲜红的党旗,在冰天雪地里像一团炙烈的火。塔架倒掉了,气壮山河的精神不倒。电线断掉了,融冰化雪的激情不断。道路堵塞了,拳拳爱民之心什么也堵不住。虽说卸下一颗螺丝就得半个多小时,虽说铲上一米道路就会气喘吁吁汗流如柱,虽说疏导一个车辆随时都会有生命危险,但更高的山被征服了,更滑的路被控制了,更让人揪心的归乡情感联通了。火车在欢叫中奔驰,电灯在欢笑中点亮,热泪在紧握的双手中熔铸。屏幕上,到处是伸出的鲜花样的手臂。广播里,到处是响遏行云的暖流样的歌曲。历史说,在共产党人的面前,灾难永远只是一次小小的锻炼,在伟大祖国的面前,56个民族的家比什么都可爱都温暖。

鲜红的党旗,在地震的废墟上像一盏指路的灯。哪里灾情最重,哪里就有党员的身影。哪里最危险,哪里就有党员的呼声。他们的父母兄弟就在不远处呻吟,他们也有失去儿女的剧痛,甚至他们自己的身体也疲惫得难以挪动。但他们知道,更需要他们的是朴实的乡亲、善良的群众。

我是共产党员我是解放军官兵,为了祖国,我义无反顾跳下五千米的极限高空;我是共产党员我是救援先锋,不怕危机四伏,战斗到生命的最后一分钟;我是共产党员我是人民警察,面对嗷嗷待哺的孩子,我顾不上羞涩敞开心胸;我是共产党员我是村支部书记,保护全村人安全撤离,是我的天职是我的本能;我是共产党员我是白衣天使,用真诚的微笑,千方百计帮助伤员摆脱噩梦的阴影;我是共产党员我是人民教师,我张开双臂用慈母护子的姿势,保护我亲爱的学生;我是共产党员我是基层干部,再大的压力下,我也能大旗不倒保持冷静;我是共产党员我是志愿者,我像一只彩蝶,风餐露宿行色匆匆;我是共产党员我是普通农民,我带来了亲人的问候和感同身受的同情;我是共产党员我是新闻记者,我站在最前沿,把最新的信息以最快的方式传送。

无私、无畏、无悔,他们用奉献的行动一次次说明,爱群众从来都是第一,先进性从来都不空洞。在这种特殊的环境,共产党员是最闪亮的星星;在这种特殊的环境,中国共产党的党旗,凝聚了全世界的感动。

历史说,飘在人们心中的旗帜,是人间最伟大的风景!

祖国,我回来了

(一)

思念太久了,梦已融入长江黄河。回家,是义无反顾的抉择。从作别星星的天际出发,心的飞越谁也无法阻隔,在这片澎湃着祖先血液的海域,豪迈地聆听青春激荡的脉搏。

在船头,我泰山一样庄严地伫立。在风中,我鸽子一样欢快地穿梭。披一身国旗般的霞光,让煮沸的泪水久久滑落。祖国,祖国,我亲爱的祖国!我知道您一直在深情地等我,尽管岁月蹉跎,尽管一路奔波,回家,是生命中最为神圣的时刻!

(二)

祖国,我是你的一只鸽子。祖国,我从英雄花的丛林里飞出,我深爱这片土地的博大和富庶。和平,是诠释和谐的金色音符。鲜艳的五星红旗,承载着历史最为真诚的无限祝福。

（三）

五千年的沧桑,好像一把二胡在歌唱。高高低低,抑抑扬扬,神奇的旋律,在黄河长江上风云激荡。音乐的中国,不只是一个传说。音乐的中国哟,全世界都能触摸到,你跃动的脉搏。

一面旗帜,总让我们感动

这是一面交织着希望和梦想的旗帜,这是一页镌刻着责任和使命的宣言,无论创造辉煌、分享荣光,还是守望平凡、直面灾难,这面旗帜永远给我们以心灵的震撼……

(一)红笺上的诗章

在这片肥沃的土地上,在这片多情的土地上,在这片希望的土地上,阳光和红旗,是永恒的背景。一个弓样的、金光四射的雕塑,诠注着一段历程一种光荣。用斧头煅打,用镰刀抒情,以风和云的方式,静静地倾听。凝望着镰刀斧头的标题,无数英雄的儿女,用红的火、红的血、红的旋律、红的希冀,谱写撼天动地的诗句。猎猎的风在深情地吟诵,伟大光荣正确的党啊,您的儿女永远爱你！您是我们永恒的生命！

（二）共同的记忆

有一种记忆，飘在 7 月的天空。有一种记忆，长在 7 月的土地，还在煅打还在收获的人们，把光辉的故事装订，将昂扬的歌声延续。记忆是共同的财富，记忆有相同的主题。

建筑工地，为了救同事，你如飞鸟折断双翼，另一种飞翔从此启程，不屈的征帆又一次扬起，劈涛斩浪奏响命运交响曲。

田间地头，为了传科技，你如蜂儿忙来忙去，那一次倒下，再没能站起，怀里还揣着厚厚的民情日记。

集贸市场，为了消费者利益，你毅然挂出响亮的招牌，共产党员摊位，全心全意为民，没有假冒伪劣欺诈暴利，像爱护眼睛一样，维护党的声誉。

校园里，为了一片片幼林，你像园丁精心护理，热爱是最好的教材，你用切身的体验，讲述共产党人，如何搏击风雨。

蓝天上，为了国家尊严，你驾驭战鹰严守疆域，让贪婪的觊觎者，再没有可乘之机，跳下去，留给世界浩然正气。

手术室，为了失明病人，你像星星捧出光明，连同血肉也毫不怜惜，劳作了一生的身躯，将最后的希望，洒在无我境地。

伟大光荣正确的党啊，这些都是您平凡而崇高的儿女，他们用不同的行动，演奏着镰刀斧头的旋律，无私无畏可亲可爱的党啊，在您的旗帜下，奉献的人们凝聚了一批又一批，中华民族不断从胜利走向胜利……

（三）考验

一场洪水，冲刷一种精神；一场山火，冶炼一种品格；一场干旱，折射一种风范；一场地震，撼动一种氛围；一场瘟疫，鉴定一种合力。没有硝烟，同样是战争；没有承诺，同样显得庄重；没有喝彩，同样镌刻丰碑；没有抉择，同样赋予使命；没有期待，同样拥有永恒。

喊一声："我来了！"世界也会安静。喊一声："我来了！"生命也在倾听。非常时刻，总有非常感动；非常考验，成就非常英雄！

布罗克的梦

63 岁，心静如水的年龄，一位德国老人布罗克，却忍不住冲动，郑重地宣告："我热爱您，中国共产党！"三次申请，却留下深深的遗憾。因为，还没有一个外国人成为中共党员，但他仍然抑制不住灼热的感情，用自己的真诚，叩击着圣洁的窗棂。

"布罗克，你热爱什么？"面对人们的质疑，这位老者充满了真诚："我热爱中国的黄山黄河、长江长城，我热爱中国的秦砖汉瓦、丝绸编钟，我热爱中国的工厂、中国的学校，我热爱中国的街道、中国的家庭。这里有放飞的和平，这里有自由的歌声，这里能停泊疲惫的心灵，这里能感受快乐的冲动。五千年的文明，只是壮阔的背景。我最爱的是长征绝唱的雕塑，是镰刀斧头的神圣，是天安门广场的鲜花，是城市乡村温熙的春风。"

谢谢你，布罗克，谢谢你的信任你的忠诚，中国共产党有博大的心胸,对于朋友,比什么都看得更重。因为理解之花不落,热爱之树长青。

小注:60多岁的曼福雷德·布罗克是中国一汽集团外籍技术专家,在我国很多地方工作和生活过。无论是进行合资谈判、技术培训,还是后来到合资企业工作,布罗克都发现:身边最努力、最吃苦的都是共产党员。因此,他对中国共产党有了深刻的认识,希望成为一名中共党员。

雪 战

我热情的南方,总是对雪充满着渴望。50多年没有出现过的风景,如今展现在眼前。雪带着狂劣的冲动来了。它抑制不住自己的焦盼,把祝福演绎成为一场灾难。2008年,不平静的开端。要过春节了,路没了,灯灭了,车停了,这浪漫放纵的雪不知道自己闯下了大祸。多少人在焦急和饥饿中,默默祈盼。

我们的胡总书记来了,我们的温总理来了。一同来的,还有好多好多的救灾英雄。战无不胜的部队官兵来了,勤勉敬业的铁路卫士来了,不畏艰险的电力职工来了,任劳任怨的交通警察来了,认真细致的白衣天使来了。雪,不知道自己有这么大的魅力,只是大把大把地恩赐着狂妄和冲动。肆虐的翅膀下,坚定是最铿锵的旋律。房倒了,一种精神挺立着;桥塌了,满怀激情嫁接着;路堵了,浓浓爱心延伸着;肚饿了,溢香饭菜抚慰着。

在冰雪面前,我们是火;在灾难面前,我们是剑;在生命面前,我们是神。天大的困难，我们不会后退；天大的风险，我们共同承担。看，在搏击和苦斗中，我们点燃了挚爱之灯，我们敲响了希望之钟。我们让冬日里鲜花盛开，每一朵花蕊里，都有安心的笑容。

我们的奥运

（一）白夜

申奥成功，小城沸腾了。

欢呼，飞速引燃鞭炮。歌舞，迫不及待地宣告。居民区，每个窗口都亮着。同一频道，克隆出自豪与骄傲。北京，奥林匹克！奥林匹克，北京！萨翁的声音，全世界都听得到。激动的泪花，席卷数不清的眼角，不起眼的小城辗转反侧、喜不能寐。中国，今夜无眠，更盼明朝。

（二）圣火

2008 年奥运圣火正在传递。

一粒火种，来自天空，来自共同的祈愿和内心守候的和平。白鸽与绿橄榄，是起点的象征。环绕着地球，在五星红旗的引领下，让我们来一次爱心大传送。有海岸线的奔跑，有大都市的隆重，有轮椅上的感动，有万人追随的豪情。燎原之火，正在以飞翔的方式播种，偶尔的几丝阴风，早被浪潮般的呼声驱赶得无影无踪。和平的归宿正张开怀抱，"鸟巢"在万众瞩目下孕育着金色梦想，迎接着和谐与成功的诞生！

（三）鸟巢，飞之歌

目光，把这里照亮。飞翔，从这里起航。梦想，迎风飘扬。中国大树上，缔结着金色的希望。一个绿色森林里，"家"的建筑构想，让不同肌肤的人们热血激荡。这里，演绎着和谐的传奇。这里，承载着生命的力量。这是一个归宿，又是一个起点的方向。

（四）旗的表达

车上，旗！路边，旗！树上，旗！脸上，旗！手里，旗！心里呢，也是鲜红夺目的旗，也是五环相映的旗！火一样炙烈，玉一般纯净。中国，沸腾着；奥运，一路欢歌。这一刻，世界以立体的视角关注着。旗，正展开绚目的瑰丽！

（五）今夜，世界看中国

这是北京第 29 届奥林匹克运动会开幕式。

今夜，是中国的又一个除夕夜。今夜，是世界的又一个狂欢节。夜空中，焰火的脚印，从盛装的天安门到流光溢彩的鸟巢，从古老的四大发明到载人飞天的现代文明，还有丝绸之路的驼铃，还有茶和瓷器的 CHINA 品牌，还有明朝船只搏风击浪的身影。这是一个飞翔的过程，厚重的历史，在这里浓缩成一种歌与舞的精灵。

五星红旗，奥运五环，在整个星球的欢跳中，在灿若星海的眼神中，连同白鸽橄榄的又一次见证，猎猎飘动。一个 21 世纪的男性火炬手，以嫦娥奔月的方式，表达泰山的稳健、长城的热情，表达一个五千年文明的期盼与坚定。圣火就这样在世界的掌声中，定格成永恒而雄伟的壮美风景。

(六) 奥运风云集

2008，奥运北京，品味着中国月饼，金牌，以月亮的方式抒情。

刘翔——我心飞翔。轻轻的你走了，留下的是无数的泪水。轻轻的你走了，如同你轻轻的来，带给大家无限的伤悲。你的背影是如此沉重，一个让国人无限感怀的你，一个让世界知道中国田径崛起的你，就这样被抬了下去。今天，虽然未能起步，你说："我心早已飞翔！"

王楠——征服世界的微笑。最感染这个世界的，不是你的奖牌，而是你的微笑，你的金牌，已经足够多了。而你的微笑，又有多少人真正知道。30年青春，14年征战，24个世界冠军。你把辉煌放在一角，你把微笑举得高高，你一直微笑着，所有的苦累在微笑前融化，所有的困难在微笑前败倒，疯狂的癌症也在微笑中悄悄溜掉。为了祖国，你只有一个信念，咬紧牙关，拼、拼、拼，再次把奇迹创造。你是最棒的，无人能敌。中国是最棒的，无人能敌。虽然这次只是一枚银牌，但银牌的含金量一点儿也不少，你的微笑，让世界为之倾倒。你的微笑，让国人感受自豪。你的行动一直在诠注，用最美丽笑容奉献祖国永远是第一需要。

栾菊杰——祖国好。你说过，参与是击剑的最高境界。你说过，参加北京奥运会是对祖国的一种回报。所以，当你身着加拿大红色队服走进击剑馆，真诚的祖国为你喝彩。你在剑道上摔倒后又重新站起来，强大的祖国再一次报以海潮般的掌声。比赛结束了，你打出一面红旗，上面写着"祖国好"。祖国母亲也淌下了激动的热泪，虽然这一次你没有代表中国队，但慈祥的祖国知道，无论走到哪里，你的心中都有一个伟大的中国！

郎平　　我是中国的铁榔头。一个扣球,自天而降,闪电属于你,惊雷属于你,铁骨铮铮,展现出中国个性。拉拉队用最大的喊声,高声呼叫:郎平! 郎平!

5·12,我想说……

(一)

一种灾难,与命运不期而遇。它从深处伸出魔爪,露出狰狞的犀利。切断了道路,推倒了楼体,撕扯着秀丽的土地,扼掐着多彩的梦想,摧残着数以万计的躯体。

震撼的信息,迅速把每个角落波及,爱神从四面八方汇聚,捧出一颗颗心,播撒一片片绿。那些日子里,爱的阳光,让生命之花在残垣断壁里绽放奇迹。顽强不屈是淌在血管中黄河长江的性格,永不放弃是印在汗水里长城泰山的希冀。中国加油! 如潮澎湃的呼喊哟,撼天动地! 我强大的祖国,让全世界肃然而立、充满敬意!

(二)

"孩子,今天六一,我没什么送你,寄去一张贺卡吧,希望你好好学习。"落款是陌生叔叔那一颗滚烫的泪滴。"孩子,今天六一,我没什么送你,送你一只画笔吧,抹去心灵上残存的瓦砾,在地震后的平地上,你会画出未来的美丽。""孩子,今天六一,我没什么送你,送你一张照片吧,让你时时感受到,在中国,在世界各地,到处都有你们的父母老师,到处都有你们的姊妹兄弟!"

阳光,洒在村庄上……

(一)一口井

这里没有水,这里没有水,真的天绝无水吗?人老几辈挖井打井,丢了多少命,谁闻到过一点点潮腥味儿,谁见过哪怕一点点湿泥呀?岭坡的庄稼嗷嗷待哺,村上的人们嘴角燎泡,期待滋润的希望一次次冒起青烟。于是,就出现了奇特的景观:翻沟越岭背水,赶着牛车拉水,挖了大坑储水,等待天降恩赐。水贵如油,一小盆水呀,洗洗涮涮,沉淀澄清,循环反复。一滴水,难倒了多少英雄汉。

而今,工作队要打井,岂非天方夜谭?"戴着眼镜斯斯文文的娃呀,你能引来水,大爷就代表老少爷们儿,给你磕个响头!"

沉重的期盼敲击着队员的心房,铮铮的誓言擂响了攻坚的战鼓。选址,定点,开钻,一天、两天、三天……出水啦,真的出水啦。彩旗飘卷,鞭炮炸响,锣鼓喧天,一个老汉跪在水边,跪在工作队干部面前,涕泪成河。历史的镜头,就这样在老百姓心中——定格!

(二) 两颗牙

你说,没有啃不下的硬骨头。而今,"骨头"啃下了,牙也被山石砸掉了。小村的"展览室"里,陈列着开山的镐子风钻头盔,也陈列着红布上硬铮铮的两颗牙。顺着牙的走向,一条蜿蜒的盘山公路,正将山里人的心儿放飞。再不用"走钢丝""飞檐走壁",再不用蜷缩在家里,一辈子守山望山。

如果没有驻村工作队,谁敢去"啃"路?实诚的驻村干部老张哟,看见你憨憨一笑,露出了镶着的两颗门牙。拉着记者你幽了一默:"没想到,四十七八又换次牙。换了牙,啥困难咱照样啃得下,还叫俺说啥?咱是共产党员嘛!"

(三)三迁记

山里人有山里人的个性,谁来了都欢迎,不过嘛,"买针不买针,先试你的心",驻村干部来了也不例外。先腾出一孔破窑洞,看看"小庙"里能否留下省城来的"神仙"。干部们二话没有,放下铺盖住下了。住下来就走家串户,嘘寒问暖,住下来就问这问那,了解村情。不久,苹果园来了科技员,坡沟处来了畜牧师,村委大院响起了鼓乐声。沉寂的日子兴奋起来!工作队真把穷乡僻壤当成了家,住下了,咱就换上大瓦房。大瓦房又成了一块吸铁石,吸引了多少人的目光和脚步。想要往前奔,就找工作队。屋角,床头,小院,抽袋旱烟,摔把扑克,掏掏心里话,扯扯家务事,谈谈咋发展。谁曾料到,仅仅两年间,偏僻小村竟成了旅游胜地。你来了,我往了,货走了,钱进了。嗨,不能亏了工作队,大瓦房又换上了两层楼。群众问干部:"今年满意不?"驻村干部摇头笑:"明年呀,更上一层楼!"

（四）四进村

你这是第四次驻队，第四次进村了。

忙碌并快乐着，对于你，是最充实的感觉。快乐并劳累着，你说，这是我的工作职责。那天，你病了，好多人来看你，你艰难地坐起来，喘着气说："大家都别急，明天我就去上班，一点小病算得了什么，群众对俺们有希望，俺们就不能让群众有失望。"这是一个普通党员，一句普通的话，一句低声的话。这句话，让在场许多人泪流满面。这句话，在许多人心里久久回荡。为了大伙儿，痛快并乐着，是你对字词新组合的红色幽默。大伙儿都说，这个老丁呀，才是真正的布尔什维克！

老丁不知道自己得的病是什么，他只知道，活一天，就得让别人因为自己也快活！就得让群众知道，共产党员就是信得过。

角落之光

"生命本来就是成功！"

这句话不是我说的，也不是哪个名人说的。乍听起来，甚至算不得什么经典语言，但于我却印象极深。

它歪歪扭扭但又苍劲有力地镌刻在一本名叫《通往天堂的路经过炼狱》的书的扉页上，落款是"庄酷"。这本装潢考究的书，现在就端端正正地摆在铺满阳光的宽大书桌上，摆在我的面前。

这本书的作者就是那个笔名叫做庄酷的残疾人作家。

我其实与庄酷并不认识，只是和他说过几句话，在北京大学校园内一个小角落里购买了几本他的书而已,但我觉得我们已经是相知相通的朋友。

2008 年 5 月份,作为河南省焦作市委组织部第五期党政领导干部公共管理高级研修班的成员,我到北京大学接受为期一个月的集中培训。这是极为特殊的一段日子,我和学员们每天都在一种无比凝重和高度压抑的氛围中感慨着、震撼着、行动着。5 月 12 日 14 时 28 分,发生在四川省汶川县的大地震使我们彻夜难眠、泪流满面,每晚守着电视机接受着一次次心灵的洗礼和煅打。这段时间里,已近不惑之年的我对生命的理解愈发深刻和真实。而看到作家庄酷时,我本能地感受到了在他身上所体现出来的坚强自信、乐观豁达、不放弃不抛弃的气质和精神,正像灾难中众志成城、奋勇抗击、共克时艰的千千万万的同胞兄弟。

那是一个不平静的黄昏,在听了国学大师楼宇烈和礼仪大师金正昆的精彩授课后,我和几个学员在北大校园里边走边聊,相互谈论着当天的地震新闻,谈论着学习心得与感受。围着波光潋滟的未名湖,欣赏着博雅塔美丽的倒影和那些在垂柳碧桃间捧书苦读的学生们,一种责任感和压力感涌上心头。是啊,在这么重要的时期,组织上安排我们来到中国最高的学府深造,每个人不应该感到骄傲和光荣吗,每个人不应该积极主动地去做些力所能及的事情吗?当走到湖边东南角的一个绿树掩映的小角落时,我们看到几个人围着一个小地摊在询问着什么。我不经意地瞟了一眼,卖东西的是一个 30 来岁的青年,戴着黑框眼镜,下巴上长满了落寞的胡须,半躬着腰,看起来不太精神的样子。那人说话含混不清,正用一双变了形状的弯钩状的手向人们表达讲述着什么。他左手抓着一本书。从书的封面上,我知道他叫庄酷,是书的作者。他的书摊上用几本书压着一张大大的纸,上面写着

"图书义卖,支援灾区"几个浓重的毛笔字。我和朋友们不约而同停下脚步,蹲下来翻看他摆出的书。小摊上共有六七种书,都是他的作品。但只有两本是在正规出版社出版的,其余的都是他自己设计印制的,看起来印刷质量还很不错。随便的聊天中和书的序言里,我知道他出生于黑龙江省绥滨县,出生时就患上了脑神经挫伤症,四肢协调能力很差,甚至于小步快走都成了一种奢侈的事情。他每次吃饭都无法使用筷子,当他颤抖的手臂在费尽九牛二虎之力,终于将勺子里的食物送到嘴边时,已是满头大汗。就是这么一个年轻人,在言语浑浊的语调中时时透出一种刚强和坚忍,靠着这种精神,他考进了东北农业大学,又考入了北京大学中文系,完成了自己的学业。并在北大成立了自己的"快乐工作室",为全国各地需要心灵抚慰的人们送去快乐和希望。他说他现在就定居在祖国的首都,靠写书卖书为生,他做过家庭教师、商店老板、报刊编辑等等,他坚定地表示自己不会接受任何人的施舍。因为他还能劳动,能为社会做些事情。他在金色的阳光下灿然一笑,用黄河水般滔滔不绝而又略显浑浊的话语来证明自己。"我过去是来北大看风景的人,没想到现在成了北大的一道风景。我很幸运,在成长过程中,黑龙江电视台、北大电视台和国内许多报纸、网站,许多好心人,都给过我许多支持和鼓励。我感谢社会对我的关注厚爱!"他的笑很独特,像昙花一现,总是来去匆匆、一闪而过,但这瞬间的笑却让我怦然有了共鸣。多少人一辈子想写书而写不了,他却写成了;多少人想进北大而进不了,但他却进来了。我不知道,他是怎样用颤抖的双手雕刻般写下几百万字的。但我知道,他必定付出了常人难以想象的努力。如果把他所遭受的灾难转嫁到我的身上,我未必如他坚强。

我略略翻了他的书,有长篇小说,有诗歌,有散文,有杂文,还有为企业写的长篇通讯。我决定买上几本。并不经意地告诉他，我的儿子也是个脑病患者，今年13岁了，目前生活还不能自理。他猛然抬头，用急切的目光盯着我："他可以说话吗？智力还行吧？我给你留一个我的电话，如果有可能的话，我和他交流一下。我专门学过心理辅导，一定能给他帮助的，你们家长也千万别放弃！"我谢过他，想请他在书上签名，他痛快地答应了，艰难地攥起一支水笔，半扭着脊背，趴在小书摊上，几乎用尽了全身力气，写下了这句话"生命本来就是成功！"这个背影又一次在角落里绽放出夺目的光芒，成为我心中一张定格的画面。在我的带动下，几个朋友也都买了他的书，他也没有任何的表示，只是不厌其烦地在书上签下自己的名字。

看看天色已晚，我劝他说："早点回去吧，太晚了路不好走。"他紧紧抓住我的手握了握，什么也没说，我真真切切地感受到一双瘦骨嶙峋的手的力量。我又情不自禁说了一句："谢谢，谢谢！"

回去的路上，我感觉自己怪怪的，在心里说，我谢他什么呢，似乎没有什么，又好像太多太多。我知道，那绝不是一句毫无意义的敷衍。正想着，朋友用胳膊扛了我一下，举着书对我说："其实呀，他的书我压根没有看就买下了，书写得好不好倒不重要，重要的是，书是他写的。他这个人，本身就是一段故事、一本好书。"

我的心一惊。这朴实无华的话语霎时让我眼里涌满泪水。

一路无语。只有远处湖畔的琴声绵绵不绝。鸟儿们全都归巢了。

回到北大勺园五号楼我们的住处时，门卫室的电视里正在重播抗震救灾文艺晚会。我掂着一摞新书，感到从未有过的沉甸甸的厚重。

夜里，我正在翻看庄酷的书，妻子从家乡河南孟州市给我的手机上发来一条短信息："老家村里捐款，母亲把手绢里包着的钱全都交给村干部了。还告诉你一个好消息，我们的儿子今天看了电视节目后竟然用手指比划着要给灾区捐款，我代他捐了 16 元，你没有想到吧？"脑海里浮现出儿子那瘦削的脸、迷茫的眼神和细弱的胳膊，我再也忍耐不住，冲进卫生间，把自己关在里面痛哭起来……

苦难，绝不是放弃的理由。生活的角落里，往往闪耀许多撼人心魄的光芒。这是生命之光、希望之光……

爱的翅膀

现年 52 岁的徐荣信，上有 93 岁、行动不便的老父亲和 87 岁、瘫痪 11 年的老母亲，下有一个先天性聋哑的儿子，一个患有严重血管瘤的女儿，沉重的负担压在了这位瘦削而又刚强的黄河汉子肩上。他的生活状况怎么样？这天，我们专门去看望他。

在河南孟县黄河滩区化工镇中化村徐荣信家里那低矮的破旧堂屋的房脊上，端放着一块"吉星高照"的牌子，然而，"吉星"并没有垂青徐家。这是一个极其不幸的家庭，为了给年仅 11 岁、身患血管瘤的女儿徐红霞看病，徐家倾其所有、东挪西借，已经背负了近两万元的外债。

村里人都慨叹说："老徐命不好，他这一家子可怎么过呀？"徐荣信默然无语，他用自己沉甸甸的爱，撑起了这个多灾多难、贫困而又不乏温暖的家。

"幸福的家庭总是相似的，不幸的家庭各有各的不幸。"这话说得真是入木三分。1993 年，灾难降临到了这个本来就不安宁的家庭。徐荣信的爱女，正在中化学校上学的徐红霞突然出现了吐血、泻血等危险症状，严重时还导致休克，几经诊治，补血药喝了几箩筐，病情仍然不见有所好转。没有办法,徐荣信和妻子刘金兰只好试着给女儿输血。小红霞是 A 型血,徐荣信夫妻两个的血型也是。于是,在长达一年多的时间里,几乎每隔十天半月,就会看到徐荣信夫妇与女儿那瘦弱的身体,医院的护士常常流着眼泪说:"老徐这两口子,为了给他们的闺女输血,拼上了老命,身体都要垮下去了。"

然而,父爱和母爱并没有感动上苍,近一年的治疗仍然没有什么明显的效果。徐荣信意识到了女儿病情的严重性,他开始带着女儿到各大医院去检查。先是北京,接着又去新乡和郑州、开封,几番折腾,终于证实了令他震惊万分的结果:孩子患的是极为罕见的血管瘤,若不及时诊治,随时都会有生命危险!

病是查出来了,但因为这种病是少儿疑难杂症,省内尚属首例,各大医院都没有什么治疗经验。他先后跑了十几家大大小小的医院,无一例外,没有哪个医院敢接收。徐荣信几乎绝望了,他哭天无泪,"嗵"地一声跪在了医生面前:"求求你们,求求你们,救救我的孩子吧!"看到此情此景,医生们也落下了热泪。几经辗转,最后,省儿童病研究专家徐扬教授含着热泪破例收下了小红霞,可是也明确地告诉他:"老徐,这次手术是试验性的,能不能成功还不一定,你得有心理准备。"一句话说得徐荣信心里像打翻了五味瓶,苦辣酸甜都有。他想,只要有一丝希望,就要努力让女儿活下来。

手术开始了,由于徐红霞身体虚弱,手术需要分三期进行。1994年 3 月 28 日,小红霞上了手术台,手术时间 8 小时 49 分,术前输血 400 毫升,术中输血 1600 毫升,共切除肚内血管瘤 107 个,手术获得了意想不到的成功! 徐荣信喜极而泣。

一期手术,徐荣信已外债累累。为了使二期手术如期进行,万般无奈的他,向县委宣传部递交了一份申请书,希望通过广泛宣传,获得社会上的帮助。很快，县委宣传部、县总工会、团县委等几家单位联合在《孟州报》上发出了救助徐红霞的倡议书。一石击起千重浪，这封倡议书在社会上引起了强烈反响。短短两天时间，共收到捐款 5000 多元，使孩子的第二次手术得以顺利进行。

这年春节，只有初中文化程度的徐荣信用颤抖的手，写下了一副特别的对联——"共产党救命大恩，为中华保护儿女"，横批是"共产党万岁！"

过罢年，徐红霞就要进行第三期手术了。据诊断，她双眼内的血管瘤必须尽快切除，否则就会有失明的危险，然而，这个贫困的家庭，却再也没有能力来负担这昂贵的手术费了……何去何从，徐荣信面临着新的考验。他相信，人间有爱，爱的翅膀一定会让女儿快乐飞翔。

菊香漫野

菊，灿烂地绽放着。"秋丛浇舍似陶家，遍绕篱边日渐斜。不是花中偏爱菊，此花开尽更无花。"唐元稹的《菊花》诗让人回味无穷。

看到菊，猛然间就想到了一个和菊一样灿烂的人。

这个人天天夜里扫大街，一干就是六七年。扫了多少次街道，捡了多少辆自行车，捡了多少次钱，她也闹不准了。反正只要撞上这类事儿，她就得东奔西跑忙活一阵子，然后才如释重负。

她叫王菊，今年 48 岁，是市环卫队的一名临时工。论工作，她年年是先进。论心肠，那更是没说的。有人总爱和老王开玩笑，说她是"拾东西专业户"。她自己也打趣说："咱这人就是专爱管闲事。"老王管的闲事,桩桩件件都让人感动。

远的不说,今年6月份发生的一件事情就是个鲜活的例子。24日晚上12时30分,王菊像往常一样,准时到商业大厦至科委路段扫地,经过一家批发部时,发现一辆旧自行车支在路边,她感到有些异样,过去仔细一瞅,车筐里放着两个黑色手提包,车锁像被撬过。这时,天上飘着蒙蒙细雨,路上人迹罕至,冷冷清清的。会不会是批发部的车子呢?拍开门一问,不是。她拉开兜,一整匝人民币露了出来。于是,她就朝批发部的老板喊道:"我是扫大街的王菊,家在将台街五组住,谁要是寻车就叫他来找我!"

干完活儿已经是凌晨3点多了,仍然没有人来找车。王菊就把车子带回,查点了两个提包,发现里面有1490元现金、一张开具2000元的发票和一张身份证。她看到身份证后心里踏实了一些。第二天早晨一上班,为了证实车子和钱包是不是"一家"的,她专门跑到监理站查车号,先后跑了两趟,也没见到管业务的工作人员。于是,她决定按照身份证上的地址去找失主。身份证上的地址是"柠檬酸厂"。有人告诉她:"柠檬酸厂早就停产了,你就是去了也找不到人的。"她却笑笑说:"人家丢东西的人还不知道有多着急呢,有没有人,我得看看去。"跑了老远,几经打听,才知道那人已经调到了市总工会。终于有了点儿眉目,老王这下子高兴起来,又气喘吁吁地跑回了城,终于找到了失主郭晓红。失主感激不尽,她却如释重负,一拍身上的尘土,就开心地走了。像这样的事情,王菊每年都要遇上好几件,她总是不厌其烦地查呀找的,啥时候把拾到的东西物归原主了,她才松下一口气。

老王不光拾东西,有时候还"拾人"。前年六月份的一天晚上,她因为犯头晕病摔伤了,睡不下,就到街上瞎转悠。拐回来的时候,看到一个五六岁的小孩子在哭,很伤心的样子。她过去仔细打听,小孩子抽泣着说自己是中曹村人，爸爸外出不在家，妈妈也外出帮人打麦子去了，他是出来找妈妈的，走着走着就迷了路。看他又脏又饿的样子，王菊一阵心酸。她把孩子领回去，为他做了饭，又帮他洗洗澡。第二天一大早就让丈夫把孩子送回了家……平日里扫大街，时常会碰到一些醉汉。为了防止他们出现意外，她总是很负责地联系朋友，将醉汉送回家去。对于街坊邻居，她更是热心相助。谁家夜里忘锁门了，她就过去提醒一下。谁家门口的垃圾没有清理，她就过去不言不语地帮助拿走。王菊家里共有 7 口人，上有老下有小的，负担很重，但她一看见那些"闲事"就身不由己想管管。她总是忙忙碌碌、乐乐呵呵的。街坊邻居都说："有时老王忙，没空，就发动大家一起做好事，现在俺们都成了她的好帮手。"人上一百，形形色色。对她的所作所为，也有人百思不得其解，问老王究竟图个啥。老王回答："俺啥也不图，人活在世上，总不能只为个人着想吧。平时谁没个难处？咱们替别人解点忧帮点忙，就靠个良心，做好事心里就舒坦点儿呗。"

好人王菊就像一朵香气四溢的菊花，静静地展示自己的美丽。她默默地干她的活儿，做她的好事。在她心里，一切都很平常、很普通……她的生活从来都是这么充满朝气和活力。

文明使者

文明之光照耀下，一切变得那么和谐美好。我们不能不想起传承文明薪火的那些文明使者。听说有一位乡下老人，就是这样让人敬佩的播种者。十五度春秋，老人坚持每年自办书画展，活跃群众文化生活,他午年义务为全村的父老乡亲,天天走街串巷无偿送发报刊书信。乡亲们都说:"老汉真好,是俺们村里的常青树!"

我找了个星期天,专门登门拜访了他。

这是一个普通的小村子。这是一位普通的老者。到过小村的人都说这里民风淳朴,了解村情的人都夸老汉德高望重。老人名叫李学让,孟州市南庄镇下口二村人,退休教师,年逾古稀。尽管岁月的风霜染白了鬓发,但他清瘦的面容依然焕发出奕奕神采。

1982 年,李学让从南庄中学退休返回村里,家里人都说:"忙碌了大半辈子,这下该颐养天年,好好享享清福了。"可他却说:"人不可一日无事,应该琢磨着为老少爷们办点事情。"看到村里有些年轻人闲来无事瞎游荡,他心里暗自发急。思来想去,决定利用自己的一点儿文化优势发挥点儿余热。年轻时他酷爱书画艺术,受到过我国著名书画家林国选、李绪刚、郭贵臻等名家的指点,具有一定的艺术素养。一次偶然的机缘,他又开始从事书画收藏,通过多种渠道,索赠收藏了 200 多幅名家字画精品,他也因此获得了"民间收藏家"的称号。这些名家书画作品锁在箱子里如同宝藏深山,如果拿出来让老少爷们都开开眼,解解闷,增长点知识,岂不是一件一举多得的大好事?当年春节,他在家里首次办起了"书画沙龙",邀请县里部分书画界名流和数名好友前来助兴,街坊邻里、附近村庄的 20 多个文化人也闻讯而至,许多平时只顾锄地打坷垃的庄稼汉都跑过来"凑热闹"。李学让一家人忙得不亦乐乎,搬桌摆凳,端茶倒水,直直"闹"了两三天。李学让开心地笑了。

从此后,书画展览年年不断,一办就是 15 年。自从有了书画展,许多人有事没事就往他家跑,喝喝茶,品品字画,聊聊闲天,很是惬意。其间,李学让还"无心插柳柳成荫",带出了好几个徒弟。他自备文房四宝,教年轻人习书练画,同时也教给了为人处世的道理,讲人品讲人生价值。现在,他的徒弟中,有的已经考上了大专院校从事美术工作,有的已经在书画界崭露头角。

李学让是个闲不住的人。看到邮递员送到村里的报刊书信没有固定人管理,就找到村支书,主动揽了下来。六七十岁的人了,尽管身子骨还比较硬朗,但平均每天要跑几条街道,进几十户家门,就是年轻人也不会觉得轻巧。一到晚上,腿乏腰酸,捶捶捏捏好半天才舒服一点儿。但他总是挺乐观地对儿子说:"生命在于运动,为老少爷们干点儿事情能健身增寿哩。"

每年一到农历腊月,李学让就又多了一件事情——义务为村民写春联。带着大大小小七八支毛笔,掂着一桶墨汁走家串户服务。十几年了,好像成了习惯,村里200多户人家大部分都没有买过春联,全都靠着他了。年年如此,乡亲们看他辛苦,就专门腾出一间宽敞的大屋子,把里边弄得暖暖和和的,围着看他写字。遇到特困户,李学让总是贴工贴纸又贴钱。村里人都说:"李老汉有副热心肠,十几年来,他至少用坏了30支毛笔,贴了千把块钱。"李学让却乐此不疲。

近几年,李学让更忙了。村里的老年协会、关心下一代协会和信访协会成立后,他负责好多项工作,服务面也更广了。谁家小孩子不爱学习了,带去让他教育教育;谁家两口子吵架了,跑去找他理论理论;谁家的小辈人对老人不孝敬了,找他开导开导;邻里之间有点小摩擦了,也跟他叨咕叨咕……李学让总是用他的慈祥、和善感染教育着别人,他说:"我这把年纪了,什么也不图,给后辈人留下点精神财富比什么都强。"

李学让像一棵历尽沧桑的常青树,默默地树起了一道动人的风景……

办一所"怪"学校

"优秀总是有点怪",这话说起来还确有几分道理。

这是一位不同寻常的"怪"老人,这是一座不同寻常的"怪"学校。老人"怪",是因为他自己贴着钱办了座小学校。学校"怪",是因为和正常的学校多有不同,不布置作业,倒是总在教孩子们玩花样。三年多来,老人省吃俭用花去万余元退休金购置教具,用新型教法因势利导,他教育的孩子个个能歌善舞、能写会画,有的 4 岁便能拼读 20 多首绕口令,有的 5 岁就能阅读 60 多万字的故事书。这就是在当地赫赫有名的郝修伦和他的"威特学校"。

1990 年 11 月,在教育研究工作岗位上工作了 30 多年的郝修伦从孟县教委退休。虽然年已花甲,但那颗不甘寂寞的心时常激励着他,他决心发挥余热,为教育下一代做些工作。

早在 10 年前,他有一次到河北石家庄出差,买到了一本名为《早期教育和天才》的书,挑灯夜读,受益匪浅,以致到了入迷的程度。那本书是日本著名心理学家、教育家木村久一的著作,书中对幼儿教育进行了较为详尽的阐述。郝修伦结合自己的教研实际,深深感到,早期教育是一条投资最少、效果最好、速度最快的育人之道,并开始了前期探索。其间由于种种原因,研究工作被迫"搁浅"。1992 年 10 月 18 日,是我国伟大的教育家陶行知先生诞辰 100 周年纪念日。在此之前,各大报刊纷纷登载了纪念文章,郝修伦再次被陶先生"捧着一颗心来,不带半棵草去"的奉献精神所感动。这种感动一下子点燃了热爱早期教育之火，他毅然决定开办一家幼儿学校。"不办则已，一办惊人。"他对自己充满了信心。

话是这么说，资金从哪里来？家里刚刚盖好房子，外债还没有还完，凭自己的一点退休金简直是杯水车薪。无奈，他只好求助于银行，不想，跑了好几家银行都碰了钉子。接着，他又跑到信用社，人家说，私人贷款他们只对农民不对干部，于是他又骑车40多公里到原籍龙台村，通过侄媳贷了1000元，后又东挪西借了750元，总算有了启动资金。不久，他的"威特育英园"正式开学了。为什么起这个"洋"名字？原来，威特是德国教育家，其子小威特是早期教育成材的典型。小威特少时被人称作"白痴"，在威特的教育下，小威特13岁就获得了博士学位，16岁柏林大学教授。郝修伦用这个名字是具有代表性的，也表达了他个人的追求与希望。

为了提高教学质量，他只招收了10名幼儿。办了几个月，社会反响良好，人数渐渐增加，到1992年学生已达40多名。

有人说，为社会多培养一个天才要胜过千万个庸人。为了实践这一教育思想和验证早期教育的具体成效，1992年秋，他征得幼儿家长们的同意，将幼儿园更名为"威特学校"，只留下了9名四五岁的幼儿留校学习。这时社会上的风言风语就来了，有不少人传言："老郝办学校失败了，要不，为什么学生会越来越少？"郝修伦无言。他知道，一切解释都是多余和苍白的，他坚信学校会办得与众不同。他把全部精力都投入到几个孩子身上。他先后从工资中挤出了1万多元，购置了教具、图册、磁带、乐器等教学设施。在教学中，他根据幼儿的生理及心理特点，采取了寓学于玩、于做、于动、于乐的方法，使体、音、美教学与文化知识有机地结合了起来。不过，他很少给孩子们布置作业，但是孩子们学习的主动性却在不断增强。

新颖的教学方式，激发了孩子们的学习兴趣，使他们越学越想学，越学越聪明。三年来，孩子们学会了近20种集体舞蹈、30多种智力游戏、20多首歌曲，还学会了简单英语、相声、快板、书法、绘画、剪纸等。在培养孩子阅读兴趣方面，他从彩图、拼音逐步向文字过渡，并提供了数量充足、富有吸引力的图书资料。他宁愿自己节衣缩食，也要尽量满足"嗷嗷待哺"的孩子们。三年时间，郝修伦共购买图书3000多册，价值5000多元。他还专门设立了借书登记册，让孩子们看完书后在课堂上相互讲述，既满足了孩子的表现欲，又增长了他们的知识，还锻炼了他们的口才。他教的9个孩子，4岁全部能读拼音，5岁全部能读10万字以上的厚书。去年12月，县委宣传部、县文联举办纪念毛主席诞辰100周年书法比赛，威特学校9名学生的参赛作品全部获得了优秀奖。

近年来，郝修伦的教学法，得到了省市关工委领导的高度重视和肯定。以往，一些家长怕孩子在那所"怪"学校里被耽搁了，通过反复考试，和同龄孩子比较，他们满意地笑了。有时，别人问起自己的孩子，他们总是颇为自豪地说："在郝老师的威特学校！"

浩歌唱孟州

骄傲的孟州呵！这熔化了五千年民族精华的孟州，这孕育了裴李岗仰韶和龙山文化的孟州，这催动800诸侯会盟伐纣的孟州，这书写西晋名士风流、东汉战将忠勇的孟州，这激发韩文公奋笔疾书文冠天下的孟州，这奔涌着黄河血液的孟州，这震荡着太行回声的孟州，这素有"河阳一县花"美誉的孟州，这古老淳朴而又朝气蓬勃的"黄河明珠"孟州呵。

当猎猎雄风卷过 500 年鼎盛的陈影，当刀光剑影枯藤飞鸦化作屏幕的画面，当历史巨树又圈过 619 个年轮，我站在一个灯若繁星车若流水的美丽城市，用一个孩子般的真诚深深祝福你啊，我心中的孟州。

前进的孟州呵！你挥动一面绿色的旗帜，让那些衣着朴素臂膊健壮的庄稼汉信心百倍。你曾是"小麦王"金海扬波，你盛开"一县花"飘满果香，你用地埋渗管精心交织田野，你用塑料大棚种植七彩希望。鸡鸭在晨曦的风景中欢叫，牛羊在袅袅的暮色里归栏。荒凉的草滩早已变作金滩，鸵鸟、黄雀、鸳鸯、彩狐，梨枣、提子、草莓、玫瑰，不是动物园，不是植物专场，却放飞着一个个理想。岭区、平原、黄河滩，养殖业、种植业、加工业，"三个十万亩"正在构建。孟州啊，我就是用尽天底下最动人的词句，也难描绘你的美丽。

潇洒的孟州呵！你举起"缸套大王"称雄世界，你启动"长剑"轿车冲出阡陌。你把"雪洋"皮变成软黄金，你用金刚石撞开国际市场。你把民用锁基地"锁"成一个秘密，你造出高档家具装扮无数民居，那叮叮当当的是拼搏的撞击声，那轰轰隆隆的是进军的大合唱。孟州呵，在这快节奏的时代进程中，你诞生出一系列神奇的故事。

辉煌的孟州呵！为了搬掉一座看不见的山，你用平移大楼的震撼给世人以惊叹。为了让百姓学会一种点石成金的妙术，你用当今最实在的理论武装了农民。孟州呵，你用纵横交错的道路，勾勒出密度最大的线条，你用新奇壮观的建筑，冲击游客和居民的神经。光缆的铺设，将你变成一个辐射源，让一束躁动的思绪，似鹰隼飞出去，如闪电飞进来，有线电视的触角，伸出村村寨寨的楼房，播出阳光频道，洒下笑语欢声。孟州呵，文朋诗友竞邀相往，为你挥毫泼墨。武林英豪闪转腾挪，为你欢呼助兴。竟贾名流动里自来，为你投资兴业。古老而又年轻的孟州呵，一次次沸腾起来。

希望的孟州呵！这澎湃着青春热血的孟州，这志士勃发"民富才消一介忧"的孟州，这团结务实拼搏创新勇争一流加压奋进的孟州，这"提升工业，做优农业，繁荣城市，共建和谐"，着力实现跨越发展科学的孟州，这伏在新的起跑线上的孟州，这正乘风破浪扬帆远征的孟州……

别问我的名字

别问我的名字，这只是三个普通得不能再普通，平凡得不能再平凡的方块汉字。连我平时也不去过多地注视，总是让它平和无争、深居简出。只是偶尔擦去上面的浮尘浅灰，然后交给认识的或者不认识的，偶尔使用，反复作着解释。

别问我的名字，这样的符号，其实每个人都会铸制。就如同那时候你的名字，簇拥着鲜花，追随着狂热，佩戴在胸前，印刷进图书，悬挂在让人不得不仰视的高处。

啊，别问我的名字了，其实我们早已相识，从你摔跤被我扶起的那时，从你玩火被我救出的那时，从你落水被我托起的那时，从你忏悔被我带头鼓掌的那时。可惜，好多时候你根本没有看到我的存在。

别问我的名字，我是你的朋友，也是你的管制。我曾是身挎枪支的战士，在岗哨上来回巡查，坚守高墙网丝；我曾是操着手术刀的白衣天使，在无影灯下默默凝视，为你医治受伤的双翅；我曾是冷静得算不上高明的先知，总惹你暴跳如雷，为你讲述带刺的故事。现在，你终于明白了吧，我不是妒忌、痛恨，更不是放任、自私。

别问我的名字，我懂得世界上所有勇敢善良人们的心思。相通的永远是理解、支持，不通的永远是梗阻、凝滞。朋友，请相信我的流速和温度，不会让河流出现凌汛和危势。我的奔涌，我的激情，会让你的船儿乘风破浪，扬帆急驶。

别问，真的，别问我的名字。说出来也许你会失望，说出来也许你会永远记住。就这么静静地感受吧，何必要问，何必要问我的名字。只要你是春燕，只要你是绿树，就不会再埋怨命运的捉弄，就不会再埋怨阳光的推迟。别问我的名字，我相信你的聪明才智，相信你会有全新的开始。

倾听无言

朋友，请不要用这种陌生的眼光看我，请不要用那种鄙夷的口吻议论我。是的，现在我是囚犯，我是大墙内失去自由的囚犯。但是，我要说，那是我的过去，我已经与往事一刀两断。我也有人格呀，我也有尊严，我对我的罪过深深忏悔，我对我的未来充满希望。我坚信，我一定会走出沼泽，拥有辉煌美丽的明天。

站在这舞台上，我迎接的不再是往昔的鲜花和掌声，不是激昂的音乐，跳跃的霓虹灯。这倒像是一个手术台，一个病入膏肓的患者，在一个个无影灯下，即将走向新生。这又是一个剧场，今天，独幕剧由我主演，让我自己来揭示尚未完全愈合的伤疤。我是多么痛苦，我的心在滴血，在需颤。但是，为了更多的人，更多的家庭，不受伤，不破散，我毅然与你们面对，与你们倾心交谈。

别以为我们之间的距离十分遥远，其实只是台上台下。当然，不只是这个小小的讲台。幸福与不幸，自由与监禁，希望与失望，生存与死亡，都只有一步之遥。我讲我的故事给你们听，只是想告诉你，我们都一样，都是普通人，都吃五谷杂粮，都会犯错误。知错不改，坠入深渊；知则改之，善莫大焉。

我亲爱的朋友啊，切不可忘记肩负的责任，万万不可抛弃父母妻儿的祈愿。不要放纵，不要盲动，不要自毁长城。生命是宝贵的，自由是珍贵的，珍惜生活着的自由吧。我真的不希望，有更多的人步我后尘，有更多的人，像我一样，在大庭广众之下，现身说法，剥去自尊。

不要笑，我亲爱的朋友，我绝不是耸人听闻，也绝不是背台词为了应付开会。尽管我的声调不高，但足以振聋发聩，我把我的心里话掏给你，如果有的人迷途不返、知错不纠，甚至破罐破摔、恣意放任，最终拥有的只有鲜血和泪水。

第二辑　绽放心情,诗意人生

诱惑·狗·麻雀

家里的那条狗长得很帅气,又很懂事,看门守夜、讲究卫生、温存主人,什么都好,就一点儿,嘴馋。

平日里我喂它大米饭,它总是象征性地吃几口就走开了;给它白面馒头,它也只是看上一两眼,略略摇晃几下尾巴;更不用说倒给它残羹剩饭了,它只用眼睛的余光瞟上一眼,根本就没当一回事儿,扭头走开了。而只有给它肉和骨头时,它才表现出浓厚的兴趣。对于它,肉和骨头永远是最大的诱惑。

不过,尽管它很挑食,但一点儿也不消瘦,反而体形健硕、皮光毛滑的。我感到有些奇怪。

那是个星期天的上午,忙碌了一周,精疲力竭,我早就想痛痛快快地休闲一下了,于是辞掉了所有的应酬,关掉了手机,半躺在庭院中的麻制摇椅里，在春日暖阳下悠然自得地看书、养神。脑瘫的儿了坐在焊制的铁车里，很认真地练习抓捏一根捆着的火腿肠。狗静静地卧在我们不远处的旁边，搭蒙着眼睛小憩。一群麻雀飞下来，"呼啦啦"去狗的食槽里啄食米饭。狗，猛然起身，像一道闪电，"忽"地窜将出去，一口咬住了一只麻雀，而后衔到一边去，津津有味地吃了起来。那只麻雀"吱吱"地怪叫了两声就进了狗的肚子。这惨烈的景象让我不由得怔了好一阵子。而轰然飞起的麻雀们却舍不得离开，在枝头上"叽叽喳喳"地等待着、议论着。狗若无其事地回到我身边，依旧半眯着眼睛打盹，好像什么也没有发生过一样。它总是那样深藏不露、胸有成竹，让我不得不慨叹它的机敏和智慧。过了一会儿，麻雀们终究还是没能经得住诱惑，又飞下来啄食米饭。狗早有准备，箭一般飞射了出去，又一次尝到了美味。

看着地上凋零的羽毛和那条满足的舔舐着嘴角的狗，我这才明白，原来面对诱惑，狗才是真正的主宰，而可怜的麻雀们只是诱惑的殉葬品。

节日的问候

那年圣诞节，妻子在单位临时有事情，需要晚一会儿回家，就打电话过来，让我接女儿下学。我知道妻子是不会轻易让我这个"大忙人"去接的，虽然自己在市委办公室里正加着班，也在忙碌，但二话没说，就飞也似的去了。对于圣诞节，早忘在九天云外了。其实，平时也无心这种纯粹为了刺激消费的"洋节日",所以思想里根本就没有这档子事。当我骑车匆匆忙忙赶到学校门口接住女儿时,女儿并没有如我想象的那样埋怨我的迟到,只是怯怯地问道:"爸爸,给我买个电子手表好吗?"我一边快速蹬车一边有点儿不耐烦地回答:"电子手表有什么好? 我们家里有挂钟、落地钟,还有卡通小闹钟,上学又耽误不了时间,不需要的,以后再说!"

女儿是个乖乖女,很懂事,她从来不和父母无理取闹。听了我的话,她不吭声了,坐在车后边突然小声地啜泣起来。我一惊,忙停车:"怎么了,宝贝?"经这一问,她放声大哭了起来:"爸爸,你很早就说过要给我买一个圣诞节礼物的。"

是吗,我说过吗? 我可不大记得了。仔细想一想,可真是! 孩子是从来不会和我说假话的。我缓了一下口气说:"爸爸今天工作太忙,单位的材料还没有写完呢,让你妈妈代替我买一个算了。"女儿用手背揩揩眼泪一本正经地说:"那可不一样。我就想要爸爸买的。"我不再说什么,低着头一个劲儿地蹬车。结果,我先把女儿送到了家里,匆匆安顿下来,很认真地给妻子打电话说明了自己一会儿去购买礼物的事情。加完班,又有几个同学朋友打来电话约请我在外边吃饭,我推托说有重要事情不去了,顺便说了一些祝贺节日的话。朋友们虽然有点遗憾,但仍显得十分理解。

出了市委大门,我一溜儿狂奔,独自跑去附近一家超市为女儿买了一个小书包、一个彩色日记本,还顺便为身患脑瘫、生活不能自理的儿子买了一包他最爱吃的西街牛肉丸,为老母亲买了两碗她最喜欢的辣子凉拌面。回到家,妻子回来了,正在和母亲一起做饭。孩子们见到了礼物,都高兴极了。年迈的母亲一边在围腰上擦着手,一边笑笑说："来这么晚了，还买什么东西呀。"妻子放下碗筷，惬意地望着我们，也甜甜地笑。看着贤惠温柔的妻子，猛然间我想起了什么，哎呀，忙着关心孩子们和老娘了，却险些忘记了一件重大的事情，今天是我和妻子结婚 16 周年的纪念日！我很内疚，只好走近妻子，背过孩子们和母亲的面，匆匆吻了她一下："对不起，结婚纪念日差点给忘了，这算是给你的节日礼物吧。"妻子帮我拈掉西服上粘附的线头，轻轻拍了我一下："你记得这个节日就好，我其实也是刚想起来的，都老夫老妻了，有什么呀，那些都是虚的，你工作开心、老人孩子们健康快乐就是我们最好的礼物，况且我也没有给你买什么东西呀。"我们相对良久，紧紧握了一下对方的手，都开心地笑了。

不管怎么说，这个算不得节日的节日让我开心了好久。想起爷爷过去常说过的一句话："只要心里高兴，天天都是年下（春节）！"话虽然粗糙点，但真是经典绝伦。

收获的快乐

朋友阿祥是个"瞎巴鬼"（喜欢干一些别人不愿干或者做不出来的事情），对什么事情都充满了好奇和热情，不管干什么都投入得要命，这一点儿真叫人望尘莫及。

就比如说钓鱼吧，他看到别人静静坐在水边河畔挺开心的，就心血来潮，独自跑到渔具商店，花 2000 多元置办了一套挺不错的行头。一有闲暇，就开着自己那辆"老奶奶车"到黄河滩的河汊里垂钓去。后来,黄河小浪底大坝修好了,我们这里是小浪底下游的第一道堤防,所以几乎见不到什么水面了,水库里钓鱼他又不屑一去,说那样太没层次。当然,窝在这里的一亩三分地里,钓鱼就成了不大不小的问题。阿祥"钓瘾"很浓,岂肯善罢甘休。每到星期天,就驱车一百多公里到外地去钓鱼休闲。一次,阿祥从外边"放线"(他的专业术语)回来,兴奋地给我打电话:"快带嫂子和侄儿侄女过来,今天我们尝尝外地鱼的风味。"言语间溢满欢乐。我掂上两瓶从广西捎来的"三花酒",用轮椅推着儿子,领着妻子女儿就过去了。

　　一进门,妻子就问:"阿祥,今天收获不小吧。"阿祥大笑着响亮地回答:"当然罗,收获真是不小! 跑得腰酸腿困屁股疼,开心呀。"我问:"钓了几十条?"阿祥伸出四指,我惊讶:"40多条呀?"阿祥仰头大笑,轻轻拍了拍我儿子的脑袋,回头甩一句:"没那么多。"阿祥的娇妻小月扎着围裙从厨房出来,瞥了他一眼:"狗屁,把后边那个零去掉喽。"我忍不住朗笑:"这么大阵势,原来才4条鱼呀。"女儿说:"阿祥叔,不该我说您,您跑那么远,就弄来这么几条鱼,还不够汽油钱呢,有这功夫倒不如去集贸市场买几条。"阿祥拍一下我女儿的肩膀,又回过头拧一下我儿子的小耳朵:"你们小孩子懂个啥,去市场买鱼那是什么档次?"我猛烈反驳:"跑到大老远钓鱼,档次就高了吗?"阿祥扬扬胳膊,狠狠点了一下头:"您老人家说得没错! 钓鱼的乐趣可不是单纯为了吃鱼,我收获的是悠闲、快乐和风格各异的满足,额外还收获了这么多鱼,这还不够吗? 我告诉你,吃鱼就是冲着吃刺去的,吃排骨就是冲着吃骨头去的,要不,咱们直接买点鱼干、买点纯肉不就得了?"

　　呵,这样会算快乐账的人,总是收获很多的快乐,他也总是快乐的。和这样的人交朋友,我也获益匪浅。

那天我唱多了一点儿，阿祥送我们出来时，我没头没脑点评了一句："一个字——很好！都说外地和尚会念经，从外地钓过来的鱼嘛，嗨呀，就是不一样！"

金婚故事

那年我还在报社当记者，有次，应邀到农村参加一个老人节的庆祝仪式。一对披红挂花的老夫妇坐在一起，很幸福很兴奋的样子。突然那个老头侧过身子问我："小伙子，什么是金婚？"我一怔，转而笑了起来："结婚50年就是金婚呗。""哦，那我们结婚都54年了，也叫金婚吗？"我笑笑回答："是呀。"没想到他轻叹一声："我还以为是什么呢，弄得这么隆重。"我问："都金婚了，还不值得隆重一下吗？"他呵呵地笑，没有作声。停了好一阵子，忽然他又问一句："小伙子，你结婚几年了？"我比出指头："5 年。"他"噢"了一声："那就不说了，现在和你说了你也不懂的。"既然他那么肯定我不懂，我就没有多问，只是笑。心里却在说：不就是两个人在一起过了那么多年吗，有什么高深的，还跟真的一样，玩深沉呢。

事后，我向妻子说起这件事情。妻子边抹桌子边笑着说："不懂得什么是金婚的人好多都度过了金婚，而很多什么都懂得的人，连纸婚也度不过，这就是当今世界上的怪现象。"结婚这么多年，没料到妻子竟是个民间哲学家。

我也感叹："金婚银婚，首先自己不能发昏。名堂再多，还不就是那句老话,执子之手,与子偕老。"感慨间,想起了网上一个朋友说过的话。在我们平凡的生命里,本来就没有那么多琼瑶式的一见钟情,没有那么多甜蜜得催人泪下、痛苦得山崩地裂的爱情故事,在万丈红尘中,我们扮演的是自己,一些平平凡凡地生生死死的普通人。于是我们珍惜爱情,珍惜迎面而来的、并不惊心动魄的感情,直到永远。细细想来,还真是。

时隔不久,我到福建出差。偶然认识了一个在国内比较有名的老作家,当地政府在文化旅游节上专门为他办了一个声势很大的作品研讨会。座谈会后,他在一家大型书店签名售书,有个地方报的记者也和我一样,在做追踪报道,那个胖胖的记者同行观察了好久,还翻了半天书,突然问那个老作家:"请问,您现在是中国作家协会的会员吗?"老作家幽默地回答说:"太对不住您了,我连福州市的作协会员也不是,我只知道自己写出来的书拥有很多读者,我不关心自己是不是一个作家协会的会员。我写作我快乐,我认为我就是作家,别人也认为我是作家,我干什么非要加入什么协会呀。"

忽然想到自己,有人老是追问:"你是公务员身份吗? 干吗总在行政单位借调来借调去呀?"我大笑:"是公务员身份怎样,不是又怎样? 我借调来借调去说明我有能力、有魅力,这有什么不好呀? 总死待在一个单位,就是再铁的身份又有什么用处? 我能胜任这项工作,就说明我的身份相符。"

在深入学习实践科学发展观报告会上,听到一个党校教授讲了一个故事。经济学家问农民:"你认为社会主义好,还是资本主义好?"农民反问道:"你说我们现在过的是社会主义,还是资本主义?""当然是社会主义了。""那么我就说社会主义好,如果我们现在是资本主义,我就说是资本主义好，因为我生活得幸福，我从来不管它是什么主义。"

　　有人总是那么在乎自己的名分，有人却平淡地对待幸福的生活。而过于追求名利的人，往往得到的却很少；从从容容、不事张扬的人，却收获了许多。正如金婚的人不知道什么是金婚一样。

世界上最小的"牛"

　　接连下了两三天小雨，总算老天开恩，露出了久违的笑脸。女儿上午在美术学校画素描，下午又去画水粉，简直累坏了。5点多接女儿回到家，她撂下画板就喊："爸爸妈妈，今天阳光多好呀，咱们一起去黄河边玩吧？"我和妻子爽快地答应了。我开着车子，带着一家人，20多分钟就到了美丽的黄河滩。

　　一下车，女儿就迫不及待地跑到黄河公园的草地上玩了起来。玩着玩着，有了一份"意外收获"——抓到了几只可爱的小蜗牛。

　　女儿发现的第一只小蜗牛比芝麻粒大不了多少，它趴在一块潮湿的石头上，一动也不动，开始我们以为它是死的，仔细一看，壳里边软软的"小脚丫"还在动呐。女儿说："这里既然有一只蜗牛，那肯定还会有好多只。"于是，我们便认真寻找起来。果然，草丛里、石头上、柳树下，一只、两只、三只、四只……不大一会儿，就发现了十几只蜗牛。妻子见我们捡了那么多，就递给我们一个空的香烟盒子，让我们把蜗牛装了起来。女儿看着玩着，高兴得手舞足蹈。她让小蜗牛一家在手上一起搞联欢，让几只强壮的蜗牛在树干上、石头上赛跑，让一只触角长长的蜗牛在水泥地上犁地,还让蜗牛爸爸背着小宝宝逛街去……

"太好玩了!"女儿乐得大喊大叫起来。见女儿玩得开心,妻子忙跑过来凑热闹,还拿起相机给蜗牛照相。女儿太高兴了,扮着鬼脸给妈妈开了一个玩笑:"我回家后要开办一个'蜗牛养殖基地',再专门搞一个纯天然蜗牛肉(可不是加有添加剂的蜗生肉哟)烧烤中心,让大家都来尝一尝这独特的黄河风味。"话音刚落,我们都捧腹大笑起来。

回到家,女儿把蜗牛放在一个透明的饮料瓶里,就急匆匆上厕所去了。她从厕所出来的时候,看到两只蜗牛竟然从深深的瓶底爬到了瓶口。女儿干脆把它们全部倒出来,放在一张白纸上,认真观察起来。过了一会儿,好多蜗牛就小心翼翼地从壳里拱出头角来。女儿放上几片树叶让它们吃晚饭,可它们跟没看见似的,谁也不理她。女儿噘着小嘴说:"怎么,生气啦?"她可不管那么多,又拿起两只蜗牛放在手心里玩,得意地对我说:"爸爸,我抓到了一群世界上最小的牛,瞧我牛不牛呀!"妈妈抢过话头说:"牛!比蜗牛还牛!"说完,大家又一起笑了起来。

夜里,该睡觉了,蜗牛却精神十足,一个个钻出"屋子"爬了起来。女儿说:"这一点儿真像我的老爸,夜里老是写啊写的,闲不住。"女儿把它们全部放进瓶子里,拧上了盖子。我笑着说:"你不让它们呼吸,想害死人家呀。"女儿一拍脑袋:"真是的,应该在瓶盖上钻几个通风口!"在我的帮助下,女儿用小剪刀在瓶盖上钻了好几个小口子,像开了一扇天窗,这样,才安心上楼去了。第二天一早,女儿就对我说:"老爸,你猜猜,昨天我做了一个什么梦?"

我摇头。女儿大笑着说:"我梦见它们和你一样,爬到桌子上写书呢。"

妻子说:"你老爸也是个勤劳的牛,今后要注意身体才是。"

女儿给我端上饭，又拿来一个煮鸡蛋·"爸爸，我可不希望你当牛，牛太累了，多吃点东西补补吧。"

我看着女儿，开心极了。世界上有哪头牛像我这么幸福呢？

河滩旧事

那是一个夏天的下午，4点多了，天气还是十分的炎热。待在家里简直透不过气来，我像水面上蹦来跳去的鱼儿，坐也不是，立也不是。瘫痪的儿子坐在特制的铁车里，满身大汗，闹得很厉害，我也有点急躁，就骑上摩托车带着妻子儿子到城南一处清凉之地——黄河滩游玩乘凉。

临近大坝，便有丝丝缕缕的凉气传来。路两边绿树成荫，林阴深处鸟鸣虫叫，给人一种恬静安然的感觉。到了黄河第一道大坝时，看到那里已经停放着许多车子，三五成群地聚了不少人。于是我就把儿子从车上抱下来，找一处凉爽之处玩耍。儿子今年12岁了，患有严重痉挛型脑瘫，不会说话，不能走路，连单独坐着都有困难，智力也只有三四岁孩子的智力。他整天闷在家里，看着似懂非懂的电视节目。每天他都在盼望着爸爸妈妈早点下班回家，好让自己解解手，吃点儿东西，有人陪着说说话，推着车带他去外边透透气。

河堤上尽管有草，但是逗留的人还不是太多。许多人下到干涸的河底去，向河中央走去。河中央再走不了多远就到水边了。上游黄河小浪底水利枢纽工程建成后，作为零号大坝的起始处，这里的河水就变得非常小了，现有的，只是撇留下来的河汊里的"尾水"。我提议背儿子到河中央的水区去，妻子连连摇头："恐怕不行吧，那么远，天那么热，我又背不动儿子，让你一个人背着怎么行？"妻子说得倒是实话，她的体力是远远不如我的。我说："试试吧，带儿子出来一趟挺不容易的，走到哪儿就算哪儿吧。"妻子不置可否。

我们沿着大坝陡峭的台阶慢慢下来，像在运送一件极稀有珍贵的宝物。儿子倒也挺乖，趴在我背上，用细瘦的胳膊紧紧箍着我的脖子。我背着他往前走，没有多远，就满头大汗，汗水钻过眼镜框流进了眼里，酸涩而模糊，眼镜还不住地往下滑。妻子从我背上抱下儿子，心疼地对我说："不让你逞能，你偏不听！我看还是算了吧。"我擦了一把脸："没事，我的体力厉害着呢，就是有些热。"妻子说："我来试试吧。"我一把揽过儿子："老婆，你可不能累坏了，你是咱们家的主心骨呀！"一句话，逗得妻子大笑起来，儿子也跟着傻傻地笑。我猛然感到心里泛起一种说不上来的感觉，差点把眼泪引逗出来。儿子就是现在沉重的生活，但这种生活也蕴藏着多少难以名状的快乐呵。儿子是那么漂亮、可爱，又是那么可怜和无助。我想，将来有一天，他一定会摆脱病魔的缠绕，过上正常人的生活。

我稍稍休息了一下，又背着儿子穿过草丛，抄着近路向前奔去。其间，不时碰到来来往往的游人，投过来一束束疑惑不解的目光。我又在红草丛边歇了两次，喝点水加加劲儿。前面快到水边了。我长吁一口气，然后，半低着头，拼力向前跨去。我不再看前面的路，就让妻子在前面当着向导，咬紧牙关向前冲。几分钟后，终于到达了目的地。坐在软软的细沙滩上，呼吸着清新凉爽的黄河水的气息，舒服极了。我把儿子的鞋子脱掉，自己的鞋子也脱掉，在沙滩上"沐浴"。我架着他的双臂在沙滩上做着活动，摆着姿势。妻子也取下沉重的背包，掏起一捧捧的沙子向我们脚上抛洒。我们快乐极了。照相、唱歌、玩游戏，坐在一起谈天说地。我不知道儿子能听懂多少，反正我们是越聊越开心，对生活充满了希望。

返回时，天已渐黑，凉风习习。我背着儿子欢快地往回赶，我全然不觉劳累。我们的前面有一对老夫妇在慢吞吞地走，边走边聊。我们一家人很快就超过了他们，走了不多远，就停下来休息一小会儿。休息时，听到身后那对老夫妇在沉重地慨叹："爹娘对孩子总是娇惯得太厉害了，现在你背他，将来你老的时候，他能来看你一眼就不错了，更别指望他背你。"我的心猛一揪，从他有意无意的话中，我听得出来，他们并不幸福，他们也感到孤单，尽管有老伴相随。

我自然想到了我们的将来。将来会怎么样呢？恐怕现在谁也说不清楚，但有一点是可以肯定的。这个世界上，父母对孩子的爱是最博大无私的，不管是过去、现在，还是将来。父母都不会过分地强调自己，只是有些时候做儿女的太没有尽到心意了。生活原本就是这么平淡，不图回报的爱还在延续。在老两口絮絮叨叨的评价中，我们越走越远。他们的声音，消失在无尽的河滩。

两位母亲

相邻的两间病房，分别住着两位母亲。

一张病床前，儿女们用川流不息的热情将空间挤满。而另一张病床前，母亲则静静躺着，安详而恬然，几个医生护士坐她边上，不时地陪同聊天。

喧嚷与安静形成了强烈反差。医院里这种情景早已司空见惯。

而许多人并不知道，两位慈善的母亲，都有幸福的笑靥，不管儿女环绕床前，还是儿女奋战在艰苦岗位的第一线，对于他们，都有孝顺的安慰，都有关键时刻真情与挚爱的呵护与温暖。

母亲与儿子

母亲已年过古稀，她还在照顾我残疾的儿子。虽然她不止一次说："这辈子不管下辈子的事儿。"但她还是在一天天地管下去。她还常常絮叨着："甭说你，就是哪个地方遭灾害了，全国各地还都伸手帮助哩。咋说也是一个家，大比小一个样儿，咱就拖拉着过一天算一天吧。我知道你这个当儿子的也艰难，等我有一天替你照看不动了，你再自己想办法拿主意。"

我唉声叹气，痛恨自己是个不孝的儿子，决定辞去工作，照顾儿子的起居。母亲动起脾气，骂我没出息："你连自己现在的工作都干不好，咋个养活一个家，不去工作这才是真正的不孝哩。"看着生活不能自理的儿子，我知道，好好工作才是母亲的希冀，永不放弃才是抢渡难关的动力。我知道，让母亲停下来喘口气，让老人享受天伦之乐，才是自己应该表达的心意。

昂贵的巧克力

朋友老刘从欧洲出差出来,给每一个同事带了一块巧克力。老刘很认真地解释说:"千万别嫌少,一块巧克力价值几十欧元呢,大家品尝一下就知道了。"大伙听了连声称谢。毕竟是千里送鹅毛,礼轻情义重嘛。远处和尚会念经,这可是正宗的巧克力啊,走过路过,千万不能错过!

小心翼翼地打开包装,一点点品尝,果然,滑溜溜、苦香香、甜滋滋,万种风味在心头,大家个个赞不绝口,这就叫"不比不知道,世界真奇妙!人比人得死,货比货该扔",总之,巧克力,味道好极了!

又过了几天,我到农村去看望一个亲戚。亲戚见到我,很开心,兴致勃勃地从里间拿出一块巧克力让我品尝。盛情难却,我轻轻掰下一小块放进嘴里。哎呀,又苦又涩,说不上来什么滋味。想起朋友老刘从欧洲带回来的巧克力,不觉在心里发出阵阵感叹,从小乡村到欧洲,隔着千山万水,连这小小的巧克力竟然也有这么大的差距呀。亲戚见我品尝时的怪样子,很认真地笑问:"怎么样,这巧克力?"我笑笑,如实告知:"也就一般般吧,这味儿,我可吃不惯!"

亲戚瞪着大眼,一脸失望:"一般般?这可是我的一个姓刘的朋友从欧洲回来给我带来的巧克力呀,一小块就几十欧元呢。"

我一惊,追问,他说的老刘就是送我巧克力的老刘!

年味儿

与朋友们闲聊天,都说现在的"年"过得越来越平淡,越来越没有激情了,稀松懒散得很。原因是,随着人们生活水平的普遍提高,吃什么用什么随手就来,看什么玩什么到处都是,天天都跟过年一样,所以没必要大张声势,搞得紧张兮兮的。真的是这样吗?我深感不以为然,近日专门出去探究一番,证实了自己的想法。转了一圈回来,越发觉得"年不像年"缺乏应有的依据。腰杆子粗起来的老百姓不是不把年当回事了,而是真真切切地当成了一回大事。

以往的记忆里,大家伙儿筹备过年,似乎多多少少都有点"速战速决"的意味,集中时间集中精力搞突击。而现在呢,全没了往年的架势,准备过年的"战线"拉长了。一到农历腊月,乡下人就驾着三轮、跨上摩托,骑上自行车和电动车往城里奔;城里人呢,也忙里偷闲到市场上"跑采购"。在不时传来的叫卖声中和鞭炮声中穿梭往复,使人不得不从心底发出感慨:嗨,今年的"年",更热闹喽!

各大银行、信用社、邮政局、投资公司的眼头最亮,在每个营业网点都纷纷挂出了"兑换新币""新年大礼"的牌子,趁机揽储。商品经营者的攻势更猛,他们瞅准这一"抓财"的黄金阶段,摆摊设点,大搞促销,将红红绿绿的布标语和小彩旗插挂得满天都是。大红灯笼高高挂,五彩气球满街"飘",对联、挂历、"福禄寿喜"字随处可见。鲜花整车拉过来了,小喇叭"哇哇儿"地喊起来了。有人说,节前天天都有大集市,这话倒是说得实实在在的。星罗棋布的大小超市、创智天地步行街、汇丰步行街、河阳市场、梧桐市场、"水果一条街""美食一条街",立时便成了"购销热带",这连往日冷冷清清的商贸城和家具建材市场及几条背街小巷也都红火起来了。房产商们也没事偷着乐,说一千道一万,赚钱才是硬道理,新开盘的房子眼瞅着也一套套地订购出去了,怎能不心花怒放? 车行的老板还是那么优哉游哉,新年购新车,人叫人不如车叫人。有车生活,别样心情,购车一族们瞪大双眼,在审视着车型和色彩。

说实话,早些年过节颇有点儿"解馋"的意思,现在却大不相同了,尽管鸡鸭鱼肉还要买,但数量明显少多了,质量也提高了不少。人们为拓宽"吃界",买的档次也上了一个新台阶。螃蟹、甲鱼、牛鞭、黄鳝、鹌鹑等"古眉怪色"的东西倒成了抢手货。在集贸市场的一家无名小店,老板兴头十足地向我介绍起来:"今年增加了生猛海鲜,半个月的销售额就盖过了平常的两三个月。"

拐个弯,街口遇到了供销社的一位老同事,他急急慌慌地打了个招呼:"烟、酒全都卖脱桩了,我得赶快就近再凑点儿货。"在农坛路,一位农民模样的中年人,驾着一辆"奔马"三轮车,一边慢慢转悠一边左顾右盼,车后坐着三个中年妇女在"押车"。看到车厢里的蔬菜"集装箱"和肉制品"集装箱",我就上前搭讪,几个人嘻嘻哈哈地笑着说:"种苹果赚了一点儿钱,过年过节得吃点儿花样儿不是? 尝尝鲜儿呗!"

不知不觉中,走进了一家服装店,里边的顾客挤挤扛扛的,正挑试着各式各样的名牌产品。店主是我的老同学,看见我,笑着打了声招呼就又忙开了。不大会儿,就卖出了五六件"波斯登""冰川""鸭鸭"

羽绒服。河阳市场门口人如涌潮，往里走了几步，看到密密匝匝一大片的人，进退维艰，只得趁早拨马而回。

腊月里，飘飘洒洒的下了两场瑞雪，将多姿多彩的"年"烘托得更具诗情画意。街心花园南、北两处，用彩条布搭起了两排经销大棚，卖鞭炮、烟花、年画、对联和挂历的，形成了一个小小的临时市场。"禁燃"的步伐还没有来到这个小小的城市，而传统的烟花爆竹已昂首走入"现代化"。各种各样叫不上名堂的烟花爆竹让人眼花缭乱，促销员们也早已把华丽的解说词操练得滚瓜烂熟。

书店大棚下，"科技年货"成了热销品，"科技日历""电子台历"被一本本抢购了去。临街的新华书店更是人头攒动，摩肩接踵，种植、养殖、加工之类的科技书和励志图片、精典美文销量大增。家住城关的一位老农喜眯眯跟我扯了起来。他说："千年万代留下一个'年'，怎么能松松气气、不声不响地过去呢？忙忙碌碌又一年，不光要美美气气地吃吃喝喝玩玩乐乐，更得有点儿精神享受。别的不说，口袋里都有票子了嘛！"

再往前走，供销大厦附近几家音响器材店传出或火爆或舒缓的乐曲。随便走进一家，和老板聊了几句。他说："今年的 VCD、DVD，还有 MP3、MP4，异常'发烧'。现在做生意，思想一定得跟上发展形势，不然就挣不来大钱。"鲜花和新奇的工艺品"玩具"，成了青少年朋友互赠的佳品。写着"奋飞"的竹挂，画着"鲲鹏"的音乐盒，盒装的"芭比娃娃"……在街道上形成了流动的风景，表露着年轻人新年里真诚的祝愿。

人多了，什么生意都好做。到一家饭店订餐，店老板说："现在的过年不同以往了，年三十就有人提前定桌，更不用说大年初一了，早就挂满了号。"

　　匆匆忙忙的走访中,我深深地感到:年,正在熙熙攘攘中升格,这不仅是消费观念上的跨越,更是思想观念上的一种进步。

春日散章

(一)春天的眼神

　　冬日栅栏般的长睫,云一样轻启,那缕柔曼温煦的欣喜,便从季节的起跑线上郑重地破题。跃上枝丫,听鸟儿偎存的喃呢。洒遍原野,看花草摇曳的献礼。张开晶莹双膀,追逐风筝悠长的希冀。抑或,透过若有若无的雨帘,穿越哗哗解冻的小溪,感悟色彩变幻的神奇,感悟冷暖更迭的魅力。棹影、玉浪、雁阵、纱衣、修竹、野鹤、白杨、绿堤,这春天的眼神呀,注定是又一轮幸福的守望,又一次美丽的相遇。

(二)初春的河

　　束缚了太久,梦早已飞翔,迟到的,只是浓烈的渴望。鼓乐的仪式里,鞭炮的声声督促里,大红对联的视线里,冬天的船解缆了。期待是湍急的冲动,浩浩春潮中,千帆竞渡的浮冰,告别柳岸,呼啸而出,回荡奔流之声……

(三)春天的节日

春天的门敞开着。红衣秀发的丰润女孩们,戴着柳丝小帽粉额细汗跑来,梳着"茶壶盖"的豁牙男娃们,吹着嘟嘟的进行曲骑马舞剑奔来。用对联的祝福抒情,用鞭炮的宣告抒情,用国旗的飞舞抒情,用风筝的飘扬抒情,用折叠的期盼抒情,用放飞的鸽哨抒情。白雪最后一次离别的轻吻,感动了时空。炊烟中挺立的树,绿成一种仪式。

(四)春天的约会

甩掉冬日冷漠,跨上季节的列车,在时光隆隆的闪动中,飞速掠过。春天正在不远的站台,用焦急的目光搜索。挥手间,幸福正是那方鲜艳如旗的——黄手帕。

(五)三月雪

挥手道别的,是飘洒的思念。温情时节,冬啊,无法克制那落地生根的泪水。无言的期待中,三月的列车已隆隆启动。窗外轻摆的枝条,映着你艳若桃花春天般的容颜。等你,我在下一个春。

(六)萌动的表情

冰冻的表情下,有种子般的渴望在悄悄酝酿。听!柳枝的扬琴,已柔柔地奏响。河流用小提琴的抒情,感动芬芳。活力,从钢琴琴键的楼梯上冲出。在阳光下放射出尊贵的光芒。春天的序曲,已隆重奏响,将音符刻在拥满欢笑的额头上。

(七)原野

晨光下的雪坝,如此豪壮!面对树阵的方向,我们纵情歌唱。而迟来的雨,则显得羞涩而沉静,不知不觉中,已染绿了谁的梦,躺在季节怀里,日子正孕育着又一个春天。

(八)春天的脚步

轻轻地,我走来,在料峭的风中伫立、徘徊,欣赏这诗一般的意境,欣赏这海一样的情怀,梦儿呀,早已跃出冲动的无奈。轻轻地,我走来,怀恋的眼神将心事悄悄打开,相逢如歌,延续着青春的豪迈。轻轻地,我走来,在摇曳中享受天籁,绿色旋律中,揭开季节的盖头。绽放,是渴盼已久的期待。

(九)春天的赛跑

小草从地下拱出来,高兴地喊:"啊,我跑得最快!"嫩芽从柳树里钻出来,晃着头说:"啊,我跑得最快!"路边的油菜花在风中飘摆,笑着说:"都别争,我都已经举起胜利的鲜花了,蝴蝶和蜜蜂,正在为我庆贺呢!"

(十)春光里的腊梅

你我隔窗相望。阳光的标签,正在风筝的叫喊中飘荡。你像冬天那样,欣赏我的绽放,是因为冰天雪地里我依然追逐着梦想。如今,春光披在我的身上。我知道,三月桃花雪或许还会到老地方探望,我就静静地等待,直到散尽最后相思般淡淡的幽香。

(十一)黄土坡即景

老汉斜靠在土墙角下,惬意地晒太阳。他用大拇指,把黄澄澄的烟丝,摁进旱烟锅里。抬头间,穿红挂绿的小孙女吹着柳笛跑来,"嚓"地一声划着了火柴。于是,一种春天的哼唱,陶醉在袅袅思绪里。

(十二)倾诉

溪水,以竖琴的方式诉说情怀。面对前进道路上的落差,山永远是心灵的承载者,面对雄伟的青春偶像,永不停步的激情,奔向无边的海岸!

我的冬天我的梅

(一)

雪白的手帕上,你在绣我的名字。不经意间,针扎了你的手。殷红的血,侵占了一片领地,你就干脆让这朵梅花绽放,表明自己誓言般的心迹。

（二）

原野白茫茫，看不见路，看不见车。一团火，在远方燃起，这生命的航灯呀，赐予我跨越的勇气。其实，世上处处都有路，就怕你中途放弃。在苍白的心情上，燃起一堆快乐的篝火吧，冬天，自此不再孤寂，严寒也会变得小心翼翼。

因为有了冬天

我怀念冬天。因为有了冬天，才有了无尽的思念。深埋在胸腔中那颗跳动的种子，渴望萌发出绚丽的浪漫。经历了冰凌雨，经历了暴风雪，生活依然平平淡淡。没有奇迹的日子里，我把喷薄的热情，熔铸成一行行冷冷的铅字，让傲立的大树吟诵审阅。期待来年，发表在阳光照耀的枝头，升华进辽阔蓝天。

哦，从来不去乞求，从来没有抱怨。我知道，因为有了冬天，春红夏绿才显得更加妩媚娇艳。因为有了冬天，秋水伊人才更具成熟的丰满。冬天，其实并不漫长，但也并不短暂。雪莱说，冬天来了，春天还会远么？因为有了冬天，匆匆跋涉的脚步啊，才留下一行行惊叹。因为有了冬天，青春的旗帜啊，才高高竖起，一任岁月的劲风，呼啦啦地翻卷……

月亮的传说

(一)

这天,凝聚了很多想象,人们用月饼做印章,在甜蜜日子上,盖上一个圆圆的月亮。生活的每一页,都抒发着圣洁的渴望。

(二)

月是故乡,月是爱情,月是相逢的圆桌,月是窗前的花影,月是释怀的欢笑,月是清风的传送,藏起来的时候,月便是所有善良人们幸福的行踪。

(三)

八月十五云遮月,该是最温柔的暗示吧,要不,正月十五雪打灯,怎会那样灵验和痴情。月亮与花灯,那次浪漫的约会,感动了静寂时空,在岁月的记忆中,延续成一段让人心醉的旧梦。

(四)

这张明亮亮的光盘,刻录着千古神话。此时此地,正在隆重地播放,天涯海角的观众们,面对每年的相逢,想必有惬意的欣赏,或偶尔的感伤。

（五）

今天的月亮,和以往的月亮并没有什么不一样。但今天的日子,就是那么让人牵肚挂肠,就是那么让人思绪飘扬。不仅是因为月饼的甜、瓜果的香,还有思念的声音,悄悄许下的愿望。今天的月亮,是所有月亮的代表,跟她说过的话,就会转换成无与伦比的力量。瞧,十月的月亮看你时,那深邃而多情的目光!

（六）

月亮能保佑什么？月亮还明亮地悬在头顶,一大早却出了场车祸,好像就该这么蹊跷似的。三轮车像只老骡,斜卧在路半腰上被折断了"腿脚"。满满一车的农民工,全被送往医院治疗,只有地下的一大片血迹,在等待着交警拍照。围观的人,越来越少,各自都有各自的事情要理料。城中心,一如往常,还是那样热闹。今天正好是中秋节,圆圆的月饼,圆圆的月亮,正期待着夜晚亲人浓浓的欢笑。

生活是如此多情

落雪无声常难以入梦,搏击风雨仍异常冷静,脱落的青丝倒计着光阴,怒放的花束昭示着成功。面对旷野,如火豪情陡增。飞在天空,豁达来去如风。别笑我,朋友,我的故事你没有读懂,我的心海回荡着涛声。

生活是如此沉重，生活又这样多情，责任扛在肩头，行进昂首挺胸。别审视我憔悴的面容，别穿刺我疲惫的心灵。朋友，别笑我，握着温暖的手，感受铁一般的坚定，听听豪迈的歌，欣赏流泪的风景。生活是如此沉重，生活又这样多情，痛苦总被击碎，心中充满感动，日子充溢着欢乐，幸福一生同行。啊，生活是如此沉重，生活又这样多情。舞起来，跳起来，让世界跟着转动，让命运远离陷阱。

男人的伤感

伤感的火焰，不仅侵袭女人，在悲欢交叉的十字路口，伤感也时常向男人进犯。

男人伤感的时候，季节变得躁动不安，天气显得格外闷热。小鸟悄悄敛起翅膀，在檐下凝神倾听；蝉儿偷偷放下扬琴，在绿叶间专心窥视。转动的协奏曲，猛然弹跳按键，切断了尾声……整个空间凝滞了，连一丝温柔的风也没有。世界沉寂下来，只留男人静静地踱步……男人从远方走来，浓重的色调幻化成背景。呜咽由地平线蹿起，在空旷的剧场回荡。莫名的伤感，敲击着杂乱的荒草和从未疲惫过的心。

男人伤感的时候，天空布满乌云，让坐在窗前的女人，什么也看不清。狂风肆虐地扑去，拍打着男人伟岸的身躯；海鸥呼叫着，在高高的浪尖跳跃搏击；鱼儿胆怯了，钻进深深的水底逃避；星星们不忍目睹男人的伤感，早已闭上眼睛，在瞬间强烈的闪光中，在撕心裂肺的号啕中，伤心地落泪……

感觉之外的声音

（一）微笑丛林

微笑,穿越心灵腹地的隧道;微笑,打开猜忌误解的钥匙;微笑,掀动记忆盖头的纤手;微笑,笼罩鸡鸣犬吠的炊烟;微笑,覆盖长睫朱唇的薄纱;微笑,指挥气吁心跳的魔棒;微笑,折断冰刀雪剑的热风;微笑,化解忧愁苦痛的溶剂;微笑,扫描蓝天碧日的彩虹。

微笑丛林中,几多温馨,几多险恶,几多豁达,几多悲情。微笑的生活,有痛也有爱,微笑的日子,有苦也有乐……

（二）灵感的光焰

在河中嬉戏时,你是触碰我腿的那尾小鱼。在树下乘凉时,你是啄食浆果的那只黄鹂。在田野里奔跑时,你是远远向我招手的那朵小花。在月光下休憩时,你是温润在耳畔的那团气息。

灵感的小鸟飞来了,我忽然屏住呼吸,生怕她像天使一样,飘然而去。灵感的光焰来自天际,在你刻意关注时,像大雪中的脚印,转眼不见踪迹。灵感的光焰,泛自心底,在你毫不经意时,她就占据了你美好的记忆。

（三）葬礼

戏，隆重开唱。表演者吼亮金嗓，吹奏者鼓足腮帮，弹拉者思绪悠扬，敲击者节律铿锵。最后这一回呀，这台大戏，为唱了一辈子戏的人而唱。

退出舞台，卸了妆，唱响的戏还活在世上。为自己歌唱，为他人歌唱，为生活歌唱，舞台的变幻诉说着沧桑。正在唱的，不知道自己的戏唱得怎么样，不知道谢幕那一天，有没有人叫好鼓掌。

（四）京戏一撇

台上的狂草，如行云流水。刀马旦，划出了优美弧线。浓墨重彩，岂止脸上，"哇呀呀"一声喊，谁个不叫好。台下一行行正楷，忍不住飞出飘逸神韵。五千年积淀，生旦净末丑，楷行隶草篆，唱不尽悠悠碧空，书不完茫茫厚土。

（五）轮回乐队

皱纹，是人的年轮。年轮，是树的皱纹。年轮和皱纹，都预示着将来的走向；年轮和皱纹，都标志着生命的回归。人们不愿暴露自己的皱纹，浪费了多少时光，掩盖了多少风云。树不愿暴露自己的年轮，衍生了多少枝节，折断了多少悔恨。感慨生命的过客们，总想留住些什么，但直线的奔跑，从来有去无回。于是，就走红了一哨人马，就叫响了轮回乐队……

（六）沙雕

像我一样最不起眼的沙子，被像我一样普通的人们，用最伟大的双手，用骄阳一般的激情，构思七彩梦想，创作金子般的精神灵光。

金沙滩上，流动的沙子，凝固了永恒的作品与永恒的艺术追求。不是么，时间尽管可抹杀风沙，风沙尽管可掠夺雕塑。但雕塑却慷慨地留下了璀璨夺目的记忆。记忆中，有老人的皱纹，孩子的蝴蝶，少女的裙衣。也有我的苦痛，他的悠闲，你的美丽。

（七）磨

磨了 1000 多年的铁杵，磨成针了么？好傻的老婆婆哟，干什么还要磨？磨白了头发，磨肿了手掌，磨掉了牙齿，磨灭了记忆。是呀，难道说意志就需要这样表白，而那个诗之仙人，小时候却没这么想过，他也跟着磨，傻傻地磨，磨出了一方方耀眼的汉字，磨出了一行行不朽的诗章，磨出了中华文明史上伟大的星座。如今，看见你，也是那么傻，那么傻傻地磨，是要磨针，还是磨剑，是磨历史的回响，还是磨生命的绝唱？

（八）并非循环

水是草的血脉，草是牛的血脉，牛是丰收的血脉，丰收是快乐的血脉，快乐是生活的血脉，生活是时代的血脉，时代是历史的血脉，历史是书卷的血脉，书卷是时空的血脉，时空是宇宙的血脉，宇宙是丰满的血脉，丰满是虚无的血脉，虚无是清纯的血脉，清纯是人的血脉，人是土的血脉，土是水的血脉，水是草的血脉……

（九）沦落

文字沦落为楼市的妓女，乌纱沦落为贪欲的妓女，墙壁沦落为口号的妓女，道路沦落为三乱的妓女，矿井沦落为灾难的妓女，亲情沦落为金钱的妓女。别，别！我不是故意，别以为妓女就是罪恶，别以为妓女就是所有的垃圾。她本是风雅之士，她本是良家妇女，如果不是毒液的再三侵袭，她也一定会守身如玉。她的所有枝条上，也都会绽放出美好的记忆。

（十）我是一块墓碑

你倒下了，我立起来了。在地球上，这是你留下的唯一标记。虽然说，博大的天宇所有人都是一颗看不见的微粒，但你还是想让我证明一下小小的自己，无论刻了些什么，我希望你不必在意，只愿你在另一个世界里，能够回味此生创造的不朽传奇。

（十一）迷惑

老板不会开车门，不会掀帘子，不会自己即席讲话，不会自己撰写文章。我不知道，老板该会干什么。老板秘书笑着说，你是真晕还是读书读呆了？会开车门那叫笨，会掀帘子那叫蠢，会自己即席讲话那叫俗，会自己撰写文章那叫迂。老板会跳舞唱歌，会打牌泡妞，会玩高尔夫曲棍球。会政治，会当官，会造假，还会利用什么都会干的人，这还不够吗？我说，呀，怎么忘记啦？难怪自己总被人家利用，还说人家"五两半斤肉，上不了秤钩钩"，说人家是大混混大草包是个"大盲人"。自己会的东西倒不少，扳着指头数一数，没一样实用的。写的东四倒不少,没一样自己的。这才真叫晕,这才真叫笨,难怪写了一脸的悲哀,夜里翻来覆去不能入睡,老给别人打工,就是对自己的最大讽刺或安慰。

(十二)只是一道玻璃门

二八月,自有二八月的魅力。二八月乱穿衣,衣服往往最能表露心灵的痕迹。街头巷尾一溜弯,就会收获许多记忆。掩盖不住臃肿体态的夹克,展示深深臀沟的低腰裤,正经八百的大西服,玉腿外陈的超短裙,以及塑形造态的大风衣,鼓动诱惑的比基尼,齐齐上阵。同一个舞台上,旋转着千奇百怪的生活。

季节这道玻璃门,什么都能窥得见。二八月乱穿衣,乱穿的岂是衣服。其实,看乱也不乱。文明,就是厚与薄的交替,就是大与小的更替,就是习惯与别扭的混合,就是生存观念的传承、改变。

(十三)走势

在保龄球馆里,我和朋友一起打球。总想一次打个满贯,球儿却如此倔强不听使唤,不是偏离轨道,就是拐个擦边。隔三差五,还要送个"鸭蛋"。心儿慌慌,额头冒汗,胳膊发软。一局投下来,有新奇有思考,也有难堪。毕竟第一次上阵,于心何甘。再一次披挂上阵,我瞪圆双眼、咬紧牙关,重磅球儿也被抛得团团乱转。谁料到,第二局输得更惨。朋友笑问,球场上的感觉如何?我只是摇头无言,复杂的东西有时挺简单,简单的东西有时又挺麻烦,真正的感觉,恐怕还在第三盘。"叮咣"的磕碰声,总该有最好的裁判。人生亦如斯,胜负一闪念,输赢举手间。

(十四)脱下鞋子

脱下鞋子,不知明天可穿得上。为了这双鞋子,有人忧虑了一辈子;为了这双鞋子,有人颓废了一辈子;为了这双鞋子,有人拼搏了一辈子。其实,穿不穿它有何重要。难道说赤着脚就不会走路?我们降临这个世界上,又有谁穿着鞋子?脱下鞋子,给脚展示的机会;脱下鞋子,给心灵放松的机会;脱下鞋子,给生活潇洒的机会;脱下鞋子,给命运跋涉的机会。

"倒霉"的朋友

他是我的一个朋友的朋友,好多年前我们有过两次交往,现在他的情况怎么样了,我不知道。但我对他的印象还是很深刻的。

提起这个朋友阿华,有人就撇撇嘴说:"他呀,什么都干,干什么也都凑合说得过去,可就是没发过财——运气不咋好!"可是还有一些人就说:"阿华那人吧,有志气,屡战屡败,跌个大跟头,起来照样跑!"

已逾而立之年的阿华是一个偏僻小镇谷旦镇太子村的农民。谈起他的事情来,还真有些一波三折。最初,他买了部汽车当了老板。没想到,时间不长,车子在浙江出了事,又打官司又赔钱,到头来弄得竹篮打水一场空。此后,又东奔西跑联系生意,忙来忙去总是时运不济。有一次,他千方百计联系好一批鱼粉,本来一趟下来能够挣个万把块钱,谁知去南方拉货时,恰遇台风天气,货路受阻。等到了第三天，家里有急事打电话催他速回，到嘴边的生意硬生生泡了汤。后来，他又与一个朋友在孟津县开设了一个农机配件批零服务部，生意还算红火，可是没多久，他母亲瘫痪了，他又不得不回来照顾……在一次次挫折面前，阿华没有气馁，不甘寂寞的他在时时寻找着实现自我价值的机会。村里过去办了个建筑装饰材料厂，原来生产免烧瓷片、地板砖，由于考察失误，一下子亏损了20多万元。一个只有二十几号人的小厂子哪能经得起这般折腾？在这个厂里上班的阿华看着乡亲们的血汗钱化为一堆废铜烂铁，他的心被深深刺痛了。关键时候，阿华拉上几个伙计揽起了这个烂摊子，同时也迅速开始了瓷砖壁画项目的考察论证。上个新项目真难哪！先是没有资金，求亲戚告朋友，好不容易"搜刮"了1万多块钱，可是去山东学技术时，人家竟然狮子大张口，要6万元的技术转让费。他懵了。不过，他是个有心人，他有他的办法。在那里转悠了好几天，终于看出了门道。他挺有心计，花小钱办大事，攻下了一个掌握核心技术的师傅，弄来了一套"绝密"技术资料。接下来是第二个"拦路虎"，遇到了买瓷釉难。同行是冤家，供货方生怕暴露了进货地点，卖给他的整桶瓷釉，把上面的标签全都撕掉了。阿华可不死心，翻来刨去，终于找到了一个带有半片标签的大包装桶，不管三七二十一，花高价买了回来，顺藤摸瓜，找到了进货地点。紧接着是第三块"绊脚石"，进货难。北京、邯郸两头跑，半路上"上眼药"受亏的事情也多次发生。几番周折，瓷砖壁画终于开始生产了。谁知道，远没有他想象得那么顺利，接连试了几次，生产出来的不是废品就是次品，阿华大伤脑筋。别的不说，仅壁画上"太阳"的烧制就颇费了一番心血。烧制时，喷釉的厚度、窑膛内的温度，全靠平时积累的经验来掌握，温度高了一点儿，"太阳"就烧没了，温度低了，又变了颜色。

几天下来,烧坏的瓷片整整拉了一小拖……功夫不负有心人。无数次失败之后,小厂的产品终于叩开了市场的大门。近年来,他们生产的系列壁画一直供不应求。有人跟阿华开玩笑说:"山不转水转,天不转地转,你的运气总算是转过来了。"阿华却一本正经地说:"运气全是自己争出来的,不争不抢哪有好运气? 人这一生呀,遇到困难就打退堂鼓,那是啥事也干不成的!"

阿华不易。阿华乐观坚强。我祝愿阿华有一个好的归宿。

庄稼人

拍去头顶的高粱花,甩掉鞋底的黄泥片,庄稼人,从阡陌纵横的历史中走出来,用一贯捏锄把舞镰刀的手,摆弄化学钢铁乃至声、光、电,用风吹过雨打过的硬骨,雕塑一座座构思已久的城市。

时代变了,庄稼人的心也野了。他们不再满足于蹲在小院的门槛边,喝着玉米糊糊红薯汤。庄稼人西装革履跨过门槛,钻进"桑塔纳""奥迪""奔驰""公爵王""凯迪拉克",潇潇洒洒地满世界兜风去。驰骋大市场,举杯邀客,用庄稼人的朴实和勤劳,赢得别人的尊重和喝彩。让那些金发碧眼的老外兄弟高竖拇指,连喊 OK!

庄稼人,自豪地吹牛。庄稼人,叫你难以辨认。他们在重新审视脚下的土地,这是一片金土地啊,这是一片充满希冀的土地啊。他们在利用业余,播种收获着另外的庄稼……

时尚在线

（一）狼族

透过明亮的橱窗，七匹狼沿着模特的指向，正温柔地张望。"别跑，别跑，不必紧张，我们可不是你想象的那样。我们不要你什么，只希望你进来看看，买件昂贵的衣裳，感受一下品牌的力量。"

其实，我们是一群不屑伪装的狼，在城市的丛林中，早已变得真实真诚，而且充满激情和善良。我们是一个坚强上进的团体，让生活增值，让世界神采飞扬。

（二）鹰之悟

我早已不是那只傻傻的鹰了，深蓝色的眼泪已凝固成冰。我知道饿，我知道冷，知道付出的无奈，还有遥遥无期的成功，以及让我心痛到无法呼吸，重中之重的所谓的爱情。现在，我只想在这无垠的天空，静静地飘上几分钟，像海中一尾鱼儿一样，享受自由的快乐和岁月给予的感动。我是鹰，我知道风雨过后，不一定会有彩虹。我是鹰，我经历拼搏的苦痛，梦想依然无影无踪。总不能无怨无悔地投入吧，我已无法透支昂贵的生命，如果真是我的方向错误，我该思量，改变自己固执的行程。我是鹰，我期待命运的认可，更盼望自己的感动。

（三）洋葱传奇

一刀下去，我没有流血，你却在流泪。何必呢，都是聪明人，干什么学得这么蠢？难道刀就能实现危机的消退或情感的生存吗？我不信，如果非要说点什么，就告诉你，这把掂在手里的刀，这把能做许多美味，也能衍生邪念的刀，只能体现锋利的纯粹，并不能把丰满的青春镂空，也不能把未来的时光砍碎。

放下刀，你已无法后退！

（四）蜕变

一只得意的公狗，停止了猖狂的追扑。他轻声哼唱着，转向另一条陌路，用少有的怜惜，展示自己的温柔和风度。

一只衣着华丽的青春女犬，正在主人的牵引下，悠闲地遛弯散步。公狗用摇尾的方式，表达自己一见钟情的爱慕。谁知，燃烧的激情，却遭遇一阵痛斥与羞辱。狼狈的公狗，本想义无反顾地追逐，看着女犬那样的鄙夷孤傲、不屑一顾，只好低下酷似雄伟的头颅，夹起尾巴逃进一片丛林，独自品味无言的痛楚。

（五）王者之悲

交了钱，就可以和兽中之王合个影，展示一下自己的威风，但老虎太劳累，它也有打盹的时候。手里的竹棍不偏不倚，在它身上疯狂地跳起了街舞，被牵着的虎崽无法躲避，嗷嗷惨叫中，嘴角淌着血迹，一颗牙齿生生地断掉。它只有两种选择，愤怒和恐惧。它挣不脱冰冷的铁链和恶毒的警告，唯一让它欣慰的，是众人对施暴者一浪高过一浪的声讨。

（六）俯视古城

大楼顶层，我与环保志愿者聚会。俯瞰，是一种特别的角度。

喷云吐雾的汽车，甲壳虫般组成川流不息的乐队。嘀嘀嗒嗒，叽叽哇哇，抑扬而不顿挫。栏外的行人，如蚂蚁歌手，兀自歌唱自己的繁忙。交通岗上，警察是乐团指挥，把手势打得如此尴尬。共有一个舞台，就这么不合潮流却又难以协调，污水般静静流淌。楼顶的看客，有我；楼顶的演员，也有我。一种冲破喧嚣改变尘世的豪情，如狂猛的大红鹰凌空飞翔。古城是一台收录机，调频调谐复制音调，尽由不愿忍受煎熬的志愿者，操作绿色梦想。

根雕

老了，是老了，但这一次，何曾死掉？荒凉的郊野上，谁看见根周身迸发着金光。老花镜的亲吻，新刀子的温存，剥离掉层层鄙视。星星碎屑中，艺术赋予新生。玻璃展台内，猩红的背景、尊贵的黄帛，衬托你的神气。昂贵的标签，惊奇的赞叹，似乎在诠释由腐朽升华永恒的漫长过程。

埋着，对你永远都是一场噩梦；刀砍斧凿，让你承受了痛苦，也让你摆脱了死亡的折磨。

仙人掌

拒绝普通,拒绝平庸,我要掌握自己的命运和前程。

面对骄阳,面对沙荒,我举起有力的手掌,钢硬的毫毛,展示出铿锵的力量,绽放的豪情,抒发永恒的歌唱。顺着我的指向,你不会颓废,感知我的心音,你不会彷徨。因为自信,因为不屈,因为顽强,上苍封我——仙人掌!

方西瓜

美联社报道说,日本有些农夫将生长期内的西瓜放入方形玻璃箱中,种植出一种方形西瓜,每个西瓜的价格为 1 万日元(约合 83 美元),在市场上供不应求……

最近,我偶然看到了这奇特的东西,心里不胜感慨。方方的脑袋,方方的西瓜,方脑袋挺值钱,圆西瓜很廉价,脑筋来个急转弯,西瓜也跟着起变化,有规矩可以成方圆,方与圆全在人操纵它。放进玻璃匣,形状就变啦,同样的瓜皮同样的瓤,同样的秧叶同样的花,却由贫家女变成娇公主,高贵得让人惊诧。贵与贱,其实简单得只有一句话,但简单的东西,往往也最复杂。

方西瓜虽然不算个啥,但它是生存方式的又一种表达。

含羞草

我是含羞草，我喜欢静静地感受生命的美好。

不是害羞，只是不愿接触那些肮脏的手，与清风相携，与阳光交流，与纯净的心灵沟通，与真挚的爱抚凝眸，这才是我对幸福的追求。

不是害羞，只是不能接触那些陌生的手，看到过温柔的侵蚀，看到过扼喉的袭击，看到过祝福的酒杯，看到过阴险的毒水。如今，我就这样严阵以待。

不是害羞，只是不敢接触那些勤劳的手，那开裂的皮肤，那模糊的纹路，那磨短的指甲，那强劲的筋骨，总让我心儿一次次地颤抖。

不是害羞，其实真想牵住你的手。你多情的手，你温柔的手，你可敬的手，但终不能够，不是洁身自好，而是想用自己的力量，长成一棵庇护生命的大树，驱走恐惧与寂寞。

竹花

欣赏我的挺拔，欣赏我的勇气，欣赏我的骨节，欣赏我的翠绿，可你，别欣赏我的花儿，真的，我不愿绽放，那是一种惨烈的美丽，那是一种晦暗的奇迹。花儿开了，心儿碎了，朋友，你怎知道我伤心的结局。

我在拼命挥舞生命的旗帜，尽力，尽力，我不愿倒下，一棵我、一棵你、一片绿、一片疮痍，谁愿接受这样的风景，谁愿欣赏这样的壮举！

对呀，别倒下！即使不开花，又何足惜，短暂的繁荣，往往令青春窒息，就这么虚怀若谷、迎风斗雨，就这么接受阳光、吐纳空气。朋友，请听我飒飒的诉说，请看我向上的步履，每一个台阶，都在感受命运的交响；每一次搏击，都在展示喷发的活力。

绿色幽灵

"紫茎泽兰"是一种生命力极强的植物，俗称"霸王草"，原产于美洲的墨西哥，其根系发达，一年四季茂盛，约以每天 30 公里的速度侵蚀牧区、山野、农田……"紫茎泽兰"泛滥成灾，已成一大公害。

看，它们尾随海的脚步，越洋而来；尾随风的脚步，跨境而来；尾随野蛮的脚步，凶恶而来。砍不完割不尽，烧不绝旱不死。顽固的身影，让顽强的人们一次次败阵。泛滥的绿色，吞噬着希望，却覆盖不了记忆。仙人掌、水葫芦，也曾这么猖狂，蝗虫、老鼠也曾这么肆虐，但一切只会静止消失，不会继续发展。

看，有天敌跃出神奇瓶子，将罪恶悄悄平息。那是一种人工培育的泽兰实蝇，在决战中发挥着强大的威力！

艺林撷枝

（一）

魔术师从黑礼服中抽出洁白的手绢,潇洒地在空中飘摆。这时,一条鱼就游了起来。空气是水,心情便是几枝摇曳的鱼草。空中飞鱼累了,于是,魔术师就把心事折成纸船,做成龙形风筝,让漂泊和飞翔,演绎出一段神话。精灵使者,扇动多情的翅膀,播撒甜蜜的幸福与希望。

（二）

天空的屏幕上,太阳是游动鼠标。点击的每个画面,都是春夏秋冬里最具诱惑的主色调,都是所有季节里最具灵性的大风景,每一次程序切换,都会带来温暖的回味。每一次时空转轨,都会带来热情的歌声。

（三）

天空这张大饼下,总有无数饥饿的人们。饥饿,就是心头梦想,这种渴望,无时无刻不在考验着道德的力量。在煎熬中挣扎的理想主义者,往往遭遇碰壁,一如现在的我和你。我在饥饿中昏倒,你在饥饿中燃烧。

（四）

台上的是疯子，台下的是傻子。演员与疯子，有时是快乐的同义词，愉悦时可以大声唱，郁闷时就会大声喊，不掩饰自己，就能抒发心胸与志向。所以有时候，当个疯子歌手也是骄傲，也是感动。即使暂时感动不了别人，也会先让自己涕泪双流。

（五）

拥有技巧，不如珍藏童心。就像儿子批评的那样，你写的，不是蹦蹦跳跳的童话。童话应该像小兔子一样，天真无邪，充满意趣。是的，好与坏，孩子最有发言权。因为是童话，是说给孩子的话。可是儿子渐渐长大，以后不能当我的评委了，童心未泯的我，会不会从此失去写童话的灵感。

（六）

朋友要出文集了，他调动了所有的关系，来为自己呐喊摇旗。为装点门面，特想聘请李白、杜甫、白居易写个大序。前辈们没有想象的那么高高在上、故作神秘，一律很赏光，很随便地把润笔费揣在兜里，认真地挥毫泼墨划上几笔。李白说："写得出神入化，浪漫洒脱，虽然我暂时看不太懂，但这绝对超凡脱俗前卫富有张力。"杜甫说："这也许就是新生代的超经典现实主义，写得十分真切，就像在五星级厕所排泄的感觉，竟然如此疯狂痛快淋漓！"白居易蹙着眉头说："太有才了，这超级诗人相当地牛X，让人看了不堪一击。反正我是写不出来。后生可畏呀，看来什么烂事都能用文字来表达，佩服至极呀佩服至极！"

赏光的名人们都懂得市场经济，或长或短，每人都用出了一篇小序，不过署的全是网名。他们说："要配套这样超级的文集，只有用刚注册的网名才更加富有新意！"

（七）

书很厚重，是本畅销书。森林是书的封面，茫茫无际、氤氲云烟，充满神秘之感。震撼的书名从远处射来，泛着狼的嚎叫，引诱你瞪圆惊奇的双眼。

慌乱中打开书页，丰富的内容少不了白兔的浪漫、大象的敦厚、长颈鹿的敏感、狮子的稳健，以及羚羊的速度、红鹳的冷艳，并没有什么过于那个的情节，也没有陶冶心灵的所谓看点。平实而仓促、简单而一般，之所以这样设计，是市场的需要，是包装的手段。末了，少不了斑马先生特批的条形码，以证明读物是合法生产正式出版。还有，鳄鱼一样张着大嘴的价钱，已远远超过熊心豹子胆。你知道什么是麻木的畅销吗？是昂贵刺激的华丽外表，还有脑满肠肥的所谓版权。

（八）

上游是山，我从山中来，从飒飒翠竹林跃出，清清白白、欢欢快快。无名小溪，总想播撒清纯的绿梦，总想滋润欢乐的歌喉。只是未曾祈望别人关注、欣赏，抑或敬慕。因而，不挟泥带沙，不承载污染，不招鱼弄草，不呼朋引伴。就这么，不安分地奔跑跳跃，用激情冲刷你光洁的岩面，这是一种天然的亲和，是流程中最难忘的风景。我与你，因为碰撞而互动。心儿，岂能白水般平静？

第三辑　平凡过客,真水无香

风中的悬念

拥有悬念的生活也会充满诗意。因为有了悬念,我们的追求才愈发圆满。

别的不说,就说诗歌。写诗是我的专业,但不是我的职业。以诗为生的人,目前似乎还没有听说过。我写诗,只是为了好玩儿,也是为了让读者看了好玩儿。我从来不期望我的诗将来有一天能够成为什么传世经典。传世的诗人估计也从来没有想象得那么长远。所以,我只关注眼下,我只相信现在。我的诗只想让匆匆忙忙的人们停下脚步,站上一站,看上两眼。写,是为了让你我都开心、都思考、都愤慨、都感动,抑或其他,偶尔心灵触动一下、共振一下,足矣。说白了,诗就是一个现实生活和美好梦想的融合体,不必过分认真地雕琢。这一点儿,我自愧没有农民诗人白连春的投入和痴情,他那种视诗如命、溢满爱火的精神,让我望尘莫及,我不得不从内心里敬重他。

诗,必须学会关注自我。自我是社会的一分子,不会关注自我的人,就不可能把握好社会,不可能触及诗的真谛。没事时,我总喜欢在网上搜索自己的真实名字或网名、笔名,看看自己在网上的动态,看看有哪些作品被评论、转载或是抄袭了,看看网友对自己有什么留言。我渴望交流。诗也渴望交流。有个朋友在 QQ 上交朋友,一上去就说自己是诗人,别人不屑一顾地来了一句"还诗人来着",立马删掉。拒绝是必然的。这就是不善于交流才出现的笑话。诗人本身就是匠人,你别摆出一副清高雅士的模样,你就是一个普通人,只是希望用诗歌表达心绪而已,你在生活中不会和别人交流,你的诗别人根本也不愿加以理会,生活的艺术就是诗歌的艺术。千万别自作多情地自封为"诗人",其实诗人并不是多么让人羡慕或崇拜的对象。我爱码字,但我不会因为自己钟爱的文学而燃尽所有痴情,我不会因为追求浪漫、抒情和深沉而把自己搞得迷迷糊糊、神志不清。我是一个喜欢写诗表达的人,但我不是一个沉湎于诗情中的人。我清醒着、智慧着、幽默着,是一个从容淡定的尘间凡人,绝不是那种为伊消得人憔悴的诗坛"大烟鬼"。生活中有许多值得我爱的东西,诗只是比较重要的一部分。在诗的国度里,我永远只是一个忠诚而尽责的守门人。尽管,我周身弥漫着馨香的诗韵。我只想看看城里城外,不想走进去,我怕自己不能自拔,更怕自我沦陷。

诗歌不必太纯粹。纯粹这个魔鬼,让一代又一代写诗人伤透了脑筋。纯粹的结局,是自己不知所云,别人云里雾里。诗人圣野说过,"诗是生活中长出来的玫瑰"。是生活中,不是想象中,不是别人的"技巧"中。一代幽默大师林语堂先生说:"我是唯物主义者,所以在无论什么时候总是喜欢猪肉而不喜欢诗歌,宁愿放弃一切哲学,而获得一片拌着好酱汁的焦黄松脆的精肉。"我无意对大师不敬,但他这话说得确实没有多少技术含量。您干吗有事没事拿猪肉和诗歌比对？萝卜白菜，各有所爱。其实，就有不少人愿意饿着肚子快乐地欣赏诗歌、快乐地放声歌唱，而不愿意吃上一肚子油腻十足的猪肉而心安理得。这也是现实。我猜想，林大师之所以如此幽默，是对那些玩词弄句的一些"技巧诗歌"看不上。事实上，也确实有人过高估计了自己的技巧和影响力。早一段时间，比较有名的"鲁豫有约"节目采访了我的老乡、大名鼎鼎的作家刘震云，节目中间穿插了一段社会调查的内容，电视记者在书店现场采访读者时，许多人表示不认识、没听说过、不了解刘震云和他的作品，还有的张冠李戴，把他当成了别人。震云兄就很不悦地调侃道："你采访的这些都是没文化的人。"这话也是句玩笑，没有任何恶意，但听着总不大舒服。纵然，大家都不知道刘震云如何，都没有看过《我叫刘跃进》又如何？说白了，作家无非就是做这个行当的职员，端这碗饭比较顺手而已，别把职业和作品弄得太神圣太纯粹就是了。我绕了一大圈子，还是说到诗歌，我的诗歌不知道属于哪一个层次，但有一点儿可以肯定，就是她还远没有形成舆论强势，也缺乏炒作和吹捧，但我总喜欢在报刊杂志和网络上自我张扬一下，让大家来评价、来褒贬。我最喜欢的事情就是，在网络上拿出一件东西，让各色人等来灌水拍砖或置顶鼓励一番，毕竟自己的诗歌或文章都是用来交流和诉说的，虽然不愿刻意写作，但我相信总有一天，我会拥有一大批自己的追随者和铁杆粉丝。因为人的心灵总是相通的，只要你拿出自己的真心去展现，拿出你的技艺去表达，你就不会寂寞。

诗歌需要耐心。有首流行歌唱得好："不是因为寂寞才想你，只是因为想你才寂寞。"诗和我，似乎也是这样。德国诗人里尔克有一句话——"挺住，意味着一切。"他所说的挺住，大概不仅仅是坚持，但也绝不是自以为是的固执。你不能过于急躁，更不能过于谦卑。在生活的视野里,我们是一道清亮而又委婉的风景,而不是拿着诗歌炫耀和装饰的物品。诗歌缺乏市场时,要挺住,庄稼不收年年种;诗人缺乏尊严时,要挺住,别让外人小看了自己。诗人汪国真说:"熟悉的地方没有风景。"依我看,不是没有风景,而是我们审美疲劳,是耐心不够、浮躁有余。

诗歌需要土壤。生活本身是土壤,所处的环境也是土壤。我生活的中原大地,这是一块文化积淀非常厚重的热土。中国是诗的国度,而河南则是诗的摇篮。就拿唐诗来说吧,唐诗是诗国中最为辉煌的巅峰。唐代最著名的三大诗人中,"诗仙"李白曾三度游历河南,并在开封居留十年,而"诗圣"杜甫和白居易都是河南人。杜甫生于河南巩义,是中国历史上最伟大的现实主义诗人。他与李白合称"李杜",后人称为中国文学的"双子星座"。白居易生于河南新郑,晚年居于洛阳香山,号"香山居士",是新乐府运动的倡导者。不仅是诗歌,唐代散文同样成就卓著。文坛宗师韩愈,是河南孟州人,我最仰慕的家乡人,他是司马迁以来最伟大的散文家、诗人,被誉为"唐宋八大家之首"。作为文坛领袖,他"文起八代之衰",倡导古文运动,颠覆了骈文的长期统治,在文章的演变上有着划时代的意义。他在写作上提出"文以明道""词必己出""陈言务去"等主张,他的散文气势充沛,纵横捭阖,奇偶交错,巧比善喻,名篇有《原毁》《原道》《师说》等。他的诗歌也别开生面,《调张籍》《左迁至蓝关示侄孙湘》等为其名作。我非常幸运,在韩愈的故里,我曾被市委、市政府正式任命为第一任中国孟州韩愈研究所所长(正科级事业全供单位),虽然是不上品的小文职,但我诚惶诚恐,又深感责任重大。我自知,在诗与文的旗帜下,我只是追随如蚁人群中的一个无名小卒。"常忆西山红叶好,但看虚空白云飘。"尽管心境恬然,但我从来没有放弃过自己的声音,我有自己火一般的豪情,我有自己剑一样的追求。

西川说,"诗人生在中国,简直太不幸了。"这话可能有点来历。据说在俄国,诗人走在街上,全体市民都行注目礼。可是俄国早没了呀。其实,诗人生在哪儿都不幸,生在其他地方或许会更不幸。在中国当个诗人,其实在过去也是牛气冲天、荣耀无比的事情。大诗人李白,潇洒绝伦,杨贵妃都得给他斟酒,高力士都得给他脱鞋。可唐朝也早没了呀。现在,你真成了诗人时,怎么都觉得比小偷还灰溜溜的呢?在街上,你要说你是诗人,所有不写诗的人都用鼻子哼你,当你是怪物、经神病人、另类,抑或说不上来的什么东西……那你就只有一个办法,别说自己是诗人。这不就结了吗?所以说,诗人出生在什么地方不重要,重要的是他总把自己当成诗人。如果诗人不会把自己打造成一个快乐生活的人、一个心胸豁达的人,那就真的是太不幸了。

我首先是一个幸运而幸福的人,但也是一个没什么野心的人。没野心不等于没志向。不管时空如何变幻,我内心里充溢着"谁敢横刀立马"的豪情。我有目标,有规划,也有行动。不管风吹浪打,我依然在不停地跋涉。跋涉就会有收获。执著而不执拗,这是我的性格。我常常遭遇失败的奚落,虽然我很乐观,但我不希望它是心情大门边的常客。我对自己说,真正的强者,可以被打倒,但不会被打败;人倒下了,精神不会倒。"只要你站起来的次数比倒下的次数多一次,那就是成功。"我渴望成功和胜利。作家刘墉说:"想象你在掌声中。"在掌声中,那是多么实在的感觉。我想成名,也想获利,没有名利的事情,做着又有什么意义呢。我毕竟还是凡人。诗人又不是不食人间烟火的神灵。

我坚信,上天从来不会亏待任何人。更不会亏待我这样的所谓不入流的布衣诗人。

不管经历了什么,我都会无怨无悔,真心面对。

因为,一路有诗歌相陪。

诗歌是生活的阳光。在阳光的照耀下,我享受着写作带来的愉悦和快乐。

再回首,我梦依然;

再回首,我诗依旧。

风中,我静静地感受着悬念丛生、诗韵悠长的生活。

征服

星期天,到河南沁阳去,那里有一座神农山。

山,高且险。登上这一行程,只为寻求磨炼。沉重的摄影包、食品袋,斜挎在妻子的肩头。我扎紧鞋带,半躬身板,背负着瘫痪的儿子和无尽的祝愿。

山道弯弯,灰色的印迹,指引着我们一步步向前。上上下下的游客,小心翼翼,相互躲闪。

我们一家,似乎是特殊的游客,不时有疑惑、不屑,甚至怜惜的目光,默默递传。偶尔也有几句,类似同情的问候和近乎讥讽的语言。没有人真正知道,我们不是在无聊中游戏,也不是把五六岁的儿子娇惯,我们正在进行着一场信念的决战。

从儿子出生那年,就已在背负中启程,就有了更多难以预测的忧虑和挂牵。脑瘫,压迫着无知的孩子,也几近毁灭了我们的梦想和心愿。北京、上海、辽宁、四川,背负的历程是那么长,尽头又那么缥缈无边。

我们不去想,也不愿回避。有时,痛苦和不幸也是一笔财富。既然来了,就昂首面对,毅然决然,苦中寻乐才有不屈的信念,才有真情的奉献。与妻子顽强负重,互励互勉,正如今天的选择,是一种搏击,一种宣言。

山腰上,不时有一些休憩者、停顿者、往返者、退缩者,妻已湿发贴额,我已汗水浸衫。抱着希望,我们稍作休整,继续登攀。目标,征服自己,征服群山。

离山顶还有多远,爬山者总爱这样打探。再鼓把劲儿,胜利就在眼前。脚板如船,信心鼓帆,激情冲破重重羁绊。猛抬头,顶峰展现。蓦回首,满目怪岩。

对于征服了困苦的人,鼓励别人也是成功的体现。但对于正在征服困难的人,每一步都充满艰辛和拼搏的信念。目标就在心中,哪管路途遥远。我自尽力如斯,毫无怨言。终于将群山踩在脚下,所有的雄伟壮丽尽收眼前。儿子笑了,笑得那么灿烂,尽管他不会懂得父母的心愿。取出久违的欢笑,留下不屈的纪念。征服后的欢笑,必将变成幸福和永远。

希望的话题

希望是什么?希望是少年时代的幻想,青春岁月的歌唱,人到中年的热情,鬓发如雪者的拐杖。人怀着梦想,梦也闪闪发光。

曾几何时,希望的小船历尽风雨。纵然,希望的花环朦胧而遥远,但生命长长的阶梯,都深深镌刻顽强的希望。希望有一柄夺目的剑,希望有一轮奉献的太阳,希望有一株高昂的大树,希望有一颗绚丽的珍珠。然而,在不被了解的另一面,希望只是一把并不锋利的菜刀,一颗微弱的小星,一片青青的野草,一方普通的沙土。但希望,依然快快乐乐地活着。这是一粒不屈的种子,这是一首铿锵不绝的歌。哲人说过,把自己看成珍珠,就常有被埋没的痛苦,把自己当作泥土吧,让众人踩成一条路。

是呵,珍珠是希望,路又何尝不是希望。芸芸众生,凡夫俗子毕竟居多,但你记着吧,希望是努力的脊梁,希望是向上的支柱,希望之光不灭,生命之树就永远不会衰老。

激情,穿越生命腹地

激情,不是诗人的专利,也不是年轻人的工具。激情,是人生的动力源,是青春的加油器。

说明一点,我不是专业诗人。其实,诗人也无所谓专业或业余。诗人不是一个职业,只是一个角色。意大利歌唱家帕瓦罗蒂很业余,他甚至不识乐谱,但这丝毫没有妨碍他成为专业的"世界第一男高音"。诗与歌最为相通。当前,在写诗这个行当,专业的人士确实太多太多,如我之流附庸风雅之辈自然也不在少数,滥竽充数之徒或许更如过江之鲫。虽然市场低迷,虔诚者仍然大有人在。难怪有人开玩笑说,闹哄哄的地球上,拥挤最是写诗人。现在"诗人"和"美女"一样普遍。他们从不会固守寂寞,他们总是热衷于对人生和这个世界的狂热表达。中国是诗的国度，写诗者何其多，我只是平凡的一个。但是，从我内心来讲，既想把写诗当作一种爱好，又想当成一项事业，真是两难的选择，唯一解脱的办法就是，随心而动，不作强求，以游玩的心态来对待神圣的诗歌。在我的家乡孟州，活跃着一群文学爱好者，他们尽管还没有什么创举，没有什么突破，没有什么名气，有些还仅仅是起步，但他们的执著和坚忍让我感动，他们的恬淡和豁达让我敬佩。我过去曾暗自笑话他们的傻气和迂腐，现在我感慨他们的勇气和精明。

事实上，眼下正是诗歌被冷落、诗人遭冷遇、众多爱好者惶然迷茫的时候。一提起诗歌，许多人都会摇头："这年头谁还弄这个呀，写诗又不能当饭吃！"是的，在市场经济的年代，一般报纸副刊上已经很少见到诗歌的影子了，即便专门刊载诗歌的文学期刊，也多半无奈地忍受着门前冷落鞍马稀的窘境。曾有一段时间，中华诗词社和江苏省红豆集团等，以 20 万元巨额资金作为奖励，共同发起了"寻找当代王维——征集七夕红豆诗"活动，在全国文坛引起了一定反响，不管最终谁获取了大奖，也不管企业广告炒作手法的优劣，毕竟有人在关注诗歌了。

前尘似梦。作为一个诗歌的追随者，面对既萧条又缤纷的诗歌市场，应该如何调整好自己的心态？我一直以为，对写诗要有个客观的认识。写诗不仅仅是一种个人的创作行为，本身也是一种价值的再创造，仅用物质市场的价格来衡量诗歌的价值是不足取的。诗可以创造物质价值，更为重要的是人生意义上的创造。诗是使梦想能够实现的一种方式，是生命绽放绚丽色彩的一种表达，她可以使语言升华增值，是未来的启明星和导航仪。这样说，似乎有点玄，但却是事实。时下，诗人这个头衔如同我们的生态环境一样遭受了严重的污染，这是一件令人痛心疾首而又无可奈何的事情。当下也有一些人怕别人称自己是诗人,好像诗人这个名词本身就是贬义词,诗人就是行为怪诞的异类,这有社会环境的因素,也有诗人和诗作本身的因素。怕,就是心态出现偏差的缘故。说明你不敢大胆表达自己的心志,不敢大胆说出自己心中的所爱。还说明,剑走偏锋的时候还不少,我们所从事的事业中那些登不上台面的"小我"还太多。换句话说,写诗的人,不一定是诗人;不写诗的人,也可能就是诗人。这样说,其实是有一定道理的。艺术,来自心灵的倾诉,来自社会的表达,诗歌更是当仁不让。心灵,最需要的就是诗歌,最呼唤的也是诗歌;因为只有诗歌能为它提供必不可少的思想和情感能量。"李杜文章在,光焰万丈长。"你可能不了解海子,许多人却知道"面朝大海,春暖花开"的诗句。其实,诗者思也,只要人们还有空隙想去抚慰一下自己那颗早已不受重视的心,只要他还有点文化修养,面对一首真正的好诗,他不会无动于衷的。诗并不一定多高雅,但它一定是指向心灵的,是人类文明精华的体现。同时,公平的社会市场也告诉我们,只要诗还有人看,只要是真正的好诗,就会有源源不断的诗人,就会有广阔的市场前景。诗人,总有一天会用他们优秀的诗歌产品叩开这个世界的财富之门。

话又说回来,对于诗歌,虽然我很业余,但不妨碍我追求优秀和卓越。诗人是典型的个体精神劳动者,尽管他面对的是广阔的社会舞台。写诗是我面对自己的灵魂的独语,是我对这个世界倾诉我的思想的一种方式。写诗无师,有师反而不一定是好事。杜甫说"转益多师是吾师",诚然,信然。说起来,自己的诗从生活中信手拈来,生活应当是师祖。想起评论家孙荪的一句话:"诗歌无论言志、缘情,都因需要而产生,时代的需要,社会的需要,人自身的需要。同时,缘于我们悠久的优秀的诗歌传统。"一位古人在为《诗经》写的序里也说:"诗者,志之所之也。在心为志，发言为诗。情动于中而形于言，言之不足故嗟叹之，嗟叹之不足故咏歌之，咏歌之不足，不知手之舞之足之蹈之也。"我的诗因何而生，好像也没逃过这几条法则。鱼儿把吐出来的所有泡泡排列成行，便成了诗；我把散落的生活感受、社会阅历检索出来、熔炼出来，也成了诗。少年情怀总是诗。多年来，有过豪情万丈，有过茫然失措，有过感悟现实，有过幻想和梦想。更多的，我喜欢幻想，这种境界一直存蓄在追求的意念之中。同时还有冲动和激情。诗歌给我增加天真和机智，使自己对人生有一种特殊的眼光、特别的视角，同时，使生活变得更具色彩。而今我已人到中年，还是莫名其妙地充满幻想、冲动和激情。这一点我很惊奇，也很满足，因为这是保持年轻的重要法宝，是写诗作文的必备要件。我不知道，若干年后，成为一个白发苍苍的老者，面对自己曾经苦恋的诗歌，我会心生怎样的感慨。有个评论家说："当一个人到了而立之年后，仍然写诗的话，那么他必然是要有责任感、历史感的。"这话很中听，很受用，让人不得不充满自信。总是豪情万丈、热情似火的我，骨子里就是喜欢热闹，害怕孤独和空虚。因为有了这些，自己的诗作有时就遗忘了形式、技巧和内容，多了点马尔克斯式的喧嚣，少了点博尔赫斯式的冷静。但有时也确实震撼了自己、震撼了别人，同时，也能提出一些富于哲理的思考。我认为这是诗歌的精神实质，也是艺术创作的良好境界。"你造出黑暗，我制作了明灯"。感谢诗歌，在她的庇护下，我成了生活的勇士；感谢生活，在她的赐予下，我成了真正的诗人。

因此，尽管在行政、事业单位和国有企业频繁地借来调去，先后走过十几个工作岗位，但内里依然有一颗平静而进取的心。"不作公卿，非无福命都缘懒；难成仙佛，为爱文章又恋花。"趁年轻，就写诗。毕竟爱过。加入了中国作家协会，我只是想做一点证明，证明自己还是一个不愿虚度光阴、年轻踏实的实力派作家,证明自己还是一个渴望飞翔、向往幸福的性情中人。挤出时间,我以文字和符号为木为石为砖为瓦构筑了一个坚实的精神家园,一座灵魂的后花园,用心灵的密码封存生活和情感,无论春风春鸟、秋月秋蝉、夏云暑雨、冬月奇寒,有空就划上几笔,甚至傻傻地空钓灵感,不图别的,就是想把想说的说出来,图个高兴而已。孔子这样描述诗歌的作用:"诗可以兴,可以观,可以群,可以怨。迩之事父,远之事君;多识于鸟兽草木之名。"既然圣人都说,诗什么都可以写,都可以表达,那就别嫌我俗,因为我本身就是俗人一个,千万别把我当什么清高脱俗、不食烟火的诗人。那样我会特别别扭和尴尬。但反过来说,诗本来就是生活,是朴实的,而不能故作高深,让人如坠云雾。同时,写诗也是一件非常需要精神气儿和真情实感的活儿,没有激情不行,没有灵性不行,没有一种义无反顾的勇气也不行。著名诗人艾青曾用诗的语言比喻诗歌是"给思想以翅膀,给情感以衣裳,给声音以彩色,给颜色以声音!"这才是诗歌的境界!诗心,一直在秋千上荡漾着。在多年坚持下,诗集已出版了五六本,其实再多出几本也无非如此,但诗集是生命的记录和青春的见证,人生百年,记忆有限,面对灿若昙花的生命,我们总不能让美好的时光就那样不明不白地流走罢。说到底,出版自己的诗集,主要为了定格一段生活、诠释一种信念。这样看来,好像层次低了点,关注了自己的感受,似乎忽略了读者市场。对于诗歌,我自有水准,我只是我,无门、无派、无系、无别,可是有来源,有特色,也有方向。我只是我。我不追求语言的警拔、意象的飞动、众多声部的繁弦急响和恢弘气度。我讨厌痞子写作、身体写作、审丑写作、装神弄鬼的写作、将诗歌无限矮化的写作、让诗歌蓬头垢面、人不像人鬼不像鬼的写作,我崇尚自由真实和憨厚淳朴,我希望自己的诗歌实在而不拘谨,厚重而不古板。正如我名，像白水一样平和，但又努力达到最洁净的境界，像白水一样解渴养生、平衡身心。我知道，公众的力量一如时间的力量，呈大浪淘沙之势，它决定着什么诗歌、什么诗人，将能幸存和流传。但是在它做出选择之前，没有谁应该擅自替它代言。正如一首诗刚刚写下，不应由外人替它诠释诗意。每个人都生活在纷繁的社会中，我在内心热切地祈望着：自己的，也是读者的；读者的，也是时代的。以我的家庭可作一比。我的爷爷白振方是位铁匠，威震一方，人硬货丁当；我的父亲白云居是位儒商，朋多友广，既诚实又聪慧。现在他们都已成为我永远的回忆和骄傲。我希望自己能像爷爷一样做出过硬的产品；像父亲一样，能让自己的诗歌畅销起来，变成一种社会的财富。

思想的芦苇一直摇曳不止，我的梦想是清丽的风景。思想着，写作着，苦恼并快乐着，这是多么实在的感觉。

写了多年长短不一、断句分行的东西，看着它们一批批地在各类媒体上"展览""销售"出去，还是多多少少有点收益和慰藉。写出来的诗歌有人看这才有了成就感。哪怕别人在网上报刊上悄悄地转载抄袭。艺术，说来说去，毕竟是大家共享的东西，何必那么小家子气。"秋风瑟瑟黄花瘦，暮雨萧萧白水平"，"疾风乱意吹云去，白水平心待雁归"，"绿茵铺岸白水平，茅庐三顾访卧龙"。还有"青山云雾绕，白水平沙道""两岸青竹秀，千尺白水平"扯上几句与自己名字有关的诗，表达一下冲动而复杂的心绪，也算为后记增添点幽默和轻松吧。好了，啰哩啰唆说了这么多，深刻也好，浮漂也罢，无非想让这本小书厚实一点儿，拿在手里像个物件。希望读者诸君有空能翻上一翻，瞅上两眼，看看我们对生活、对人生有没有共同的感受。

一年又一年。浑然不觉中，时光已离我们远去。

伊人远逝无寻处，云暖星寒夜未央。

今夜,月光小鸟依人。

生活,诗一般快乐。

从我面前走过,你我都别错过。

打柴的奇遇

有一天,我到山上砍柴去,遇到了一个干巴精瘦、鹤发童颜的老头,他问:"年轻人,你上山干什么去?"

"摘果子。"我故意跟他开了一个小小的玩笑。

其实,冬天的山上能有什么好果子呢。

老头好像不懂我的幽默,很认真地说:"摘果子就得做个有心人,我送你一样东西吧。"

他回手从背上的柴禾捆里抽出一根硬榔榔的棍子,郑重地递给我,"这是一件宝物,你千万别扔了。"

说完,老头就蹒跚着下山去,走几步,回过头又看了我一眼,神色庄重地叮嘱一句:"记着,你千万别扔了。"

我感到好笑,心想:"这老头玩的是冷幽默,其实也和我一样随随便便的,倒有几分可爱。"

为了上山拄着方便,我听了他的话,没有把棍子扔掉。

在山里,遇到了野兽的侵袭,我用那根棍子战胜了野兽。登上一个山头时,一不小心,我险些滑落到悬崖里,是棍子挂在树上救了我。最后,我意外地在山上发现了许多青油油、脆生生的的冬山枣,味道十分鲜美。那根棍子便成了帮助我收获的工具。

下山时,我在一个叫做"寓言庄"的村子里看见了那位老人,他说:"这根棍子很普通的,不过很有用,我叫他寓言。"

从此,我的身边就多了这支叫做寓言的棍子。

美丽风暴

生活中处处有美丽来袭。面对美丽,我们有多少接受能力?看,中国和尚与外国美女,共同演绎着一段美丽的传说。千锤百炼的身板,让阳刚之美,撼动嵩山。站如松坐如钟行如风,枪棍如雨拳如流星,大喝一声,尽显八面威风。

千柔百媚的身段,让阴柔之美,冲击视线。香风摆柳的线条,奇装异服的表达,平静的思绪,产生难以抗拒的魅力。

刚柔相济,是一种视野与内心的冲击,别以为这只是一种新奇。这还是合作发展与和平友谊的传递和延续。喜看春风催秀色,花开时节迎君来。开放的河南,对美好的世界总是充满自豪和希冀。

白云彩·绿云彩·红云彩

我喜欢云彩。云彩彰显着浪漫。

白云彩代表纯真,绿云彩代表梦想,红云彩代表活力。

白云彩、绿云彩、红云彩,组成多彩的童话世界,构成生命中最亮丽的风景。在这样的风景中,我体味着幸福和感动。

我喜欢孩子,那一颗颗晶莹的童心,让惯于东张西望、思前虑后的我,一次次从浮躁的心绪中平静下来。

我喜欢写作,更喜欢通过写作给可爱的孩子们带来无尽的快乐。于是在工作学习之余,就有了创作的冲动,就有了一篇篇见诸于报刊网络的童话故事。

我有两个孩子,一个男孩一个女孩。儿子14岁,患重度脑瘫,生活完全不能自理,智力仅相当于三四岁孩子的水平,他的世界是残缺的,他需要更多的父爱和理解。女儿九岁了,上小学四年级,她能写会画,天资聪颖,喜欢读书和运动,在学校里一直都是全面发展的"五好小少年",还是两家国内知名报纸的课外小记者。我的两个孩子和别人的孩子一样,都喜欢听童话故事。我的许多业余时间都慷慨地奉献给了他们。我现阶段一项重要的任务就是,抛弃诸多不必要的迎来送往,腾出空间和孩子们玩耍嬉闹,让他们拥有一个没有缺憾的、快乐丰富的童年和少年时代。

法国有个叫帕斯卡尔的思想家说过一句名言:"人是一棵会思想的芦苇!"诚然,把所思所想变为文学作品是一种永恒的表达方式。我给我的孩子们编故事,也听女儿讲述自己学校里的故事,我的许多创作灵感由此萌生。甚至于我的一些童话,几乎就是女儿口述作品的再加工、再整理。我深深感到,孩子们有时候讲出来的故事,比我们这些所谓专业作家编写出来的更有趣味、更加灵动,我能做到的就是,语言上的润色和结构上的个别调整。我想,来自于儿童的童话一定会更有吸引力、亲和力。

我怕自己失去童心,失去创作的源泉,平时一有空闲就和我的孩子交流谈心,还特别喜欢到学校里面去,到孩子们中间去,到老师们中间去,和他们一起玩耍一起聊天一起活动,和孩子们交朋友,和老师们谈感受,在一次次的接触中,我的思想也得到一次次的净化,我的写作热情也得到一次次提升。用童心写童话,用童话引导人,工作并快乐着。我庆幸自己已过不惑之年,还有如此可贵的童心,我庆幸自己在纷繁嘈杂的社会里,还能够招前顾后,一直做着自己喜欢做的事情。虽然,这种事情看起来的点儿"小儿科",有点儿不受瞩目,但我仍然乐此不疲。因为我知道,自己正在做的是一件利人利己、功德无量的事业。我思想,我实践,我表达,我关注的是未来的希望。

现在拿出了积累数年的厚厚的童话稿子,仿佛触摸到了无数颗跳跃的童心。我捧它在手上,我视之如珍宝,欣慰而满足,庄严而神圣。

我希望更多的孩子看到它,并从中得到阅读的快乐和教益。

童心,照耀我们一路前行。

童话,陪伴我们一起飞翔。

玻璃翠

妻子爱种花,不过,种的都是一些好侍弄的"土花土草",她从来不种那种风姿绰约的娇贵物种。

一天,妻子从邻居那里折来一截玻璃翠的枝条,她说:"别看它叫玻璃翠,其实坚强得很,是一种生命力极强的东西。"我听好多人说,玻璃翠会释放出致癌的物质,建议不要在室内种养,就告诉妻子说:"这种烂花草,到处都是,还是扔了吧,有毒,不能在家里养的。"妻子说:"知道!我就种在院子里,看着挺好玩的。"

玻璃翠长得很快,由单枝变为多枝,由多枝形成小树。果然,这是一种生命力不同凡响的东西。但我还是不太喜欢它,只是偶尔瞥视它几眼。夏天蚊子多,儿子的脸上被蜇咬了好几处,妻子摘下一片玻璃翠的叶子,在手里捏成糊状,涂在患处,不多长时间,竟然不见了红斑。妻子说:"它还真有点儿小用处哩,这叫以毒攻毒。"

一天,家里来了亲戚,一不小心把玻璃翠弄坏了一大片,看着花盆里一片狼藉,妻子淡淡一笑:"不要紧,很快它就会恢复元气了。"果然,一星期不到,一树叶片又光光艳艳的,好像从来没有受到破坏。

我这才很在意地看着它。玻璃翠的叶片是玻璃一样的清亮,厚厚的,轻轻一碰就掉了下来。我想,这就是玻璃翠名字的由来吧。其实这只是我自己在瞎琢磨,不管怎样,我只看到了它的好,没有感觉到它会伤害谁。即使你伤害了它,它也从不埋怨。

世上万物,皆有利弊。妻子之所爱,是有她的缘由的。我不愿更多地想什么,只想和玻璃翠一样,简单地生活,不管别人怎么评价自己,从不放弃对生命的珍爱。

花的归宿

星期六,母亲说:"好长时间没有回老家去了,一起回去看看吧。"我笑着回答:"是呀,妈妈,都快两个星期没有回去了。"母亲听后揉揉眼睛也笑了:"虽然不到两个星期,可是我感觉就是好长时间了。哎,城里再好,也不如老家。俗话说得好,金窝银窝,不如自家的狗窝。"

我知道,老家是母亲的依恋。

　　于是，开上车子，带着老娘和儿子，一起往家里赶。老家离城里不过几十公里，半个小时的车程，其实很近的。但再近的地方，你如果不去，和远在天边也是一样的。一路上，母亲显得十分兴奋，一边隔着车玻璃，左一眼右一眼地欣赏，一边快乐地和儿子逗笑。

　　车子一进村，母亲就远远瞅见了乡亲。她执意要下车走路，我看着她像孩子一样的神态，感到有种说不出来的幸福。母亲一边走一边和村里人打着招呼，要不，就停下来，笑呵呵地聊上几句。到了老家，母亲真是如同"龙归大海，虎入深山"。毕竟，到这里她整整生活了60多年了，这里的一草一木，一人一事，都是太熟悉了，这里是她的根。

　　在家里待了两天，母亲又是扫地又是抹桌，一刻也不闲着。末了，还到后院去看看她种下的"望天收"青菜。拿来水瓢浇浇菜，还上了一点儿土杂肥。母亲70多岁的人了，但是鹤发童颜，每天闲不住，是个乐天派。我也任由她做着力所能及的事情。劳动是母亲的快乐，你让她坐着享清福，那是万万做不到的。在她忙碌时，我忽然注意到，后院的菜畦边，长着一株刺玫，虽然眼下天气转凉了，但奇怪的是，这株小树的上面，依然孤独地绽放着一朵金黄色的花儿。我惊奇起来："妈妈，平时家里没人来，谁在上面弄了一朵假花？"母亲忙着手里的活计，看也没看我："瞎，什么眼神。那会是假的吗？咱们家人老几辈住在这儿，什么时候出过假的东西？"我笑了，走到近前仔细端视："哟，还真的是真花，真得简直就跟假的一个样。"

　　母亲不满地瞥了我一眼："真的东西怎么会和假的一个样，瞧你，老大不小了，说话也没个尺寸。"我故意嘟着嘴："我这一辈子，就是干什么都太真了，老是吃亏，这还不都是听您的教育。"母亲用力把手里的一棵草扔到边上，加重语气说："你吃亏了吗？你吃什么亏了？我看你还是沾了大光呢。"我无言，只是笑。这也是我的无心之语。

就要回城了，母亲拿过一把剪刀，小心地把那朵金黄色的刺玫花连同一段枝叶，一起剪了下来。我叫了起来："妈，多可惜呀，你把它剪下来干什么呀，剪下来，它就活不成了。"

母亲把花儿放在鼻尖，轻轻地闻了闻，又小心翼翼地用一个透明的塑料袋子把花枝装了进去。她回过头对我说："你以为花的寿命有多长呀？花无百日红，人无再少年，你懂不懂？放在后院里开得再好，也没有人看得见，这样开着多不值得呀，还不如跟我们回城去，这样它就不孤单了。"

母亲虽然只是普通的农家妇女，论学历，仅上过以前的高小，但她的话还总是那么深邃，散发着智慧的光芒。5 年前，父亲因病去世，母亲伤心了好长时间，家里也没有其他人陪她，我就把她接进了城里，没事就陪她散步唠嗑，她很快就从压抑的氛围中解脱了出来。她每天照看着下肢瘫痪的孙子，忙忙碌碌，但是看得出，她很快乐。母亲总是说："孙子是我们生命的延续，现在啊，我唯一的希望，就是盼望孙子有一天会走路说话，能自己照顾自己。"

当然，母亲也有孤独的时候。有时，她会静静地站在小区的门口，或是家里的阳台上，久久地张望着。我知道，她在想念我的老爸。

这次从老家回到城里，母亲很快就将花枝插在了桂花树的大花盆里。花，美丽地绽放着，院子里增添了一道可爱的风景。母亲每天早早起来，去看看花，还喃喃地说着什么，就好像过去和父亲说话的样子。

我心底不禁一颤。

花，毕竟离开了生它的土壤和母体，慢慢开始枯萎。母亲还是天天去看花。我知道自己该做什么。下班回来，我带来了一枝一模一样的塑料花，轻轻换下了那枝枯萎的花。母亲依然天天去看花，依然悄悄地说着话。

有一天，母亲在吃饭时，认真地说了一句话："有时候呀，假花也很漂亮的。"妻子点头迎合道："是呀，院子里的假花和真花一样的好！"

我心底一热，什么也没有说出来。我知道，亲爱的母亲说这番话的真正含义。

成长为一种特产

"河南盛产什么？"课堂上，老师发问。

学生纷纷抢答，"小麦！""玉米！""大豆！""花生！"……

老师轻摇头，笑着解释："告诉大家，河南盛产——诗人！"

每每回想这段故事，不禁哑然失笑。倒也是，中原大地，人才济济，自古以来既是兵家夺天下的竞技场，又是文人竞风流的大舞台。诗人辈出是很自然的事情，也难怪那位迂腐可笑的先生如此调教后辈。

盛世而文兴。生长在"唐宋八大家"之首韩愈的故里、老子和孔子倾盖相逢处的河南省孟州市，北邻李商隐的老家"怀庆府"沁阳、"竹林七贤"聚首处博爱，西接白居易的归宿点"九朝古都"洛阳，南望杜甫老家巩义，潜移默化中，受到一些文化艺术的熏陶哺育，也接受一些前辈先贤的指点扶持，工作生活之余，灯下操笔，涂抹几行字句，写一些所谓"诗"的东西，聊以慰藉心灵，抒发心胸与感受。记得第一本诗歌歌词集《星星草》出版发行时，有熟识者读到报刊杂志上刊载的消息与介绍文章，一脸惊讶与不解："想不到这种年代，你还有心思写这么些小玩意儿?"话语间,似乎总是不可理解,我的心里自然挺不是个滋味儿。再后来,又有不少读者朋友和文艺界的前辈老师看到了我的书后,纷纷打来电话、发来邮件,说了不少鼓励与称颂的话。甚至于有几位已过知天命之年的陌生朋友,还有一些在校学生,专程从偏远陵区和滩区赶来,请求在书上签名留念,令我感动不已。一位曾经屡遭挫折的朋友大发感慨:"本来不太看诗读诗的,出于新奇(因为相互熟识),拜读了你的诗,很有些感受。成功者是幸福和幸运的,但失败后能保持一份平常心、朋友情和善良智慧、积极进取的品质是多么可贵!"我怎么也没有料到,在诗的孤独苦闷期,那些连自己有时都有些不以为然的、像街头山楂串一样不起眼的小诗,竟找到了这种共鸣者,竟然还有沟通思想、抚伤镇痛的功能。

爱诗的人不在少数,谈诗写诗的却不太多。回头想想,如我之类的几流诗人和诗作,能得到这种表面化的评语也算很知足了。这或许正是中国作家协会会员、河南省作家书社社长李清联先生不鄙细流,为第一本诗集作序点评的原因之一吧。作家徐增兰说:"一种能够给我们哲理的文字,我们叫它赋;一种能够引起我们联想的文字,我们叫它诗;一种能够让我们热血沸腾的文字,我们叫它歌。"还有人说,亲近女孩的最好方式是送她鲜花,亲近文字的最好方式是著书立作。终又想到自己,想到眼下诗的处境,感慨良多。在这大变革、大发展的纷繁世间,在这物欲冲击的竞争场所,想做个耳根清静、意守丹田的封闭式诗人是根本不可能的事情。保守者不是过分世故便是失之迂腐,激进者不是"疯子"便是"假洋鬼子"。况且诗以言志,非抒发一己之志。诗咏天下,咏万物,咏百姓,咏实实在在的生活。一首真正的好诗,在篇幅上可能微不足道,或许词句朴实、平淡无奇,但她应有内蕴的华美,足以使人激情涌动,豪气倍增。诗以励人,诗以导向,诗以砭恶,而鼓舞斗志、凝聚核量才是一个新时代诗作者应有的义务和追求。我和其他爱好者一样,相信过小说相信过寓言相信过散文,现在我同样相信故事相信命运相信诗歌。我庆幸自己即将不惑,现在还有那么多激情、还能挤出那么多时间来写诗,诗歌使我获得了生命的快乐和幸福;诗歌稀释了我的疼痛和焦灼;诗歌使我掌握了思考的角度和乐趣;诗歌表达了我对生活的热爱和叛逆。同时,诗歌也使我找到了做人的尊严、自身的价值。一句话,不惑之年终于明白了一些东西。

黑人作家莫里森有句名言令人沉思:"写作是为了作证"。德国古典哲学家康德也有一句哲理:"有两样东西,我们越经常、越持久地加以思索,它们就越是使心灵始终新鲜的赞叹和敬畏,那就是,头上的星空和内心的道德法则。"诗人最富于时代感且具有浪漫主义气质。诗人用本体和文本的语言,燃起正义之火,照亮坎坷人生,让诗歌的心灵流溢着真善美的本性。但是,我也看到,有些诗人沉醉在个人的梦幻和小屋里,专门制作抽象的形式主义的玩意儿。大量粗制滥造的、排列成行的废话,败坏着诗坛清纯的艺术氛围。更有甚者,个别人以腐朽、残酷、淫秽为美,其思想观念和审美趣味严重地毒害着青年读者。对此,我予以鄙视和抨击。

人不可一日无志,人不可一日无忧。曾经,人最珍贵的个人活动,便是回忆。亲情、友情、成功、失败都是回忆长河中的一朵朵浪花,使人变得完美、高大、成熟。人最可怕的是没有回忆、没有记忆,没有回忆的能力,没有记忆的内容。珍视记忆的办法之一,就是写诗,留住一时一地、一个瞬间的情感。闲暇论诗,总在推销一种老掉牙的主张。好诗歌不是用笔写出来的,而是从心底喷涌而出的绝唱。写文章可以用修辞法遮盖自己的真面目,可从心底流淌出的诗歌意境,却无法将鲜活的灵魂隐藏。诗,只有融入生活、贴近时代,将自己的感受与真情提炼升华为读者的共同心声,与众人的思想感情对接联通,才能激水冲浪,才能拥有广阔的空间。著名诗人金波说:"诗需要感动,感动着自己,也感动着大家,从而滋润着读者的心。"诗是人的情感激动的产物。诗人和一般人的差别在于一般人也会产生激情,但他没能把激情转化为诗。诗人的工作,就是把这种情感用诗歌的方式表现出来,与大家分享。这种激情燃烧的境界就是感动,既感动自己,也感动别人。而真情,是诗人的第一感动。有了第一感动,才能激发对生活的"独特感觉",才能"建立一种新的情感形态",才能"让诗歌重获心灵的力量"。在这种被称之为非主流的年代,我依然有自己的坚持和理想。我知道,虽然自己有足够的耐心追求诗歌,但一个人的诗歌时期像电一样,它不会储存下来,如果不抓住,"唰"的一下就一闪而逝了!我想留住闪电一般的时光的背影。正因如此,不管内心的波澜如何起伏翻卷,不管现实生活如何变幻无定,但我对文学艺术的追求依然孜孜不倦、顽强执著。诗是生命的一种表达。很想给过去那段岁月一个定义,于是便又想到再出一本诗集。终于,在经历了又一番努力后,我整理出了第二部个人诗集,先后取名为《流星之舞》《风雨中》,本意是希望与遭遇失落者共抚伤痛,与搏击在风雨中和风雨中闲庭信步的朋友共勉。但思来想去,总觉得其中夹杂着丝丝缕缕的伤感。于是忽有顿悟,便随机更名为《天堂望月》。并非玩词弄句,哗众取宠。只是浓浓地感觉,生活真的很美好。天上人间,阴晴圆缺,来去得失,寸心有知。尽管还有尝不尽的苦辣酸楚,尽管还有诸多苦闷和不如意,但心淡天高,阴霾荡然,毕竟还是生活在天堂中,享受在天堂中,感受的还是月光般的快乐和幸福。天堂望月,用心体验生活;天堂望月,用爱征服生活;天堂望月,用激情锻造生活。

在这未来的新生活启幕以前,将旧有的岁月斑纹归置到一起,且用时光的筛子把散碎的垃圾一一筛去，只留那激动过心灵的行列，并且意图让它烛照漫漫前途。不求刻骨，但愿铭心。有道是，"阿婆犹是初嫁女，头未梳成不许看"。为诗为文，修改装饰是永无止境的。如今揭开盖头，仍感汗颜，神采究竟如何，有请各位朋友评头论足。

年轮的回响

年轮是有生命的，年轮是会诉说的。我们也许忽略了它的存在，但它绝不会忽略自己。年轮在树的心里。我看到了树，树上的眼睛也看见了我。

树上的眼睛，并非树的眼睛。告诉你，我不欣赏这雕刻在树体上的艺术。这娇嫩的肌肤，怎能承受你浪漫的刀刻斧凿。

随着年轮一同长大的眼睛，看到的只是歪歪扭扭的签名，和伴随终生的苦痛。你的手，不该让眼睛长在树的身上。树的手，正友善地为你鼓掌。你的手，不该让你的名字署在树的名下。树的名字，属于蓝天白云小鸟阳光。尽管如此，树上的眼睛也从无忧郁。不只是为你的一桶水，一次忏悔。树的子孙正与红领巾们热情相吻。脖子上的小牌子，挂着孩子们用爱心创作的真正的艺术作品。树总是深情地说："别伤我，我爱你们，我爱人类！"

午夜

午夜,四野沉寂下来。一位父亲的灯亮着。他躺在床边,想让儿子睡觉。

儿子患痉挛性脑瘫,手不能举,口不能言,无法坐立,无法仰躺,但略有神志,痛苦不堪。为此,常常心浮气躁,夜不能寐,而倾尽全力的父亲,又常常不堪重负,被疲惫折磨得失去理智……夜魔,在窗外窥视,狰狞一种可恶的状态,父亲的娇爱,抚不平儿子的伤痛。疯狂的巴掌,忽如暴雨急风。儿子啊,许久许久,泪涕交加,却张着大口,哭不出声。父亲的双手骤然变得僵硬。是的,慈爱的十指,怎会吓坏儿子的表情。脑瘫,让儿子成了顽石,麻木的眼神和神经,表达不出苦涩真情。父亲的心在哭,手在疼,原谅爸爸一次吧。执著的努力,一定会抚平你深深的伤痛,就让上天作证、良心作证。

桂花

桂花,是我最喜欢的花。

桂花,也是我最喜欢的人。

那年8月,邻村桂花跟了俺。俺们一起爬到树上采桂花,采了桂花用白糖腌着,放在橱柜里喝桂花茶。几十年了,一直那样采,一直喝这茶，品着香，品着甜，看上去好像年轻了好多岁。

我说："这都是桂花茶的功劳。"

桂花点着俺的鼻子说："傻子，俺就是你的茶，想怎么喝，就怎么喝，只要你开心，只要你快乐！"

后来我和妻子开了个小茶店，茶店里专卖桂花茶。去过店的人都说："喝茶到那家去，桂花好，茶也好！"

我和你

我加班的时候，你是等待我回家的那盏明灯。我醉酒的时候，你是端在我嘴边的那杯热茶。我快乐的时候，你是跳跃我眉头的那抹微笑。我忧郁的时候，你是激励我前行的那颗星星。我奋斗的时候，你是提醒我冲刺的那只时钟。我困顿的时候，你是肩负我生活负担的那种坚定。我放弃的时候，你是鼓舞我进取的那份力量。我成功的时候，你是提醒我反省的那份叮咛。如今，我还是那么匆忙。如今，你还是那样平静。如果没有你，我不知道我的路能走多远。如果没有你，我不知道我的心还会不会有梦。其实，我和你，只是人生中最有缘的相逢。其实，我和你，当是一生中最壮丽的风景。

时光的碎金

往事已匆匆离去,有些事早已忘记,有些事还略能记起。日子的筛子下,总有遗漏下星星点点的碎金,留给我闲暇时慢慢回味。

(一)加班散记

办公室里加班,是最常见的风景。

手与笔的拥抱,笔与纸的亲吻,眼睛与格子的对视,胳膊与桌子的较量。躬耕的姿态把剪影庄重成雕塑,思考的眼神把崎岖升华为阶梯。每一个细节,灯光都在留影,水杯也在注视。沙沙的轻响中,我们最能感受到工作的浪漫和拼搏的快乐。

转而,键盘敲击出动听的音乐。心如骏马,驰骋在思维的原野,屏幕跳跃着音符。字如流水,奔涌在记忆的星空。精心地装点,认真地修饰。终于,打印机兴奋地宣告,又一份精品隆重推出!

(二)偶遇

角落,忽明忽暗的姿态,无意中展示着稚嫩的成熟。会跳舞的烟头,在轻烟袅袅中失落。有人捡起破烂的潇洒,在玩弄深沉。那是两名小小少年,正顽皮地吐着烟圈,放肆而又老练,嬉笑的脸上,缺乏天真的阳光。

我,曾与烟雾相伴 30 年,蓦然接受一种心底的震撼。莫名怒气喷吐而出,狠命揉碎自己嘴角的丑陋,赠予孩子苦涩的笑脸。日记册上大号黑体,今日头版头条——戒烟令! 请监督作证,一个老烟民永远不再在街头,竖起流动的污浊雕塑,永远不让纯净的心灵被熏染。这次,并非快乐伤痛的分界线,而是形象脱胎换骨的改变。

(三)年轻,走过沙漠

年轻,曾是沙漠,畸形的豁达热情,变态的勇敢坚定,难以掩饰内心轻浮的尘梦。不敢正视太阳的眼睛,不愿追随驼队的生命,一个个幼稚的希望,被曝晒成无水的海洋。缺乏风向的狂想,荡漾着浮躁与野性,淹没了痕迹与铃声。

自作华贵,用不屑的眼神,甩开小草坚强的萌动。悲壮的娇绿,牺牲在沦陷的握别中。而年轻,却在乞望人们的艳羡与崇敬。故作清高,鄙视那些不屈的飞鸟,追赶凋零的羽翼,却跌落深深的密林险峰。而年轻,却在缄口隐声中,体会可怜的虚荣。

年轻,曾是沙漠,谁愿意把自己短暂的历史摊开,让男子汉的风一遍遍检阅、一次次调整。年轻,有过伤痕,有过被遗忘的岁月,但也有阵痛,也有猛醒。年轻,永远不会沉默不会抱怨,更不会装模作样、痛哭失声。年轻,浪子回头,刷新涂鸦的心灵。年轻,从不文过饰非。年轻,自信而又坦诚。

年轻,走过沙漠,而今也在渴望绿色的云彩植根心中,也在渴望清纯的流响编织缤纷的梦,也在渴望飞旋的歌声代替沙丘的流动。平息了,年轻的狂放;塑造了,年轻的个性。终有一日,年轻会从你的视野消失,但请不要忘记那样的背影。弥漫而来,终究要驾乘绿风。肆虐的日子,从此无影无踪。年轻,该有满目苍翠。年轻,该有锦绣前程。

（四）亲亲邮箱

邮箱，曾是承载梦想的绿色天堂。放飞出万丈豪情，接过来片片失望。邮箱，曾是哺育勤劳的田野牧场，播种下点点汗水，收获过片片苍凉。

邮箱，曾是万人瞩目的绿茵赛场，狂奔着进击，终赢得荣光。邮箱，曾是一株常青树，无论雷鸣电闪，无论风雨雪霜，总有护绿天使在培植匆忙。

如今，邮箱就坐在温馨的桌上。我欣赏她时尚的模样，轻点鼠标，邮箱又变成一座桥梁，让不甘寂寞者与世界来来往往。

邮箱，宛若一颗绿宝石，无论日子多久，无论岁月多长，总为理想追随者绽放光芒。

一言难尽的老张

朋友聚会，小酌几杯。今天，我似乎真的喝高了。

你贵姓，老张？我没醉，真得没醉。只是想问问，如果不问心里就不安分。看你这人，干什么老是傻笑，笑得俺脸皮发紧，心儿发慌。我怎么会相信，你真的姓张。你姓张，那为什么你写的文章不姓张，你讲的话语不姓张，你见人的姿势不姓张，你发笑的模样不姓张，你喝酒的贪婪不姓张，你摔杯的力度不姓张，你多变的眼神不姓张，你狡诈的做派不姓张。唉——，真不知道，如今您老人家怎么会变成这般模样。

你贵姓，老张？让我告诉你吧，什么是"张"，张姓就是"弓长"，拉得开,射得强,理应神采飞扬,何必戴着面具套着伪装,人鬼不分窝窝囊囊。何必为别人活着,让自己心伤? 老张哭了,泪水流到脸上,左一把右一把,弄得猴花屁股一样脏。他说:"别拦我,我要洗脸去!"自己把一杯酒倒在了脸上。他在笑,笑得比哭得还猖狂……

剃头匠的"两头热"

有道是"剃头挑子————头热",而剃头匠宋刁却是剃头挑子两头都热,一头热剃头老本行,一头热书法艺术。

宋刁是孟州市城关镇西街村一名普普通通的农民。少时家境贫寒,衣食无着。他摆过小摊,放过羊,13岁那年随洛阳城学艺糊口,大生意铺子进不去,只得钻拱剃头这行当。

古有"不学吹手不学戏,不学剃头刮毛意"之说,剃头属于下九流,摆不到桌面上,可宋刁却学得很专业。当三年徒弟效一年劳后,他辞别师傅,先后去西安、开封、南京谋生,每到一处,剃头挑子前的生意总是红红火火。宋刁何以如此吃香? 当然与他的两手绝活儿分不开。其一是"打眼"(防治眼病),这"打眼"挺有讲究,全靠刀尖上的功夫,剜轻了不办事,剜重了就伤眼,可宋刁做起这活儿却得心应手,轻松自如;其二是洗头,用水的冷热程度且不说,用"药"(洗发膏之类)全是自己配制的,都能恰到好处,大冷天洗头也能把人洗得额上冒汗。此外,掏耳、刮须、治脱臼更是得心应手。

1986年,宋刁已年近花甲、子孙满堂,他事无牵挂,在剃头闲暇,他看到别人品评名家字画的神气劲儿,忽然萌发了学习书法的念头。从小没有上过一天学的他,斗大字识不了一升,从何学起!他买来文房四宝,借来小学课本,边学字边练起书法来,剃头收入的绝大部分都投了进去。年复一年,日复一日,宋刁的书法技艺日趋完善,并一步步地登上了大雅之堂。他先后荣获了山西省书法大赛三等奖,山东省画院"牡丹杯"国际书法大赛鼓励奖、福建省碑诗画影大赛二等奖、湖南省墨苑群芳书展三等奖。1990 年亚运会期间,他的作品被选入北京参加展览,并被送往北京名古屋展出。

宋刁现任河南省老年书法研究会理事、焦作市书法家协会会员、孟州市书法家协会副主席。他的书法艺术和他的剃头艺术一样在孟州市被传为佳话。

"糖人杨"趣事

洛阳有家报纸称他是"民间艺术家",说他吹糖人吹出了"绝活儿",其言虚实究竟如何?找到老杨一"吹"便知。看老杨吹糖人是一种地地道道的享受,你瞧,他用细细的玉米秆轻轻地挑点儿糖泥,团巴团巴,色出一根"细管儿",歪着头,吹吹、提提、拉拉、拽拽,再拧上几拧,嗨,功夫不大,一条栩栩如生的"东海龙王"就腾空出世了,你说奇不奇?学样手艺比学啥都强。

老杨是缑村镇函丈村人,大名杨国元,今年 60 岁了,耳不聋眼不花,说话声音似洪钟,精神格外好。他自幼喜欢做手艺,软硬活儿都干。15 岁那年跟人家学打铁,学了一身硬功夫。后又随温县老杨讲评书,成了小有名气的"说书匠"。后来,旧书不让讲了,他就重操旧业去打铁，可是废铁和煤炭很难购买，只得寻思改行。这天，他到县城办事，看到一家饭店里有个人在熬糖稀，一问才知道是个吹糖人的，他就好奇地站在旁边仔细观看，直到日落月升时才兴致勃勃地回家去。此后，他白天跟着那人到处转悠偷学技术，夜里拱在屋子里刻苦练习。凭着自己的聪明和灵巧，很快就学会了八八九九。从此，他就开始了吹糖人生涯。后来，从黄河南边来了弟兄三个吹糖人的同行，据说能吹 72 样，什么哈巴狗撵兔、黄鼠狼吃鸡、小猴子打洋伞等等，让人眼花缭乱，目不暇接。其中老三更是身怀绝技、功夫了得，转眼间捏出了一个小洋号，含在嘴里还能"嘟嘟"作响。老杨岂能放过这次绝佳的学习机会，于是跟着人家跑了几十里地才满载而归。靠着这股子钻劲儿、韧劲儿，他的手艺日趋完美。他总是一脸满足地说："不管别人怎么看，反正我觉得学样手艺比什么都强，撑不死也饿不着，落个自由自在。"

走街串巷结了个忘年交。卖糖人首先得学会选市场，必须往小孩子多的地方去。小学校的校门口是老杨经常去的地方。在县城一所学校有个叫燕春的小男孩常捡些废铜烂铁去他那儿换糖人玩，这孩子长得虎虎灵灵挺逗人，老杨很喜欢，对他总是买一赠一，对他格外照顾。不久，燕春转学了，一次老杨在外边游乡叫卖时遇到了他，就问他："燕春，你怎么不来换糖人玩了？""没铁呀。"老杨二话没说，吹了一个糖人递过去："给，不要钱。"小朋友们就围着叫喊："他咋不给钱哩！给我们每个人都吹一个吧。"

"我们是朋友嘛。"这以后老杨一到校门口，就有小同学们喊道："燕春，你朋友来了！"……一晃数年过去了，前年的一天，老杨在县城大十字口吹糖人，一个干部模样的人站在摊前看了好久，猛然抓住他的手说："大伯，这么多年了，您还干这哩，还认识我不？"他定睛一看："这不是小燕春嘛。""对，是我呀，没想到您老的记性这么好。""怎么会忘哩,咱们是朋友嘛。"原来燕春高中毕业后参了军,后又考上了军校,在部队位至团级干部,再后来又调到了辉县武装部当了部长。旧友重逢,不觉喜出望外。

四处闯荡遇上了难缠户。老杨在孟县"吹"出了名堂,也经常到焦作、新乡、西安等地去进行"文化交流"。常在江湖走,啥人都会有。早些年流浪艺人遭人低看,在街面上也常常受人欺负。但老杨"见啥人说啥话,啥人啥打发",还没遇到多大麻烦。有次去赶集,老杨在前面推车,后边一个中年人偷了他一个糖人,老杨发现了,回头一看,那人"啪"地把糖人摔到了地下:"你看你看,我手里有没有?""不就是一个耍活儿嘛,何必这么较真? 我送你一个!"老杨心里有了谱,再遇到这等事情,手一扬,来个大慷慨:"拿去吧,交个朋友!"这么一来,那些人倒不好意思了:"跟你闹着玩呢。"还有一次在焦作,街上有三个醉醺醺的小伙子拦住了他:"老头,你都会吹啥?"老杨陪笑:"天上飞的,地下跑的,水里游的,要什么都可以的。""那,吹个孙猴子大坐水帘洞! 吹成了多给钱,吹不成砸你摊!"老杨不愿意跟这种人多纠缠,三下五去二吹好了递过去:"拿走吧,不要钱。千里到门前,出门老是难,有人说坏话,君子帮好言。喝酒的多是英雄汉,武松醉酒打醉拳,吓得蒋门神孟州城里四处窜……"高帽子一套,那小子乐了,丢下几元钱,摇摇晃晃地走了。

老杨吹糖人30多年,酸甜苦辣尽在其中,但他总是那么乐观,那么坚强。

冬日黄昏,一个背影在街头晃动,刚停下那辆破旧的自行车,就围上来一群孩子,不用问,那是老杨。

自强之路

在河南省孟州市城伯镇有一个小村子叫相逢村，相传是孔子与老子雨中相逢、相互求教的地方，现在村里还保留着崇圣寺和二佛殿。村子没有什么名气，但因为这个美丽的传说，似乎也沾上了一些"文气"。

这里有一位普通的残疾青年，靠着顽强的毅力，走出了一条成功的文学创作之路。他曾荣获焦作市政府文学创作成果奖，三次荣获孟州市韩愈文艺创作奖。1993年被焦作市残联命名为"自强模范"。他就是省民间文艺家协会会员、焦作市作家协会会员朱元强。

和朱元强见面，引人注目的不是他的双拐，而是他脸上自信的微笑。说起来，他之所以踏上文学创作之路，和他的自信是分不开的。1987年，还在村办小学教书的朱元强在报纸上看到了残疾人作家史铁生的报道，震动很大：我为什么不能像史铁生一样，做一个塑造灵魂的作家呢？执著的追求开始了，工作之余，学校里的那座破庙成了他的创作室，如豆的灯光伴他度过了一个又一个的夜晚。最初，他尝试着写些"豆腐块"，频频外寄却屡投不中，这使他陷入了沉思和苦恼：看来，仅凭兴趣是远远不够的，必须有扎实的文学基础。为了提高自身素养，他每月都从自己微薄的工资中抽出一半钱来买书，阅读了大量国内外的名著。此外，他还自费参加了吉林省文学院、《作家》杂志社、《莽原》杂志社等单位举办的文学创作研习班和讲习所，用各种方式为自己充电加油。村里有人不理解，背地里说他："整天拱在破庙里也不知道在瞎鼓捣什么，弄俩钱全让他扔到水里打水漂了。"朱元强没有理会别人的闲言碎语。他的心里已经深深地埋下了文学的种子。文学来自于生活，为了扩大自己的社会接触面，他拄着双拐走大街串小巷，聊天交友。到田间地头寻找素材，到厂矿企业捕捉灵感。1992 年秋，朱元强与几个村民在一起聊天，谈起了农村做嫁衣的事情，聊着聊着，灵感顿生，返身回到宿舍奋笔疾书，不到一个小时，小小说《柳叶儿》问世了。几经修改，他寄了出去。在他的心里，又一个希望的风筝放飞了。作品寄到了市文联的《月季》杂志社，颇受编辑的赞赏，在当月就发表出来了。朱元强抱着杂志，看了又看，就像抱着自己刚出生的孩子。处女作的问世，给了他很大的鼓舞，从此他一发难收，接连发表了《是龙就要腾飞》《白杨挺拔》《树荫下》等 60 多篇小说和报告文学，其中小说《第三者》被《全国青年超短文学精萃》选载，小说《雨还在下》在全国引起了较强烈的反响。朱元强的名字也因此被多种版本的文艺家名鉴大辞典收录。

一枝独秀不是春。经历了风风雨雨，朱元强深知文学创作的艰辛，为了带动更多的文学爱好者，他与文友白水平、平超明一起，建起了"韩愈故里文学社"和"蟒河文学社"，并创办了《蟒河》期刊，从筹资、组稿到排版、印刷、发行，他和朋友们都付出了辛勤的汗水。两年多的时间内，出版杂志 12 期，发表作品 800 多篇，向省市报刊推荐发表了近百篇。

朱元强是个不安分的人，今年他在县城新开了一家汽车配件门市部，文艺界的朋友见面就问他"转行"的原因，他笑着说："文学归文学，生意归生意。咱们总不能为了文学，什么也不干，什么也不会吧。生意和文学其实都是互为促进的，我建起这个门市部也为大伙儿提供了一个新的交流发展平台。"朱元强的心中酝酿着新的希望。

流星雨

反腐倡廉成果展正热热闹闹地拉开序幕。

我看到了不同以往的场景,感受到了不同以往的氛围。

在碰撞和吸引中,那些耀眼的光芒被封杀、关闭。于是,曾经不可一世的"明星们",成为飞尘、石块、雾气,成为冰冷的雨花和痛心的泪滴。一幅幅大照片,展示着辉煌的轨迹,也暴露着肮脏的交易。那一刻,展厅里,偌大的空间静得出奇、令人窒息,前来参观者摩肩接踵、万头攒动,如过江之鲫,不知道每个人的心海是否会撞出火花、掠起涟漪。大家都不是在欣赏艺术,而是在评判人生、翻动记忆,如果是美妙绝伦的书画展,那清心寡欲、潇洒飘逸,该别有一番天地!

老乡

出得门来,老乡"满天飞",叫得你心儿暖暖,神儿惶惶。

当心,拍着你肩膀亲热侃谈的,可能不是老乡,老乡看见你富贵的模样,会显得十分惊讶与慌张。他怕你在外边钻了别人的套子,上了别人的大当。

当心,尾随在你左右,捧上殷勤与笑脸的,可能不是老乡,老乡总是针尖加麦芒,直言快语不避不藏。他知道自己人不该拐弯磨圈,不会有那么多的花花肠。

当心,见了你就泪水汪汪,一句一个亲兄弟的,可能不是老乡,老乡总是紧握你的手,迎接你充满迷茫的目光,鼓励你挺住不倒还要坚强。

当心,当时拉你从泥潭里爬起来,面孔安详写满慈爱的,可能不是老乡,看见你痛苦的眼神,他冷不丁抽出尖刀,将你捅在冰凉的地上。

不是我不信任老乡,我需要保护我的老乡。如果我们都多长个心眼,就不会让那些虚假的老乡,一伤再伤。

村人村事

(一)老井

王二栓跳进过,老梅妈跳进过,后街的张寡妇跳进过,剃头的光棍汉刘咯吧跳进过,贪玩的胖孬蛋、赵茅勺一不小心也跳进过。村里第一个考上大学的孙小帅,滑了一跤,也掉进过。老井的水全村人吃,老井反反复复被洗了好多次,谁进去谁挨骂,谁进去都哀叹。现如今,老井盖着厚厚的青石板,狗一样闲着。再也没有人跳进过,倒是总听人说,城里还有人跳楼跳河什么的。嗨,好吃好喝好穿好戴的,如今的人呐,放着端端正正的日子不过,干什么总像穷时候那样,老寻思着自己,去井里沉没。

(二)阳光老人

一个老人,带两个傻儿子上街散步。傻儿子在笑,他也笑。看到的人都说,那老头怎么变傻了? 这种日子呀,要搁别人,哭还没地方呢。他可倒好,还笑得出来!

(三)挑山夫

头顶,登山的人们在振臂高呼。经历了脚板的痛楚和汗水的浇铸,终于将叹为观止的山巅征服,而山中那些负重的挑山夫,却在默默地走着自己的道路。对于他们,山路就是生活的全部。山是亲人,山是父母,在山的怀抱里,挑山夫喜欢被粗犷的线条一遍遍深情地爱抚。他们丈量的是季节的转换、心灵的满足。他们拥有的是汗一样的瀑布、山一样的叮嘱。

(四)十字口,一个小鞋摊

他这一生,没机会穿鞋。因为他从出生那天起,就没有脚。不过,进城来,他还是想找个"落脚"的地方。没脚的生活,照样得走路吧。手,便成了这一生的骄傲。这双手,修了多少鞋子,他自己也不知道。只是乐呵呵地补,乐呵呵地缝,乐呵呵地敲。这个街头小鞋摊呀,没有什么牌号,但是却有着良好的口碑。"修鞋去吗? 没脚的鞋匠那家最好,没脚的鞋匠手艺最好!"

(五)卖烧红薯的婆婆

一把红红的大伞,遮不住跳跃的火苗,遮不住老练的吆喝和浓香的味道。一双刻满裂缝的手,翻动着滚烫的希望,也翻动着儿女们散落在远方角落的无尽的欢笑。幸福,写在满足的颊上。勤劳,是一生最大的爱好。富足的日子,有时衍生烦恼,现在什么都不做,其实也没有什么,但在匆忙中颐养晚年,才是今生享受天伦的第一需要。

(六)别过来,我要跳啦

"过去过去,快闪开,别逼我,我要跳啦!"有一个闪电般的声音,撕开了那团乱麻样的嘈杂。我怀疑,有的人是不是也在炒作也在吹喇叭,就像戴着高帽子的厨师,在满是火焰的锅上狠命地比划。就像心急火燎的炒股者,在时时关注牛市熊市的阴晴变化。就像走钢丝的艺人,在高楼大厦之间张扬地玩着杂耍。就像写不出好东西的所谓作家,拿来干瘪的牙膏皮一个劲儿地挤呀挤呀。这种人哪,为了也红上一把,为了把自己的事情拿下,就站在楼顶、塔尖或者河边树下,让一群群蝌蚪状的人们,去想象去传说他(她)可能会变成一朵血崩的红花、一朵水溅的白花,或是别的什么东西吧。

也有的玩过了头,在外人的斥责下,在恶人的怂恿下,不当心就玩成真的啦,不明不白就成了平民英雄或人们心中可怜的殉葬品、十足的大傻瓜!

(七)一个农民的阅读

一个农民在阳光下认真读他的庄稼,读着读着,不知道咋地,就轰然倒了下去。庄稼不知道发生了什么,只知道倒下的农民,从此后被隆重地送到地下,永远看护他最亲爱的庄稼。庄稼无言,一茬茬长起,又一茬茬倒下。金色循环,是生命不息的神话。

毛驴日记

（一）

毛驴从城里走过，它不懂得交通规则，看到满世界的尘世繁华，还有红绿灯在变换闪烁，就兽性大发，忍不住夸张地欢呼雀跃，衣冠齐整的警察们却慌了手脚，想让它靠边说事，给个"下马威"或者其他什么的。驴车主人怯怯地解释说："这是给一号大楼送货，一号大楼里，可都是一些有头有脸的角色，请您高抬贵手，真有什么话嘛，待我干完了活儿，咱们改日再说。"警察们不识相，硬要扯下罚款单公事公办。毛驴管不了那么多，对着警察就发威，末了，拉着主人就从一排小轿车前潇洒地走过。

（二）

第一次进城，阿驴不懂得红绿灯，不懂得路面卫生。它和它的主人一样，小心翼翼，胆战心惊。面对这座威严的城市，既有点熟悉，又有些陌生。无论宽敞而拥挤的街道，还是微笑慈善或紧张匆忙的面孔，都让他感觉既亲切，又无所适从。毛驴和它的主人一样，有点慌乱和沉重，他们都不能在这样的场合撒欢放纵。因为，收敛不良的习性，迎合众多的风景，就等于走向和谐、走向文明。

一辈子

（一）

哭声,吊起了母亲的心,是冷是热,是饥是饿,还是病了?身上掉下的这块肉,比身上长着的所有肉都金贵。身上的肉在一点点消耗,掉下的肉在一点点丰满。若干年后,儿女的哭声,却无法撼动母亲的心。是多是少,是苦是乐,还是累了?一辈子亏待的是自己,为何走得如此匆忙?母爱,是留给儿女最大的财富;孝顺,是献给父母最好的诗歌。

（二）

等待,是手术室外焦急的徘徊;等待,是幼稚园门口翘首的姿态;等待,是拥挤熙攘人行道边牵手的故事;等待,是列车启动后双手长久的挥摆;等待,是盼望遥远城市寄来火热的问候;等待,是卧病在床时寂寞的关怀;等待,是窗外秋雨落叶的约定;等待,是含笑闭眼时难以割舍的真爱。

（三）

菊花金黄的酒杯，敬献昔日的功臣。绿叶浓浓的关爱，赋予往日的温存。大红的灯笼，衬托持续的亲情。花花绿绿的标语，在古老岭坡上被风儿朗诵。九九重阳，请来全民族的尊敬。感谢你们，银丝盈鬓的亲人师长。油彩为你歌唱，锣鼓为你欢呼，戏班子把一道道传统饭菜端上，逗你笑出泪来，让久违的青春舒展全身。

何止一天的激动，每时每刻，孩子们都挂念在心。孙子孙女，为您系上红领巾，一张大幅合影，让节日成为不变的星辰。

（四）

鹊在枝头，喜上眉梢。衔来枝条枯草和泥巴，大树杈上安个家。住在那样的高层，谁去关注它。看似危险游戏，却把安全系数加大。风吹不怕，雨打不怕，猎人的觊觎不怕，野兽的围攻不怕。看这黑色精灵哟，无忧无虑、无牵无挂。站在窝巢边，站在阳光下，翘动窈窕妩媚的尾巴，伸展轻盈诱人的身架，如痴如醉的歌唱家，尽情把心胸抒发。喳喳喳，喳喳喳，好美啊。枝头的乐观，枝头的豁达，枝头的潇洒，现场直播，传递给浓荫下勤劳善良的人家。

关于粉笔

(一)粉笔与香烟

黑板在一截截地吞噬粉笔,香烟在一截截地吞噬老师。粉笔是奉献的别名,香烟是老师的象征。有一天,教室的黑板,换成了宽大的荧屏。老师的粉笔,换成了精巧的遥控。而香烟,早已化作校园角落古铜的雕塑,定格在温煦如歌的风中。

(二)我是一根折断的粉笔

粉笔在黑板上跳舞,一不小心,腿被折断了。少了一截腿,粉笔依旧在跳舞,好多人不理解,嘲笑她为什么那么执著和痴情。其实,她不是用腿在跳舞,她是用生命在展示活着的价值。这些年,当她变成漫布于身边的粉末时,大地才知道,粉笔原是如此多情。

第四辑　回首岁月,红阡绿陌

蚂蟥风波

家住在小河边,小时候最恋的便是水。父母管教很严,每每发现唇青手白,或在胳膊上划出了白色的印记,便是冷生的一顿狠揍。但自己顽性难改,偷空儿摸逢儿便又往河边上溜。父母吓唬,说水里有蚂蟥(可能就是水蛭类的小东西),很怕人,能顺着人的汗毛眼儿钻进身体里,专喝人血,没多久就把人吸死了。我半信半疑,但到河里玩耍时便生出几分小心。

有一天,刚从河里爬到岸上,同伴小宝朝我大喊:"别动,你腿上有蚂蟥!"我大惊失色,慌忙往腿上猛搓一把,细细瞅去,却不见蚂蟥的影子。莫非钻进身体里了?我急得直挤眼。好友小胖子远远飞跑过来,不管三七二十一,抓起身边的破凉鞋就朝我的腿肚子上拼命打去,边打边喊:"快,快,打一百下就能把蚂蟥打出来了,俺妈妈教我的!""劈里啪啦"一通狂抽，把我的小腿肚子搞成了"起面馍"，小胖子也累得坐在地上直往外吐粗气。但终究还是没有看见蚂蟥这可恶的家伙拱出来。于是，忍着伤痛悄悄回家。连着两天，我饭不香、睡不宁，想着再过几天就要死了，怪难受的。对父母便百依百顺，毫不犯犟，乖巧得像变了个人。父母感觉不对劲儿，就追问，我如实托出老底，哭得鼻一把泪一把，没料到父母却忍不住哈哈大笑起来。父亲轻轻拍我一巴掌："傻小子，看你以后还敢背着大人去河里不？告诉你吧，你昨天夜里睡着的时候，蚂蟥早就爬出来了！"我一听，立即破涕为笑，当下保证说："以后再也不下河里去玩了。"

事隔多年，现在想起来，一句随意的诳语，竟蕴含着父母那么深切的爱子之情。

真情像梅花开放

人这一生，有时会遇到一些难以想象的事情。因为意外，便平添许多幸福快乐或痛苦忧伤。幸福快乐是相似的，因而总显得平平淡淡，而痛苦忧伤则往往锻造风雨真情，赐予人动力和财富，教人"勤俭自强，敬业奉献"。我之所以有此感悟，缘于家庭几年间的跌宕起伏。

7年前的一个晚上，挚爱的妻子在我焦虑的目光中被推进河南省孟县人民医院妇产科的产房。8个多小时的漫长等待，终于迎来了儿子的艰难诞生。由于产程过长，接生医生又缺乏必要的急救措施，导致儿子长时间缺氧窒息，刚一出生即被火速送往抢救室抢救。一边是面色苍白、筋疲力尽的妻子，一边是浑身黑紫、没有哭声的儿子，我头皮发麻，左求右告，忙得团团转。三天后，可怜的儿子终于有了低微的哭声，妻子的身体也慢慢稳定下来，我焦虑的心也逐渐归于平静。

满以为有此一劫，今后的生活便会一帆风顺。谁知三个多月后我就发现儿子反应异常，经常无缘无故怪啼，腿部抽搐蜷曲，双眼斜视无神，两手握拳不展，夜里常常吵闹到 12 点以后才能睡下，于是又到孟县人民医院小儿科就诊，回答是"缺钙"。按照医生要求大剂量补了钙，但症状一点儿不见好转。此后，听从亲友劝告，又到焦作、郑州等地诊治，均确诊为"小儿痉挛型脑瘫"。我的头霎时懵了，一下子从希望的山坡栽入深深的谷底。要知道，我和妻子在梦中为儿子的未来设计了多么美好的蓝图，对儿子的成长寄予了多么深切的希望呀！夜里，妻子与我泪流满面，相对无言。这可怎么办？怎么办？省会一家医院的专家说："这种病是世界性的难题，很难治疗，最好的办法只能是强化肢体功能锻炼。"我不相信，又和妻子一道奔赴首都北京。怀抱儿子，靠着一张地图，我们将京城各大医院转了个遍，最终在一家国内著名的大医院落下脚。经过十几天的综合治疗，医生又传授给我们一套功能训练操。回来后，我们又自制了一些设施，利用业余时间加强儿子的被动训练。日子一天天过去，儿子的病情依然不见有明显好转。后来，我们得知辽宁省有家部队医院能够治疗脑瘫，我和妻子就请了长假再赴东北。三个多月过去了，我们再一次怀着深深的遗憾痛苦地返回家乡孟州市(孟县当时已撤县设市)。

不幸并没有轻易放过我们。不久，我年迈的父亲因患心脑血管疾病住进了医院，检查取药前后穿梭，吃喝拉撒都要照顾，我再一次陷入奔忙之中。经过一个月的精心料理，父亲出院了，但生活自理能力明显下降，饮食起居需要家人悉心照顾。就在这时，又出现了一件意外的事情。一个下雪天，母亲外出办事时不小心跌了一跤，左手臂严重骨折，也住进了医院。接二连三的打击，使刚刚步入而立之年的我白发陡增。"命运可以暂时打败我们，但绝不可以永远打垮我们。要坚强，坚强，再坚强!"不管怎样，我和妻子互相鼓励着、宽慰着，顽强地挺了过来。

几年后，生活的地平线终于现出一丝曙光。父母亲的身体都有所好转。儿子尽管四肢瘫痪，不能说话，不会走路，但令人欣慰的是，他聪明、漂亮、乐观、懂事。妻子在单位工作成绩突出，先后被评为孟州市银行系统优秀员工、焦作市银信系统"十大服务明星"。我也因不断努力，在国内出版社正式出版了我的文学著作《星星草》，出版了民间文学作品选，并先后被河南省作家协会、河南省民间文艺家协会吸纳为会员。接着，我又先后被市委、市政府任命为《焦作日报·孟州版》编辑部副总编、市供销合作社联合社党委委员兼纪委书记、党委副书记、理事会副主任等。再后来，又有了我们活泼可爱、聪明灵巧的女儿。

夜深人静的时候，我常常想，人无论在多么困难的情况下，首先自己不能倒下，只要拥有真情，就没有过不去的坎儿。真情，能化冰融雪，拥抱春天!

一张贺年卡

在纷繁的世间，许多事情我们错过了一次，就错过了一生。遗憾和无奈，就会形成心田里永远的空白，和著名儿童文学作家彭文席先生的交往就是这样。我们没有见过面，但我知道他、崇敬他。如今，我只能对着一张珍贵的贺年卡追思过往。

2008年，一次偶然的机会，我参加了中国寓言文学研究会两年一度的文学作品评选活动，后来接到通知，知道自己荣获了第八届"乾有杯"金江寓言文学奖，虽然并没有什么可激动的，但毕竟是件好事，我心里自然还是十分高兴。颁奖仪式将在10月17日至19日的中国寓言文学研究会年会上举行，会议地点是"中国寓言大市"浙江省瑞安市。我提前与网上结识的寓协朋友马长山、冰子等老师做了联络，决定届时参加会议，与新朋旧友见见面、叙叙旧。同时，我还知道，我国著名儿童文学作家彭文席先生的家就在瑞安，他的成名作《小马过河》已被翻译成14个语种，对外年发行量达26万册。这是一位文章入选小学教材半个世纪的乡村作家，一个不同凡响的草根作家。心里就萌生了一个美好的愿望，就是到那里后，一定专门去拜访一下这个在国内儿童文学界具有里程碑意义的老前辈。

于是，我提前做了不少的准备工作，盘点着自己已出版多年的书，打点着与朋友交流切磋的作品，还有自己的大会发言，包括具体行程、日程等等。但究竟能否成行，我心里其实还是没底的。因为自己工作性质比较特殊，一直在市政府和市委给市长、市委书记做秘书工作，自己的时间是很难自我左右的，不能轻易请假，有时即使有了一点儿空闲，但心里还是蛮紧张的。在企业和行政事业单位工作多年，先后借调工作了十几年，我的文学之梦一直是悄悄生长着的，所有的创作都是在业余时间搞出来的。值得庆幸的是，自己通过艰苦的努力，也收获了一点点欣慰。先后被中国作家协会、中国寓言文学研究会、中国小说学会吸纳为会员，并多次在全省、全国获奖。通过文学这座金色桥梁，我结识了许多文朋诗友，自己的精神生活也因此多姿多彩。结识名家大腕、能向社会名流当面讨教一直是我的心愿。我想，天公佑我,应该让我有时间完成这梦想中的瑞安之行吧。

事情偏偏就这么巧合。恰恰在寓协年会期间,孟州市委市政府组织了一次重大外事活动,领导的工作日程排得满满,我也难以张口请假,工作毕竟是立身之本,还是第一位的,所以,所有梦想顷刻化为美丽的泡影。身不能至,心向往之。于是,就把满怀的心事埋在心底。

真正更多地了解彭先生,是从网络上和朋友的交谈里。童话故事《小马过河》是"地球人都知道"的,但是你冷不丁问一句:"彭文席是谁?"还真没有多少人知道。难怪,许多人忙着赚钱、生存,似乎对这些并不在意。彭先生是一个靠作品说话的作家,他不屑于也不擅长炒作。我从并不多见的新闻和相关资料上,从朋友发来的信息中,得知先生是一个忠厚朴实、与世无争、不愿张扬、甘于寂寞的人。其实,在过去的文学圈子里,这些踏踏实实的作家还是很多的,他们固守着自己心灵的那片净土,执著而勤奋地劳作着,尽管有时受到了不公正的待遇,有时不被人们理解和支持,他们总还是那般乐观、豁达和自信,这是人品的自然显现和流露。我从心里百倍地敬重他们。2009 年春节就要到了,我坐在书房里,认真地写了一封信,寄往遥远的海滨城市瑞安,寄给我尊敬的彭先生。我没有想到,一个星期后,我竟然收到了彭先生 2 月 5 日从飞云镇云周十八家村写来的热情洋溢的贺年卡。我听到了瑞安那激荡人心的潮声。贺年卡很精美,淡黄色的背景色,右下方是几片青青的竹叶,左上方是花团锦簇的牡丹背景,贺年卡的中间工工整整地写着:"恭贺白水平同志身体健康、阖家幸福! 浙江瑞安彭文席。"节日的祝福大抵是相同的,但我的心境却格外不同。不为别的,因为是先生亲自写来的。

这次不能参会,我心里深感遗憾,工作之余,就在中国寓言网论坛上留意查看寓协年会的消息,得知彭先生也参加了会议,我更是感到错过了一次拜访师长的绝好机会。只好在心底对自己说，等下一次有机会一定专程拜见彭先生。谁知，一次机缘的失去，就永远找不回来了。5月30日，我打开电脑，彭先生辞世的消息映入我的眼帘。"著名儿童文学作家、《小马过河》作者彭文席先生因心脏病突然发作，于2009年5月27日18时去世，享年85岁。"我不相信，又打开了几个网页，在中国寓言网和瑞安儿童文学网上，还是被确认了消息。悲恸之余，捧出先生邮来的贺年卡，久久凝视。我仿佛看到先生慈爱的面容，看到他在对我微笑，还向我喃喃地说着什么。抹一下潮湿的眼眶，我长叹一声，取出纸笔，写了一首诗歌，表达对先生的深深怀念。

《河的那边……》小马过河/已奔向命运的彼岸/成为传世经典/斯人已去/却如流云飞花/静而往之鲜为人知/我顿悟/什么叫永恒/什么叫平凡/什么叫虚无的境界/作品/早已代替了一个作家的名字/多少人在反复朗诵/多少人在深深思考/质朴平和的乡村老师/与世无争的八旬老者/我在中原/正在翘首相望/如今/不得不捉笔长叹泪水滂沱/你寄来新春的问候/正带着浙江瑞安海浪的气息/而你/却如一颗纯净的露珠/悄悄融入圣洁的土地/小马们一批批过河而去/河的那边自此喧闹而活跃/你这匹淡定的老马/这匹充满哲思的老马/也平静地飘逝而去/河这边/是亿万读者深深的眷恋/和心灵的寄托/你走了/你把金色童话悄悄留下/其实/人的生命是那样浅薄/更是那样深刻/若干年后/人们还会记得你/一个"笔名"叫做"小马过河"的/真正作家/你用文学的方式/让如花的孩子们/知道如何珍惜生活。

您在河的那边还好吗，彭先生？你可知道，您的光芒和您的作品一样，光灿灿地照耀着无数人的心灵！在书本里，在影视片里，在孩子们的朗诵声中，在历史的记忆里……人生寓言里，一批批小马欢呼雀跃。那匹老马，在奔腾的旋律中，望他们远去。

长生饺

包着花生米的饺子,母亲叫它长生饺。长生饺和别的饺子一起下到了锅里,母亲边推动饺子边神秘地微笑:"谁吃到长生饺,谁就会长命百岁,就会有天大的福气。"

于是,我悄悄留了个心眼儿,多包了几个长生饺,想给大家共同的惊喜。然而,吃饭时,却发现长生饺都在爷爷奶奶和我的碗里。我笑着大声说:"妈妈你作弊,长生饺里一定有什么玄机!"爸爸假装皱皱眉头,很正经地说一句:"这就是天意! 你们都长生不老了,我和你妈妈还不是更加神气。"

爷爷奶奶都说:"每一年你爸和你妈都会做这样的快乐游戏,不过这种办法还真有效,你们瞧瞧我俩这硬朗朗的身体!"

一个脚印一首歌

参加工作 20 多年了,岗位变动了 12 次,从一个普普通通的乡村售货员到一名正科级干部,是文秘工作为我打开了视野,是文秘工作给了我展示才华、奉献社会的舞台。每当夜深人静的时候,我总想真诚地说一声:感谢岗位,感谢组织!

20 载风雨,20 载拼搏。每前进一步,我就会对秘书工作有新的理解和感悟。刚走上工作岗位时，在偏僻黄河滩区的乡供销社一个分销店里当售货员，业余时间喜欢给报刊杂志和电台写稿投稿，一年下来，竟发表了 30 多篇文章，领导见我有写作的爱好，就把我调到中心社办公室工作，从此走上了文秘之路。时隔不久，县供销社的领导下乡调研，看了我起草的汇报材料，就专门把我找来，现场命题作文，考试完毕，似乎是在不经意间，他说了一句话："明天到县社上班吧。"做梦一样，我从乡下来到了县城。

在县社机关，我倍加珍惜难得的机遇，拼命学习，充实自己，磨练自己，精彩完成了 5 年供销志(大事记)、供销大厦设计规划书、基层社内部改革系列调研等重要文件的起草，连年被评为全系统先进个人，被省社评为宣传工作先进个人。这之后，市委筹办机关报，我悄悄跑去应聘，被破格录用，担任编辑、记者。工作期间，先后在中央和省市级媒体发稿2000 多篇，多次受到市委宣传部和市委、市政府的表彰。后来，又被调到市委组织部从事文秘工作，仅一年半的时间里，在新华社刊发通稿 6 篇，在中央人民广播电台、《经济日报》《工人日报》《农民日报》《中国人事报》《组织人事报》《党的生活》等媒体发稿 100 多篇。"孟州市出现下岗干部"、"孟州创立党组织和村委会协调机制"等工作经验在全国推广，在国内第一次提出了"下岗干部"的提法。因工作比较突出，被组织任命为《焦作日报·孟州版》的副总编，后又担任市社党委副书记、乡镇党委副书记、招商局副局长、韩愈研究所所长等职。虽然岗位变动很多，但更多的时间还是借调在政府办、市委办从事文秘调研工作。有朋友跟我开玩笑说："你是以不动应变动，坐地日行三万里呀。"

在市委市政府两办工作期间，领导秘书科起草的《政府工作报告》连续三年在人大政协"两会"上获得好评，满票通过。所起草的市委全会报告、经济工作会议讲话、表彰大会讲话等文稿得到了广泛好评，起草的 20 多篇调研文章在省市获奖，得到主要领导批示。特别是在 2006 年的全省县域经济工作会议上，我带领秘书班子起草的典型发言材料《以大开放促进县域经济大发展》引起轰动，省委在会议上发出了"远学沿海，近学孟州"的号召，并为孟州市颁发奖金 1000 万元。"孟州是世界的孟州，世界是孟州的世界""大开放大发展，小开放小发展，不开放难发展""开放程度有多大，发展空间就有多大"等新理念被广泛引用，并享誉河南发展高层论坛，全国各地到孟州参观学习的团队络绎不绝。在做好分管的文秘调研工作外，我还大胆创新工作思路，建议市领导创立了《今日孟州》杂志，并主动承担了策划组稿和印刷发行等工作。《今日孟州》出版发行以后，在当地引起广泛好评。

此外，利用业余时间，自己还出版了 5 本个人专著，先后被河南省作家协会、河南省秘书协会、中华诗词学会、中国小说学会、中国音乐文学学会、中国作家协会吸纳为会员，被省委政研室评为调研工作先进个人。所有这些，在外人看来，我可谓满目鲜花，收获了很多，但其中的辛酸唯有自知。我的儿子今年 14 岁了，患重症脑瘫，生活完全不能自理。喂一次饭要几十分钟，按摩一次要一个多小时，平时的理发、洗澡、大小便，更需要我和家人倾心照料，再加上那几年我的父亲常年住院，生活的压力常常考验着自己的毅力和坚忍。

所幸的是，多年的秘书工作经历锻造了自己不屈的性格，良好的工作环境、领导的关心鼓励，给了我前进的动力和勇气，无论走到哪里，我都感受到了人间的浓浓真情。最后，还想发自内心重复那句话：感谢岗位，感谢组织！

一份新工作

找工作是随时随地的事情，因为，她没有固定的工作。

给老板家当保姆的，是个全省劳模。劳模是以前的事了，以前的风光不再，现在就叫什么下岗再就业。

省劳模的工作那是没说的，里里外外，或人或事，打点得井井有条、妥妥当当。不知情的小老板当着她的面就说："我从来没有见过您这样的保姆，不，是家政服务员！人才呀人才呀，只是可惜了，要是在工厂里，恐怕连劳模都当上了。"

劳模大姐惊奇地说："你好厉害，你怎么知道俺是劳模？"小老板盯了她老半天，结结巴巴地说："你开，你开，你开什么玩笑？"

劳模大姐松口气说："那俺就是在你家里工作的劳模！"老板大笑说："对！对！今天发奖金，表彰你这个家庭劳模！"劳模大姐扭过身擦拭一下眼睛，别人不注意她。那一瞬，复杂的表情，在她的心里。

劳动，这时候，是一种无言的伤痛。劳模，同样面对着无以名状的抉择。

往事心语

自由写作是一件快乐的事情,快乐写作是幸福的生活。这种幸福感从少儿时代即伴我左右。

出生在中原腹地一个偏僻乡村,让我自豪的是,我所在的孟州市城伯镇是大文豪韩愈的故里和韩愈后裔重要的聚居地,也是孔子和老子倾盖相逢、纵论天下的地方。这里名胜古迹众多、文化底蕴深厚,是裴李岗文化、仰韶文化和龙山文化的发祥地之一,有汉代名将姚刚、姚期墓和无鼻城遗址,有汉将岑彭冢,有闻名遐迩的二佛殿、韩氏家庙等。我的邻村还出了个"当代武松"何广位。耳濡目染,受环境的影响还是不小的。

少时尽管家境不大好,但总有快乐相伴。爷爷是远近驰名的铁匠,父亲是一名乡村售货员,奶奶和母亲都在家务农,平时对自己的管束不太严格,于是就有了放松性格的空间。田野的追逐嬉戏、河渠的击水畅游,丰富多彩的自创活动,成为记忆中宝贵的财富。其间,偶尔碰到一些被揉成刨花卷状的书报,接触到一些小说、诗歌之类的文学作品,就如饥似渴地看这些"闲书"。回想起来,印象最深的当属《湘江文艺》《向阳花》《儿童文学》《少年文艺》,便翻来覆去一遍遍地看,并凭着好奇,依葫芦画瓢地涂画起来,慢慢地,竟产生出一些兴趣。现在想想,这可能也算作早期素质教育的一种特殊方式吧。

小学三年级的时候,学校才开始有作文课。我也因此找到了最兴奋的亮点,每周都盼望着听语文教师上课时云天雾地"讲故事"、传授文章写作经验。而自己随意凑到本子上的玩意儿，许多次竟被教师当作范文在课堂上宣讲得头头是道（但当时自己根本就没有那么"精巧"的布局意识，只不过是有点急于表现的欲望），令我茅塞顿开，平添不少展现个性的冲动。此后不少作文又被送往学区各学校传阅，并被抄录在一些学校的黑板墙上。因为作文写得好，颇为语文老师所赏识，肩上也破例挂起了"三道杠"（少先队大队长），俨然成了三里五庄学生群中的"知名人士"。涉世之初，不免有些飘飘然不知天高地厚。小学毕业，因沾了语文的光，考取了市里的重点初中，对写东西依然爱恋有加。初一时，被学校推荐参加作文选拔赛，在全学区荣获第一名，在全市又夺得第二名，还被广播电台做了一次专题报道。嘴上虽然不事张扬，但心里却暗自感觉自己就是一块搞写作的料子。上初二时，受作家庄之明作品的影响，瞒着所有人，偷偷写了一部所谓的长篇小说《我们的时代》，抱着满怀希望，投给一家国内比较知名的中学生文学刊物，经过漫长的等待，遭遇无情退稿。兜头一盆冷水，很觉泄气。再修改，又投给另一家出版社，得到几句鼓励，心下总算有少许平衡，但万丈豪情终以失败而告终。后来"东窗事发"投稿的事被知晓，便听从语文老师劝解，改变"战术"，由"大部头"向"豆腐块"转变，由大刊物向小报刊转变。不久，即在市文联创办的《河阳文艺》、《河阳文学故事报》，以及市文教局主办的《作文向导》上发表了多篇习作。上高中时，因在学校首届大型演讲会上获得金奖，受到校领导重视。而后，又参加了全省一次作文竞赛，再次获奖。语文老师对我很欣赏，常常把我叫到他的办公室，在私下"开小灶"大加鼓励。在班主任教师的支持帮助下，我召集几位文学青年创办了全市第一家中学生文艺团体——蟒河文学社，并出版了十几期油印小报。在为人作嫁当"总编"的同时，又创作出长篇小说《我心飞翔》，因创作基础不牢固，再次惨遭失败。此后，依然痴心不改，斗志不减。参加工作后，先后在黄河滩区一个基层供销社当售货员、会计、门市部经理，仍闲暇找乐、笔耕不辍。但是写出来的东西多为自我欣赏，因为当时已完全脱离"象牙塔"，逐渐融入社会，变得比较成熟和冷静，能够从整体上客观衡量自我，同时，也时时感到生活经历的贫乏和文字功底的苍白。业余时间也常常自我加压，不断充电。那时，我才真正懂得，知识积累和生活实践都是一笔极其宝贵的财富。

再后来，因为"能写会画"，我从乡下供销社被选调入市供销社机关从事文秘工作。一年后，通过公开考试，又被调往市委机关新创办的全省公开性报纸《孟州报》担任编辑记者。至此，已由"不务正业"的业余爱好变为专业写作，但新闻单位的工作性质和写作要求又远远不同于文学创作。于是又主攻新闻，文学又被搁置数年。后来又先后被调至市委组织部、市政府办公室、市委办公室等部门从事文秘工作，搞起了公文写作，文学创作又进入了业余积累阶段，偶尔也写些东西，隔三差五发表几篇作品，但随意性更强些。此后，由于工作需要，被市委任命为《焦作日报·孟州版》编辑部的副总编辑，从事报纸业务的策划管理工作，又干起了新闻老本行。期间，忙中偷闲，将以前创作的诗歌归纳整理，在出版社出版了我的诗集"青春三部曲"《星星草》《天堂望月》《盛世豪情》，出版了个人民间文艺作品选和寓言作品选，先后被中国作家协会、中国民间文艺家协会吸收为会员。三年后，按照组织安排，我又回到市供销社工作，历任市社党委副书记、纪委书记、工会主席、机关党支部书记等职，后又下乡担任组织书记，回到市直单位任招商局副局长、韩愈研究所所长、市委史志办主任，文学写作仍然是闲而为之、零打碎敲。搞文字工作难得闲暇，年逾不惑仍然一脸迷茫，工作、生活、家庭的负担也愈加沉重，但自己对文学的钟爱依然热情不减。回顾多年经历，想来很简单，无论做什么工作，其实只干了一件事，那就是想问题、写东西。写作已成为快乐的一部分，快乐永远是生活的主题。写作并快乐着，这是一种多么实在的感觉。

我哺育着珍贵的心灵之花，她的绽放就是我的诗意的独特表达。那时，快乐也一并燃烧。我愿这种快乐永驻心间！

乡村爱情素描

22年前，我骑着自行车把你接回家，你温暖的胳膊紧紧搂着我，脸贴在我的背上，什么都不说。我没有楼房，没有存折，你跟定我，说是看上了我的诚实和执著，我憨憨地笑，珍惜这种纯洁而幸福的生活。

后来我终于赚了钱骑上了摩托车，你还是那样小鸟依人靠着我。你嫁过来，从来没有埋怨过，从来没有后悔过。你喜欢种花，院子里，便是鲜花的王国，还有一棵移栽过来的梨树，也是你精心设计的杰作。如今，我只能在忙碌的间隙抬头看一看你的新坟，我知道这时候，你一定也在满含深情地看我。

5月12日，那个阴沉的日子永远在我心头铭刻。那天中午，我从工地回来，你炒好的几个小菜，香香地安慰着我的饥饿。饭后，你装扮一新，去镇上给手机充费，我送你坐上匆匆的班车，谁知这一去，竟是阴阳两隔。冒着余震，我发疯般去找你，大声呼喊来往奔波，搜寻你的线索，最终我怀抱的是夹缝中你冰冷的手脚。我带上你最喜欢的桃红色羽绒衣，接你回家向你诉说，我跪在你身边，烧一叠纸钱，放一串鞭炮，让抑制的泪水直往心里落。我发动摩托车，武警战士帮你坐上车的后座。你紧紧抱住我,还是那样娇柔,在包裹严实的头巾里甜甜地乐。我安静地带你回家,迎面一辆辆军车开来,默默把道路让过。我看到了,许多兵,眼里的泪水也有很多很多。

就这样,走了一程又一程,我不知道相伴竟然这样苦涩。房后的麦地上,有你我相约的场所。水田里,嫩绿摇曳的秧苗,是我用麻木和酸楚的辛劳,驱除着你的恐惧和寂寞。

老乔轶事

柳桥镇供销社的乔宝忠算个人物,别的不说,干了30多年售货员,交际广,人缘好,开朗随和,墩厚实诚,常爱开个小玩笑,吹个小牛皮。因此,在当地颇有一些知名度。老乔在这个偏僻的滩区小镇兢兢业业干了大半辈子,年轻人接来一批又送走一茬,他却还是"坐地炮"。每每聊起此事,他也时不时地自幽一默,说别人是"稳坐钓鱼台",咱是"稳坐钓鱼钩",钩住了就稳稳当当、一心一意地干,绝不"这山望着那山高,山沟望着半中腰"。据说,前几年县农行第一营业部曾高薪劝其"跳槽",他却"穷家"不舍,故土难离,咋劝也不去,真不知道他是老牛撞南墙转了哪根筋儿。有人则不以为然:"烧不透儿哩,别听老乔瞎吹牛,他会怎么憨?吃不到葡萄说葡萄酸哩。"老乔玩个深沉说:"人可不能吃碗里看锅里,说句不中听的话,狗不嫌家贫,子不嫌娘丑,望山跑死马,好高骛远不成。我就跟供销社有感情,死也要死到这个地儿。"

说老乔说大话吹牛皮,全没道理。俗话说,是神都有把打蝇刷子,是人都有两套办事活葛。既然人家敢吹出去,就说明真有"两把刷"。

老乔干了 20 多年百货门市部，卖了 20 多年布匹，别的不说，算盘珠子上的功夫甚为了得。想当年，5 次在全市技术比武中力拔头筹，在省社系统比赛中一枝独秀，在全国商贸行业精英赛中还抱过两枚银牌一枚金牌，还被破格吸收为全国珠协理事。老乔玩起算盘，嘿！那个叫绝，劈里啪啦，急如雨打芭蕉，快似蜻蜓点水，叫人眼花缭乱，应接不暇，人送雅号"神算乔"。也难怪老乔"才"大气粗敢夸海口："火车不是推哩，大山不是堆哩，鸡毛上天不是吹哩，我玩珠算可说是脚踢手拨拉，三下五去二，根本不算个事儿，就是闭上眼睛也打不错珠子。"社里举办职工业务培训班，老乔是当然的技术指导。他耐心、细致、严格，而又不失风趣幽默，因而他讲的课别具特色，效果也特别好。

几十年来，老乔办了多少期培训班，带出了多少徒弟，无从查知。据不完全统计，光他一手带出的知名弟子就不下 500 人。徒出名门，但青出于蓝胜于蓝者却寥寥无几。"猫教老虎留一手儿，乔师傅可保守呢，他会不留点看家本事，谁的绝活儿会随便传人？"这话故意让老乔听。老乔却笑骂道："净想歪点子！师傅领进门，修行在个人。啥叫绝活儿？绝活儿就是苦练加巧练，把浑身力气用绝唠！'算盘是张纸，会打不会使'，干啥事儿都得扑下身子，光想偷奸耍滑抄近路，世上哪有恁容易的事儿？每个人都不会随随便便成功。"

说归说，但不管怎么解释，就是没有多少人相信这话。几个小青年调皮，就想法儿编圈儿套他实话。老乔不善饮酒，抿个三二两就脸干红、晕头转向，偏又爱"人来疯"，听见有人猜枚就走不动路，上酒场的频率颇高，多是"站着进来，晃着出去"。这几个青工求技心切，于是投其所好想出一个点子，在桌台上你一杯我一盅地劝酒，直把他灌得迷三倒四、舌根发硬，便趁着酒力一个劲儿给他戴高帽子套臭布袜："曹孟德老先生曾青梅煮酒论英雄，何等潇洒风流！乔师傅才高八斗，学富五车，堪与老曹相提并论，何不来个煮酒论算盘？您的珠算技艺这么高，怕在全国都不多见哩，您该好好写本书，然后申请个国家专利。"老乔眯缝着眼，瞅了老半天，"嘘"地喷口酒气："老曹那小子何等人也？白眼窝大奸臣一个！娃娃，没事儿老拿我老人家跟那种鸟人比个啥？忠奸岂能同日而语，黑白岂能一视同仁？你们几个小弟兄别再胡拍马屁啦，一不留神恐怕就拍马蹄子上了。说实在话吧，我把自己的一些个本事都竹筒倒豆子——全抖搂出来了，还不好好下劲儿练习，光想投机取巧会中？"再问，老乔似乎早已不酒力，爬在桌子呼呼大睡起来……

转眼春节临近，供销社安排各门店值班，老乔那个门市部的几个年轻人想趁机回家团圆团圆，疯耍一阵子，还有的想回家谈个亲事什么的，但嘴上又不便多说。老乔是个大明白人，看透了几个人的心思，笑笑说："没什么可安排的。我是门店负责人，年年春节领双工资也习惯了，今年我还留守这儿吧……"

大年三十夜，天上飘着小雪。远远近近的鞭炮声和浓浓的食物香味不时传来。老乔想起家里瘫痪在床的妻子和在外地打工千里迢迢赶回家过年的儿子，心里十分愧疚，不觉落下几滴热泪。一种凄楚之情陡然升起。他随手掂过算盘，神不守舍地拨弄着。几十年了，算盘成了他最要好的伙伴，每当有心事时，他就这么和算盘珠子交流。打一会儿算盘，就到外边巡视一圈。夜里十时许，老乔转到仓库巡逻，猛然发现一个蒙面贼人正在持械行窃，于是先去按报警器，不成想报警器的电线被剪断。他顾不上那么多，大喝一声猛冲过去，与歹徒展开殊死搏斗。毕竟年岁不饶人，老乔被歹徒用一截螺纹钢筋击中了头部和胸部，身负重伤。但他忍着剧痛，一边死死抱住企图逃窜的歹徒，一边大声呼喊，其他门店的值班人员闻讯奔来，制服了歹徒。老乔被送进医院急救，终因失血过多，永远闭上了眼睛。消息不胫而走，第二天下午，柳桥供销社的职工都来了，人们含着热泪为老乔告别。几个青工帮助整理老乔的遗物时，在床下抽出几个旧纸箱，里面全是满满腾腾的珠算练习本，还有三把缺柱少珠的老式算盘。人们相对无言，只觉心里一阵阵酸楚。

老乔火化那天，县联社的王主任代表全县供销社系统干部职工将一个玉制微型算盘交给了老乔的儿子，那上面雕刻着一副红字对联：珠珠有声打出一片深情，默默无闻博来众口传诵……

老乔去世后，社里考虑到他的家庭情况，安排老乔的儿子小乔接班，还在百货部工作。老乔的瘫痪妻子也被接进社里，由专人照管看护。

5 年以后，全国珠算协会在海城举办珠算大赛。年仅 26 岁的乔玉亭获得大赛一等奖。乔玉亭是谁？就是老乔的儿子小乔。那天夜里，小乔从海城回来，一下车子，就独自一人跑到父亲的坟头上大哭一场，怔怔地跪了两个多小时……

冬至那天

还没过上几天清闲日子，冬至就来了。时间过得飞快。

我还在梦里驻足呢。爹喜欢的萝卜羊肉馅饺子，娘喜欢的白菜大肉馅饺子，我喜欢的韭菜鸡蛋馅饺子，还有蘑菇三鲜馅饺子，在烟雾缭绕的铁锅的舞台上翻滚。饺子们，走出表演场，就满头大汗地端坐在大海碗的沙发里等我。一同等待的，肯定还有爹焦盼的眼神，娘甜蜜的唠叨。

我呀,小心地从刚检修好线路的线杆上退下来,马上就跟邻居张大姐通了个电话,让她转告我的爹娘,我今天还在班上,回不了家,让她把问候替我捎到,让他们把我买回去的棉衣棉裤都穿上,还有冻在冰箱里的速冻水饺。交九了,天太冷,别总是舍不得。还有饺子呢,让爹别吃太饱,当心老胃病,没事爹娘俩人就出去走走,但别走得太累了。

我还想说些什么,张大姐笑我小啰嗦:"大爷大娘正在我这儿吃饺子哩,有什么话,我让他们接电话。"我还没说话,就听爹在那边喊:"算了,算了,在你张姐家挺好的,省点电话费吧,来家时给我再捎一双厚袜子,挺暖和的。别再说了,你的老娘在笑你呐。"

苹果的故事

母亲辛劳一生,不舍吃不舍穿,总惦记着别人的饥渴冷暖。

儿子知道母亲最喜欢吃苹果。

母亲却说:"好好的,吃什么苹果呀。给孩子吧,他们正长个子呢。"儿子说:"娘,这么好的苹果,干什么舍不得吃?今天您生日,这一袋子苹果,是我扛水泥挣来的呀。"母亲张了张口,便没再言语,浑浊的泪水,在眼眶里滚动。当着儿子的面,母亲吃了一个苹果,从此以后,一袋苹果就在屋角放着。

家里来了客人,母亲就高兴地介绍:"这是我儿子买的,你尝一个吧。"几天后,母亲心疼地说:"哎呀,苹果烂了一个。"于是削削皮去掉疤,洗洗吃了。又过两天,母亲心疼地说:"又烂了一个!"于是又剜掉腐质,洗洗又吃了。就这么,一袋好苹果,吃成了烂苹果。一个月后,母亲拿着最后一个苹果说:"孩子,我老了,牙不好,以后就别再买了。好好的,吃什么苹果呀?"

后来,儿子成了苹果种植专业户,有了几十亩果树。再后来,母亲去世了,儿子把母亲葬在苹果园里。从此后,苹果园硕果累累,再没见过一个烂苹果!

牙疼的日子

有一种记忆叫牙疼。虽然年纪轻轻,但我经常受到牙病的垂青。至今,我还时时想起那时的情景。

无数只小虫子,狠命噬咬着神经。面颊,眼底,耳根,都在疼。吃不进,喝不好,睡不成。唉,天呀,真服了这种不是病的病。

当年父亲,也经常牙疼,那时总感到他疼得夸张,无所适从,如今才明白,父亲捂脸的姿态,是种心痛的风景。

感念往事,父亲乐了,露出一口整齐的假牙:"现在不疼啦,连神经也老得不愿跳动。牙疼是一种思考的过程,至少让你知道,什么叫坚定,什么叫同情。"

吸烟的父亲

在高高低低,纵不成排、横不成行的土堆边,我一眼就看到了您的影子。父亲,您手上夹着一支烟,深沉而洒脱。我三步并作两步,走到您的身边。

我在坟头上,为您拔一棵青草,就像我过去为您拔去夹杂在黑发中的一根根白发。我在坟头上,流两行浊泪,就像过去我的心受到伤害,您安慰我时流出的泪水。我在坟头上,燃一支香烟,看见您在青青雾霭中,微笑着向我走来,用宽厚的手掌,抚慰我的心。

啊,父亲,我吸烟的父亲,虽然你离开我很久了,但我依然能读懂你的每一个姿势,听见你温厚的声音……

清明时节

(一)

我用真钱,买上一叠假钱和一叠五色纸,去看望天堂的亲人。钱是假的,情是真的。真实的感情,有时候只有用虚假的方式,似乎才能流通。真实与虚幻,本身亦是如此,真中有假,假中有真,走在茫茫人世间,我们和钱一样都在流通。在你来我往的匆忙中,敢问一声,挣扎在生活漩涡中的你,是真? 还是假? 是失败? 还是成功?

(二)

清明,是阴阳相约的共同时空。

五千年的约定,让泪在每年的这个时节,化作霏霏细雨和清冷的春风。欲断魂的诗中行人们,早已魂归故里。遥指杏花村的可爱牧童,也已难觅踪影。天地间行走的人儿呀,拖着脚步或心灵的沉重,踏着无边的草色,在烟雾蒙蒙中虔诚地寻找通向天堂的小径。

多愁善感的亲人们,冥冥中又一次前来点化,又一轮拨转时空,天地人相聚合,围坐在一种共有的尘封的环境,重温忙碌尘埃中久违的感动。没有杂志封面经典唱片的冲击,和网络的喧哗与疯狂的追星。隔着这厚重的黄土层,我们远行的亲人啊,天国中的寂静你们能否接受、能否适应。还有,我这涕泪交夹的对话你们可曾听得清? 若有若无的小土堆上,拿秦砖汉瓦的残片或一块朴实的坷垃,压上一张说不清道不明的白纸吧,让哽哽咽咽的语句,显得更加深沉更加庄重。发去这封信,亲人们伴着香火的注解一定最能读得懂。

这些日子里,"纸灰飞作白蝴蝶,泪血染成红杜鹃"的传统,不需要引导就会一脉相承。阴阳两隔的门前,杨柳轻晃着我们的双肩,怕我们哭得人事不省,而纸钱的灰烬却无所顾忌,狂放地用飞扬的思绪重现一场场旧梦。其实呀,清明这个节,我们都很清醒,也心知肚明。纸钱,亲人们花不成;祭品,也未必去享用。而我们,隆重地跪着,是今生崇高的表达姿势,和架起称量自身价值的天平。不管怎么样,我们还得尊严地站着。尽管有时人生的某一月某一天某一分钟,命运想让我们从此躺下,但小小的颠簸又算得了什么呢? 坟头前,那株挺立的翠柏,从来就没有弯过没有沉默没有放松。他传递着来自前辈的,山一般的嘱托和叮咛。逝者长已矣,存者莫伤痛。今天哭过了,以后就不能再流泪。含泪活着,不是洒脱的生命。清明呀,就是为了让站着的人们都有海一样的心胸,学会抗争,学会进取,也学会包容,永远不倒下,好好地活出一种阳光灿烂的风景。

返乡记

村头那条坑坑洼洼的麻坑儿路,好像门口二怪叔疙疙瘩瘩印象派的老脸,听说二怪叔的脾气现在不怪了,早去大河南边的那块难以耕作的黏土地里看麦苗去了。辛苦了一辈子,到头来,连个像样的坟头也没有落下,说起来真不值。如今他的三个姑娘都已长大,出门远嫁了。一个宝贝蛋儿子听说在县里上高中,学习成绩马马虎虎说得过去,只是迷恋网吧惹人生气。

阳光照着二怪叔家破旧如初长满瓦松的房顶,真有点儿像一座不加渲染的名胜古迹。老房椽沿下,一只眉眼不分的杂毛老狗,不知误吃了什么东西,在哈赤哈赤地打着喷嚏。我小心地按了一下喇叭,把轿车开过去,狗结结实实吓了一大跳,汪汪地吠着这个漆明发亮、老龟般的庞然大物。

我很尴尬,因为这种叫声,引来了一街两行正在端碗吃饭的乡亲。叔伯婶娘,爷奶姑姐,都知道我来了。他们用粗糙的微笑和新奇的目光跟我打招呼,还端着酱盆一样大的搪瓷碗,用筷子对着我指指点点。小孩子们追在车后,嗷嗷地笑闹着。车刚停稳,贴瓷片的门楼里便走出俺村的支部书记兼村委主任,他就是铁塔般的父亲。父亲虎着脸,劈头一句话，就给我一个下马威："混账东西,烧球啥哩?! 下次来家骑你那辆电动自行车,别摆出一副臭小样儿,有能耐,抓紧给咱村北边的路修一修。再不弄,以后少来咱村里晃悠。你不嫌丢人,我还挂不住脸呐! 见你一次,撵你一次,让你尝尝脱离群众的味道。"我边关车门边赔笑脸："修路算个啥,我的电脑公司都转让给他们去干啦。咱村里要弄的事情太多啦,这次来,俺的身份可是大学生村官,非干上几件漂亮活儿,让您老人家这张光只会训人的嘴巴,也说上两句表扬咱的话。俺还有个野心,让您老事先也掂量一下。有朝一日,俺也要竞争你这个村委会主任一把手,看看给乡亲们办事,是您的水平高,还是俺的威力大!"

老爹瞪着我,瞅了老半天,抬起脚,将烟袋锅猛敲了一下,回头丢下一句："你小子,有种,这点儿像你老子!"

村 路

（一）

害怕回家。

家其实很温暖,但我回去享受那种温暖,却要接受道路的检阅和洗礼。

村口,就是那条路,那条"水泥路"(硬化路),那条"扬灰路"(洋灰路),那条让我出了一身臭汗的"健身路"(溅身路)。车子卡在泥里,弄得我左右为难。

那年回村,我足足步行了90多分钟。90多分钟呀,该有多少财富被聚拢,又该有多少飞一般的快乐,云一样的轻松,可现在呀就是不同,进村的路,是一条被雨水浸泡多年的鞭子,无时无刻,不在拷问我火辣辣的乡情……村路,如果我不去修通,我会在心里一直承受着伤痛。

(二)

挑着一担水,母亲在泥泞的村路上,重重地摔了一跤。回到家,母亲恨恨地骂道:"以后再不用井水做饭了,把能吃的东西都拿来用油炒!"傻傻的我乐得直跳:"要吃炒菜喽,要吃炒米喽!"母亲一巴掌打过来,又忍不住"扑哧"一声苦笑。我愣怔了半天,才品味出这说不上来的懊恼。直到现在,走着这条宽阔的硬化大道,喝着干净的自来水,我的脸蛋似乎还一个劲儿地直发烧。想想那些日子,我和老娘忍不住都想笑。

那一次告状

我太随和,家里总是人来人往,车水马龙。

一个亲戚的亲戚摸到门上,蓬头垢面,湿泥满脚,一只眼上捂着个大口罩,看起来模样很吓人。我慌忙递烟让茶,热情接待。他找我,说是受了工伤,铁渣渣溅进了眼睛里,老板不给管,让我帮他出出主意想想办法。他还说,老板是个有钱人,在俺那一片儿有头有脸很有身份,说铁就是钉,说话砸个坑,谁也咋着不了他。他说的话,我不知道是真还是假。

有一天，亲戚的亲戚斗胆拦了老板的"老鳖盖"轿车去论理，老板在车里用手掸一下阔气的西装，轻哼一声"贱"，然后打了个电话，派出所就出动好几个警察，把他叫去问了一上午的闲话。他终于恼怒了，大声质问道："老板是你们的老板吗？派出所是老板家开的吗？为什么他一发话你们就怕，为什么他说是啥你们就听啥？"亲戚的亲戚就这样连哭带喊闹了一通，小警察们又哄又吓就把他撵走啦。

他不服，就到县城去说理去，跑了两天问了一圈儿，也没人搭理，也没谁给句圆圆话。想了半晌才找到我这个熟人，就跑来让我给他写点告状的啥手续，然后再到省城找找电视台，再上北京去托人说说公道话。我问他可了解老板的底细，他捂着眼罩突然大笑，咧开掉了一枚大牙的嘴巴："我们一个村，住的是邻家，他还管我叫叔呐。我连他小时候爱看的小人书都知道，连他最好讲的骂人话也一字不落。只是现在人家钞票一抓一大把，就变得跟长辈人一样威风一样潇洒。呸！有了俩银子，眼都快瞎啦，连老少爷们都忘完了，这次咱可不能放过他！"

我愕然，拍着亲戚的亲戚感叹说："不知道事情原来还这么复杂呀。"他那只独眼就不经意闪出了泪花："复杂个啥呀，只要他遵守劳动法，只要他给咱看好眼病，我就不会说他一句坏话，弄不巧，还要叩头送礼，谢谢他的大恩大德，也不枉我们生在一个村，也不枉我们，从小就在一块儿光屁股长大！"

一个老汉

不到难处不低头，不到痛处不告状。但是若想告赢状，也得付出一些代价。

一个叫"王冤枉"的老汉，要见"包青天"。"王朝""马汉"拦住他说："闯什么你！一点儿也不懂规矩，这是我们领导办公的地方，不是你的红薯田高粱地！"老汉说："那我见一下咱们的老包同志，只说三句话可不可以？""王朝""马汉"瞪瞪眼哼下鼻："凭什么呀你，竟敢看不起我们这些当差的衙役？你算个老几，要见我们包大人，还有很多讲究，还有很多程序，有啥话你跟我们直接说，我们可是大人的左膀和右臂。说到这儿就到了底，大人就能听得到，就会记到心里去。"

老汉怯怯懦懦好一番犹豫，孝敬给他们每人一包上好的烟丝，一斤新鲜的槐花蜂蜜，回过头去，诉说得痛哭又流涕。第一句，"我冤枉！"第二句，"冤死了！"第三句，"求求你们，还给我土地！"

"王朝""马汉"忍不住想大笑，拍拍老汉让他不必着急，听了半天终于明白了前后所以。又等了好久，才把原话递将上去。"包大人"脸一黑冷笑一声："嘻，又是个十足的小刁民，三句话也放不出一个囫囵屁。这种人再来，谁也别去搭理，趁早给我轰将出去，别让他来破坏我的工作，影响我的好情绪！"

"王朝""马汉"得令而去，虚弱的老汉早已晕倒在地。

有个老人名叫"春"

他姓什么，不知道；他多大年纪，不知道。只知道，他叫"春"。

这个名字叫做"春"的老人，总被人取笑。虽然他不大爱说话，但还是有人叫他"老吹"。他说他要在村里建设一所小学，村里人都说他说梦话不打瞌睡，说瞎话不打草稿。

"吹"了一辈子，打了一辈子光棍的"春"，突然在人们的三五声感叹中，进了村子里的公坟。新坟前没有墓碑，只有一块专用的厚厚的大青砖，砖上烧制一个大大的"春"。坟前站着一群赤脚的娃们，他们哭着说："春爷爷是世界上最好的人！"每年清明，那些以往常常取笑"春"的人，都来这里探春。村里也刚刚建成起了一座新学校，叫做春光小学，建校的资金，就是捡破烂的"春"捐献的。现在，春天又来了，"春"爷爷正慈爱地注视着这个让他牵挂一生的小村。

春，已沉醉不起；春，也梦想翩飞！

良心公式

农村人最爱讲良心，良心对于他们来说，就是树的根、人的魂。良心有公式吗？我说个故事给你听。

28 年前，横祸天降，河南省孟州市党宋马村一个名叫党海棠的普遇农妇从此被卷入生活的急流;丈夫在黄河防汛途中,遭遇车祸,自此全身瘫痪。时年24岁的党海棠义无反顾地挑起了家庭重担。1万多个日日夜夜,她以超常的耐心和坚韧,与命运顽强抗争,在苦难中点燃挚爱之灯……生命如歌,唱不完耳鬓厮磨的柔情蜜意;生命如河,平静的河面骤起波澜;生命如灯,一把小小药片险些窒息光芒;生命如伞,阴霾的天空下撑起一片蓝天。

生命是梦想与失望的较量,生命是青春沼泽地艰难的爬行。帮他翻身,一次次搬动肩头的山;帮他吃饭,一次次浇灌受伤的树;帮他大小便,一次次面对割断气息的风;帮他擦敷药品,一次次清理困扰身心的伤口。

负重的日子里,她是双目失明婆母的手杖,她是两个无助幼女的主心骨,她是抚慰丈夫孤寂心灵的支点,她是风雨飘摇中旧房子的顶梁柱。

从此,她成了打针配药查资料的医生;从此,她成了劝导人鼓舞人阐释生命的讲师;从此,她成了养猪磨面修电器做衣服的全才。

为了家,她与县城的繁荣隔断了;为了家,她与乡村的热闹远离了;为了家,她与几件旧衣服常年相伴;为了家,她把规劝改嫁的话语撕成碎片。

不为别的,只为良心,良心是什么? 只有小学文化的她这样回答:"良心是1加1等于千千万。"千千万是什么概念? 是一笔以真情为单位的巨大财产!

课堂二题

（一）方苹果

同学们的画笔，小心翼翼，画一个又一个圆，加上梗之黄，添上叶之绿，漂亮的苹果映照老师的欣喜。只有小胖的苹果是方的，方得怪异，方得出奇。同桌把它高高举起，引来哄堂大笑，几欲岔气。小胖红着脸，大声辩解："我的苹果便于保管，不会从桌上滚落在地！"老师说："这是咱们班，最好的作品，因为它富于想象、标新立异！"创新，具有永恒的魅力！

（二）无字的篇章

众目睽睽，如炬之炙热，该我念自己的作文了。翻开本子，打开一扇窗户，我把奔跑的快乐，嬉戏的感觉，舒展的枝叶，清澈的小河。朗诵着，朗诵着。陶醉，放飞一首童趣之歌。可是，我还是有点胆怯。因为，我的本子是空空的。在同学们热烈的掌声中，老师笑着要过我的作文。空白，使她惊愕，丰富的语言是随意流出的么。她珍藏了这个本子，扉页上加了一句评语：如果想培养天才，别抹杀他轻松的生活！

七月七

一串串紫葡萄,挂在昨夜梦的扉页上。喜悦的泪,在音乐里游走。月亮是心灵的指向,那湖畔树影下的真情对望,随一声蛙鸣,伴琴声悠扬,醉了水里,醉了天上。

今天七月七,都别过分在意,但总会燃起亲人痛苦的记忆。这天,正是父亲的生日,但父亲已如这支香烟,还没燃完,迅疾离我们远去。哽咽中,相隔薄薄的天地,只有那张泛黄的全家福,让我们热闹地相聚在一起。

我再不会笑粗心的父亲不懂浪漫,他给我慈祥母亲的,永远都是淳朴的惊喜。七月七,母亲垂泪,母亲无语,她还在为父亲赶织一件密实的毛衣。

最后的午餐

镇供销社内部食堂不景气,面糊汤、伤碱馍、捞面条长盛不衰。对此,职工意见颇大,美其名曰"老三篇""印版饭"。

"版式设计者"——炊事员老吉乃山西小煤窑矿工出身,后来通过关系调动到 Q 县花林镇供销社从事"进口贸易"。历时两载,业务技术却一直似老和尚帽子——平不塌儿。每月职工总能尝上几次金灿灿的"蛋黄派"（伤碱馍），吃上几顿稀里糊涂的汤面条，真叫人望饭兴叹！直截了当向老吉提意见吧，话说轻了，他嬉皮笑脸应付一下子，一不急二不恼，总是笑哈哈地答应："鄙人上任时间短，不周之处，望多多包涵，今后一定尽心尽力！"然而，这无非是猪八戒掀门帘——嘴上的功夫，今后的今后与以前一般无二。话说多了、说重了，看似老实巴交的老吉便有些持不住劲儿。难怪，兔子急了还咬人呢，他便谑谑地说："哼，嫌我做的饭菜不上档次、不够水平是吧？要不咱们换过来试试！再不行，有能耐就把我调走算了。这是人待的地方？早就不想干了！饭嘛，一日三餐不就这样？俗话说得好，填坑儿不要好土，养鹅不要好圈，还想吃金喝银不成？街面上酒店餐厅比比皆是，七大盘八大碗随你报，可谁叫咱们只是个小小营业员呢！"您听听，这真是小人书挂中堂——啥话（画），烟袋锅子打鸟茅粪勺子炒菜——啥腔（枪）调（锅）。提意见的人被玩个大长脸，满面通红，气都噎饱了，还吃什么狗屁饭。一碗糊涂面条泼到地上，肚子一鼓一鼓地走了。这以后，都知道老吉是个"二杆子货"，便不与他一般见识。

于是，食堂饭菜质量每况愈下，大有变本加厉之势。对于这个问题，镇供销社柳主任也很头疼。职工意见不能不听，可老吉的脑袋瓜子也实在难剃。让老吉去门市部吧，现在各门店都已经实行风险抵押承包，没人要他；去食品加工厂吧，他嫌那里活儿累不说，还讥笑人家"酱油不咸醋不酸，点心做成耐火砖"，拉着屁股死不愿意去；干其他吧，他又干不成；再则，他多多少少还有点"根"，奈何不得。于是也只能睁只眼闭只眼，暂时当个"维持会长"。

时间久了，职工们都知道老吉在县社里有"粗腿""硬杆儿"，想赶他走无异于蚍蜉撼大树，说也白说，渐渐习惯成自然，懒得再发那些无用的牢骚。日子就这么一天天过去。某日中午，职工食堂饭菜格外不同，可谓花色齐全，品种繁多。饺子、卤面、小酥肉、肚丝汤，外加肉包子、热油条、千层饼，虽然手艺欠佳，但也可称得上丰盛。这一"壮举"，使众人未吃饭先吃惊，不由齐声喝彩。当下心里就直犯嘀咕：好不好，一堆草。可这是千真万确的好伙食哟。今天的日头莫非从西天冒出来了？

斗胆问及，但见老吉两眼眯成"一线天"。在众人惊诧的目光下，喷出一缕青烟，很随意地甩出一句"名人名言"："我亲爱的同志们，真有点舍不得呀，'人在江湖，身不由己'，快要和同志们'拜拜'了，这也许是我为大伙儿做的最后一次午餐了。"众人愈惊诧得不得了。

大惑不解的营业员们，齐齐瞪着老吉，连连追问。老吉一副神采飞扬的样子："我很快就要调到县社机关上班，改行了，不再摆锅弄勺铲垃圾扫墙角，先搞办公室工作。县社领导说了，要不断挖掘资源，开发利用人才，发挥整体什么优势。反正还说了好些个，咱们具体也弄不懂那么多。领导就是领导，不服气不行，人家的水平就是忒高。"

众人惊喜交加："老吉师傅，你得请客呀，这么大大的好事情打着探照灯也难找呀，可不能太抠门，想一顿饭把伙计们打发，没门！"

老吉喜眉笑眼，顺嘴溜豆儿："那是那是，咱可不是射麻雀的家么武器——弹弓茬口！"

几个小伙子趁热打铁："常言道，一脸大皱纹，一肚孬种门儿。吉师傅的门路就是广。"

老吉笑骂："你领教老叔的手段了吧。不是我谦虚，前人说得好，姜还是老的辣，狐狸还是老的滑。"

众人闻言，不禁喷饭。

老吉明言此事，必有七八成把握。但时过三日，老吉仍未见"离市"。五天了，仍无动静。半个月过去了，老吉仍然玩他的"印版饭"。

只是平时见了大伙儿表情显得不太自然，似乎平添了几许深沉、沧桑和浮躁。

"老吉，还不请客呢?"有不识相者耐不住性子，便怯怯地问。

这一问不当紧，可捅了马蜂窝。"老子心里厌烦透了!"老吉愤愤然，火山般轰然爆发："娘娘的，如今这世道，有些事儿……"

众人好似黑更半夜找棒槌——摸不住大小头。但见来势不妙，也不便追问。后经四处打听，方知事情缘由。原来，老吉的一个远房亲戚在县社任理事会副主任，过去安排老吉下乡时，说是供销社树大林密、人多嘴杂，如果一下子安排到位，恐怕有人咬耳根说闲话，于是先让他在下边基层锻炼一阵子镀镀金，然后再回到机关里上班。谁料最近县委突然对副科级以上领导干部搞年龄切线，这位远房亲戚正"踩"到线上，被切了个正着。一个红头文件，马上从台上退下成了"拔秧干部"。原本就是八竿子抢不到的亲戚，也就根本不把老吉的事儿放在心上。于是托辞老吉年龄大，领导班子里有人临时"咬旦"提出异议，便不再说老吉的事情，暗地里却把高中还没毕业的宝贝儿子的工作关系先转进了县社。无奈，老吉的一桩美事给生生地放"黄"了。

众人闻知详情，颇为愤愤不平，但也只得摇头长叹："唉，这年月，有些事情总让人搞不清爽，咋能不让老吉去呢，真是的，苍天无眼呐……"

"印版饭"依然如故，质量且大有下滑态势。有次饭锅中竟然舀出一只股胀胀、白光光的死老鼠，可把几个小同志害惨了，肚子里翻江倒海好一阵子，小王把"胆汁"都呕吐出来了，被迫住进了医院。是可忍，孰不可忍!几个小伙子揪住老吉的脖领子挥拳欲打，被主任拦下了。主任临走撂下一句话："老吉啊，手下留情，积点阴德吧。"老吉傻愣愣站在大树下，许久未动。

风波就此平息。又过几日，几个青工找到老吉："吉师傅，瞧您整天挺累的，我们哥们儿几个想请您吃顿便饭，敬请赏光。这也算我们最后的午餐吧。"

这回倒弄得老吉丈二和尚摸不着头脑了："咋的？小刘结婚办喜事啦？"

"要说也算一桩喜事。我们几个联合开了个自助式内部小食堂，自己做饭自己吃，恐手艺不佳，还仰仗您老多多指导。再说啦，这样也能减轻一下您老人家的额外负担。"

老吉瞠目结舌，脸色骤变，状如猪肝一般，屁话没有，扭头便走。

第二天，柳主任在供销社全体职工大会上郑重宣布：取消老吉炊事员资格，临时调到推销小组当推销员，只发放基础工资，其他是绩效工资，按销售业绩提成。老吉瞪瞪绿豆小眼，傻瓜一般。

后来听说老吉也没再上班，得了一个什么"抑郁症"。

老吉也真可怜，这点儿小事咋会能想不开呢？

老城，新城

（一）

几近干涸的期待，再度苏醒。久违的憧憬，掀动层层波澜。红头文件，电视公告，街头喇叭，将一种信号变成风景。斑驳墙体上，圆圈划着的"拆"字，如旧日邮差的工作服，既有几分快意，又有几分留恋。拆迁，拆去的是一种记忆，拆去的是一种观念，拆去的是一种障碍，拆去的是一种背叛。但拆迁，更是一种机遇，更是一种创新，更是一种活力，更是一种发展。拆吧，拆吧，拆去说不清的感觉，拆去不想说的过去，共同建设崭新的明天。

（二）

老城家具店，正在大甩卖。甩卖的理由是，城市要变革，这座老房子没有存在的必要。老房子的房主模样倒不老，脑筋急转弯，挂出个大招牌，黄板纸做的招牌上，是粉笔写上的歪歪扭扭的广告词。劣质的叫卖，竟招来了一拨拨顾客，换来了一打打的钞票，望着房坡上长着的丛丛杂草和墙缝中摇晃的小树苗，再瞅一眼，黑笔圈阅的"拆"字狂草，老板低头咧嘴，在狡黠地笑……

（三）

钟鼓楼是个标志。其实，早就没了钟鼓楼，钟鼓楼只是一种习惯叫法。钟鼓楼十字，飘来最后一缕姜汁豆腐脑的香气。何记汤圆，在老太太的口中正滴溜溜转动。看不清匾额的三间老房，是吓人一跳的"国营饭店"。一同"国营"的，还有几个老头支撑的"国营理发店"。一溜撒开的白铁铺，"叮叮当当"着自己的匆忙，修锁配笔配钥匙的已不知去向。刚风光时尚了一把的"超市"，又在筹划搬家，不远处，小小的老戏园烩面馆和几个车床铺子，正在接受洗礼。推土机的轰鸣中，尘土的烟雾中，舞台上的表演，将重新彩排。

老师的背影

我曾对着老师的背影,狠狠地瞪上半分钟。因为他总是跟我过不去,当着他的面,我不敢说也不敢动,只敢对着他的背影,偶尔抖抖威风。

那时,老师在黑板上板书时,我从不注意他的背影,我注意的是抽屉里的小人书、小汽车和会变形的孙悟空。

老师在前边领队跑操时,我从不注意他的背影,我注意的是路边的小花和前边穿着花裙子的漂亮女生。

老师在伏案疾书批改作业时,我从不注意他的背影,我注意的是窗外知了的歌唱和校门口小商小贩的叫声。

时间的魔棒一晃,好多年过去了,我再也没有见到我的老师。记忆中,他的面容已分辨不清,清晰如昨的却是,老师那高大雄伟的背影。我好想让老师回过头来,我端端正正走过去,虔诚地鞠上一躬。

我的民工兄弟

（一）

雨中的浪漫，不是情人们的专利，露着黑黝黝亮光光的胸肌，我们活跃在建筑工地，飘在天空的细雨，也为我们弹奏起动人的乐曲。咬着半截烟蒂，哼着时下帅呆酷毙的流行歌，浑身上下都是用不完的力气。打工进行曲，让我们这帮兄弟，也充满魅力。

（二）

我的那些穿着破大衣戴着黄棉帽、袖着双手呼着热气、说着粗俗笑话的民工兄弟，我的抹着廉价油脂打着红红唇膏、长睫上泛着露珠、亮开嗓子纵情歌唱，与脏兮兮的男人们挤在同一辆旧三轮车上的民工姐妹。我的一见警察就双腿哆嗦声调发颤，白日不敢走道只能趁着天黑，大路不敢飞奔专门钻拱小巷的司机老叔。还有那个坐在老叔身边，从生下来就不会说话，只会啊吧啊吧啊吧的哑巴婶娘。就这么一群人，一群乡下人，一群干活儿人，在那片招惹人眼、特别漂亮的别墅区住了下来。

他们住在小工棚里，给轿车们西装们皮鞋们金丝眼镜们做小工，一月挣个三二百块。他们很满足，因为他们很会笑。他们总是啃着带米的已经风干,硬得掉渣的干馍馍,搭配着没有几根菜毛,少盐淡醋的"白瞪眼"面条。举着手里夹着的大葱,笑着安慰自己,别看这些别墅挺高级,我们是待在里边工作的第一批。别以为我们只会卖力气,我们还会把自己的开心,送到总是心事重重的城市里。

(三)

破烂王的脚蹬三轮车上,坐着一个大眼睛的小男孩。孩子的衣服很烂,手里拿着一个钉着塑料面的拨浪鼓,一个劲地摇呀摇,还配着稚嫩的吆喝。这种情景,甩出了破烂王的骄傲与自豪,扬眉吐气的理由只有一个,这个理由足以让他挺直弯了好多年的细腰。"要说原因不为别的,全区统考,别的孩子谁也没有俺娃考的分数高!分数高的孩子就是装有大目标,今后再不用走街串巷,再不用像俺这样活得这么窝囊,活得这么糟糕!"

破烂王有足够的理由微笑,他的理想有了依靠。在孩子身上,一切变得那么重要。

打工路上

过罢年,扔下短暂的悠闲,背起妻儿沉甸甸的祝愿,挤上了春天第一艘船,开始破冰之旅,去追求村里人向往已久的金钱。

舷边,一只不知何时归来的春燕,在雨季来临之前低空盘旋。它温柔地注视我,像妻子那渴望的双眼。我来时,家里那三分岭坡地,有子弟兵在帮忙抗旱。老爹翘起稀苗样的胡子,朝我挥手说,就是绝收也没啥危险,要靠家里这点儿塞牙缝的粮食呀,还真不如你在外边多干几天。

今年,女儿真争气,考上了最有名的清华苑。上学的钱,政府替俺解了难,要不然,去年外地老板欠俺的两千,说死也得还。

风来了,雨也会来的,牛马年好耕田,老祖宗的话,总还是那么灵验。还说过,只要人不懒,两双手咋会端不起一只碗。可是现在我,有更重要的任务。俺得抓紧当上老板,回到家,领着老少爷们,大干一番,也牛气得西装革履,富得让城里人跟在屁股后,既羞愧又眼馋。

狗娃

狗娃老说自己命不强。3 岁死了爹,8 岁没了娘。东家进,西家出,是吃百家饭长大的。18 岁高中毕业后狗娃就不上学了,整天南跑北窜没事儿干,结识了一帮"狐朋狗友",三天两头喝酒打架,上网打游戏,手头没钱了,就去干点偷鸡摸狗的营生。乡亲们都说,这孩子快变成没王的蜜蜂了,只怕将来要学坏,真得有人好好管教管教他。

村干部看在眼里,急在心头。老支书找到他,虎个脸:"狗娃,给你弄两亩地种种,干点正经事儿,别再瞎折腾了。中不中?""咋不中!"狗娃答应得倒是挺爽快。说干就干,这就在村南小河边承包了两亩荒地。支书说:"庄稼活没啥学,人家咋着咱咋着。街坊邻居种什么,你就种什么。"狗娃说:"那可不中,大伙儿都割麦子种谷,点玉籽撒豆,还咋挣钱哩?"支书笑了:"你小了还真有点小头脑呢。不过,一口吃不成个胖子,一年成不了把式,得慢慢来。先不要指望太大,能顾住脑袋就不赖了。"狗娃说:"我有个想法儿,要吃吃个辣萝卜,要娶娶个花媳妇,不赚钱光搭功夫熬时间的事儿咱不干。"支书拗不过他:"随你便吧,啥赚钱你就弄啥。我是担心你弄不好把庄稼种子也拐进去哩。"狗娃说:"我想建个塑料大棚,既种菜又种花,不出两年就能发大财。可就是没本钱,俗话说,一分钱难死英雄汉,巧妇难为无米之炊,看您能不能救人救到底,送佛到西,把好事办到底。"支书说:"你也知道,我手里没多少积蓄。这样吧,我到镇上的农村信用社说说,看人家给不给面子,能不能给你贷点儿款。"

这天,支书骑个烂80摩托车带上狗娃去了镇上。信用社的农贷员小马听说了情况,很热心,马上向主任老郭汇报。郭主任瞅瞅狗娃:"这小伙子长得倒是挺精明的,像个干事儿的料儿,我明天到你们村里去一趟,具体了解一下情况,如果说没啥大毛病,这个忙信用社一定帮!"

果然,第二天,郭主任和小马就到村子里来了。支书和其他两位干部又如实介绍了一下狗娃的情况。郭主任说:"狗娃是个孤儿,人也不傻,情况特殊,他想贷多少款都行,咱信用社一路绿灯。"接着,他又叫过狗娃,把一套有关塑料大棚的书籍、录像带和一册《黄河农民报》合订本递给他:"大胆干,小伙子!咱信用社就是你的靠山,有啥困难说一声儿。"

就这么,狗娃开始创业了。农贷员小马又帮他一同外出购买塑料膜、竹条、草苫、麻绳、铁丝等材料,又请来乡里的农技员、县里的农艺师给他讲解技术要点。郭主任也很关心狗娃,过上一段时间就去大棚里看看，询问有没有什么困难。

半年后，狗娃的塑料大棚里花红柳绿、果菜丰盈。报社、电视台的记者慕名而至，对着他晃来晃去、"咔嚓"连连，还不时举着个"黑萝卜"（麦克风）问这问那。电视台那个俊眉俊眼的女记者笑着问："对着镜头，你现在最想说的一句话是什么？"狗娃不假思索地说："村干部是桥梁，信用社是靠山，咱自己是本钱！"

大伙儿"哄"地一声笑了。狗娃一仰脖子："咋，别看咱没文化，也会玩几句儿，咱这话够经典吧。"

特殊的礼物

"王主任，杨洼村的喜德老汉上午来找您，说是今年苹果大丰收，进城来报个喜，不巧，您到小王庄的新品种养猪场调研去了。人家从岭上来城一趟不容易哩，跑 60 多公里给您带了一份贵重的礼物……"信用联社办公室副主任小刘见到联社主任王明礼，马上做了汇报。

"小刘，不是我训你，大会小会强调过多少次了，群众是咱信用社的上帝和衣食父母，咱为群众发放一些小额贷款，帮助发家致富是分内职责，怎么能随随便便收受人家的礼物呢。"

"我也是这么说的，可是人家硬是不愿意，在办公室里跟我急，说是您聘请县里的果树专家帮助他改造老果园，改良了苹果品种，应用了铺设反光膜、喷打果型剂、套袋子、晒字等先进技术，今年的苹果个大色鲜,一个赛过一个,被外地客商抢而空,这种大恩大德无以为报,想送您一份礼物表达一下心意。"

"小刘啊,喜德老汉的心情可以理解,但是咱们有规矩,礼物说啥也不能收。麻烦你有空儿到老汉家跑一趟,说心意我领了,把礼物退回去,好吧?"

"这礼物可不是一般的礼物,是给你的,也是给咱们农村信用社的,退了恐怕不太好。"

"给单位的也不行,收受群众礼品会影响咱们信用社的形象!"

"要说也没啥,只是一点土特产,算不上违规。"

"土特产也不行!"

"王主任,您还没有问问到底是什么礼物呢,干什么非要我退?"

"什么礼物?"

小刘返身拉开办公桌抽屉,从里面小心翼翼捧出 10 个红鲜水灵的大苹果,变戏法儿似的依次摆开,只见苹果上写着 10 个行楷大字——'感谢信用社感谢王主任'。

王主任审视良久,深情地说:"这是群众对咱们信用社'一联三送'活动的最好评价,这份礼物价值万金呀,我代表信用社全体干部职工收下了! 对了,我这次下乡也给喜德老汉带了一份特殊的礼物……"

说着,王主任拉开手提包,从里面拿出一本《生态农业百例》和一叠照片,"杨洼村的果园要有大发展,必须走生态农业开发的路子。我最近到别的地方参观考察时,发现猪——沼——果、鱼——沼——果、果——沼——牧等生态模式不错,建议喜德老汉他们也搞一下。"

小刘笑着说:"王主任,您这叫来而不往非礼也,喜德老汉保准收下您的厚礼。"

王主任也乐了，"小刘，准备一下，一会儿随我送礼去！"

"哎！"小刘响亮地答应一声，一溜烟跑下楼去……

桂花树

机关大院里长着一株桂花树，因为一直蜗居在墙角，平日里谁也不太去注意她。

正是人间芬菲日，八月桂花满园香。

干部们每天上下班，都禁不住深深地吸口长气："哟，这么香呀，是谁洒的香水？"

接连几天，大家伙都疑惑地说："办公场所里，谁天天喷洒香水呀，这香水味儿还挺浓烈的，赛过'夜巴黎''西施粉'呢。"

门卫老大爷大笑道："什么'野苣篱''洗衣粉'呀，那是八月桂花的香味呀。"

经他这么一提醒，大家才去墙角关注那满树的小黄花。

"这种桂花树能移植吗？"有人问。

"用你们平时说的话叫'原则上不行'，需要压枝拉条才成。"门卫老大爷一边开玩笑一边拉住一个软枝条说，"将下边的软树枝压下来，用土压盖住一部分枝干，大约两三个月后，等到长了新根须就可以移栽了。"

于是，办公室的几个姑娘就分别压了几枝软条，等待着长了根须后移栽。

刚过去一周,小杨姑娘忍不住掮起枝条看了看,没长出根须,用土埋上了。

又过去一周,小柳姑娘忍不住掮起枝条看了看,没长出根须,也用土埋上了。

又过去一周,小青姑娘忍不住掮起枝条看了看,没长出根须,同样用土埋上了。

一直到了三个月后,大家都凑在办公室边喝水看报边大声议论说:"哼,门卫老头儿挺会骗人的,拉枝压条根本就行不通。"

说这话时,门卫老大爷恰好去办公室里送报纸,就接过话茬说:"我今天去给桂花树浇水,桂花树让我转告你们一句话。"

"什么话?"三个姑娘笑着同时问道。

"桂树说,那几个人也太急于求成了,我不敢让我的娃娃们长根须了,我害怕她们让我的孩子们马上就开出桂花、做成桂花糕来呢。"

三个姑娘吐吐舌头,羞红了脸。

公园里的树

一批树从一片很少有人光顾的荒山上被运到山脚下,然后被送到了城市里新建的公园里。

在公园里,这些树兴奋极了,因为他们从来没见到这么多的人,没有见到这么多好玩的东西。他们庆幸地说:"我们的命运从此就改变了,可是咱们以前的伙伴们多可怜呀,他们还不知道外面的世界还这么美好呢。"公园里的树心里想,要是大家都能在这里相聚就好了。

时间一天天过去,公园里的树渐渐地对城市里的生活厌倦了,他们开始羡慕起原来荒山上的伙伴们了。他们说:"城市里又吵又闹的,有时候还会被那些素质不高的人弄伤胳膊腿,比起我们原来的地方,差得太远了。我们真想回到从前呀。"

公园里的树盼望着有下一次迁移的机会,他们一直在这种难捱的苦闷里挣扎着。其实他们根本不可能知道,荒山上的伙伴们正在羡慕他们的生活,渴望着到一个新环境里看看去。

写给春天的信

春天来了,大明、小明和小美,三个好朋友一起到郊区春游。

他们在河坝上奔跑,在草地上翻滚,在树林里捉迷藏,开心极了。

小美说:"春天多美好呀,咱们每个人给春天姐姐写封信吧。"大明和小明都说:"好! 我们把信写在彩色卡纸上,寄给春天!"

信很快就写好了,他们每个人都花花绿绿地写了好多封。有红色的信,有蓝色的,有黄色的,还有紫色、白色的……

怎么把这么多漂亮的信寄给春天姐姐呢?

大明说:"来,咱们把信纸都折叠成纸飞机吧,这样,春天姐姐就能收到了。"

于是大家立即行动起来。不大会儿,色彩艳丽、样式各异的纸飞机就做好了。

"来,我们开始寄信吧。"小明喊道。

他们几个站在大坝上,排成一行,把纸飞机向天上掷去,一封、二封、三封……

他们的欢笑声在蓝天白云下久久回荡……

不屈的风景

专家预测今年是暖冬,但是寒冷依然在大街小巷中穿行。

雪泥,戏弄着冰冷的脚板,无聊,侵袭着空寂的思绪,就这么任风吹雪飘。漫无边际地搜寻,一种曾经荣光的感觉,一种重新上岗的机会。路很滑,半坡上,你拉车的姿势,挺成一种抗争,瞬间将我感动,跑过去,伸出同样粗糙的手,助你辗过泥泞。

你喘息的道谢,切割着寒风,含笑的目光充溢坚定。不用谢,真的,该感谢你,老兄,我是下岗工,其实也在爬坡,是你不屈的身影,助了我一程。

裸露之冬

（一）

搓澡工，我的兄弟，你总是这样辛劳，在雾气缭绕中，往复穿行，用干瘦强劲的臂膊，表现力与美的线条。为躺着的作品，清理一种感觉。如此神圣地除污去垢，冲刷记忆，舒服放松，岂止是对方内心的愉悦，真诚面对自己，辛劳无忌。快乐，扩散开来，疲惫与心绪，也正袭上自己的肌体。

你总是这样，我的兄弟，忙过一阵子，就躲避在角落，屏住气息，掀开泡糊的方便面，三两下子扒完，又咀嚼一个干干的馒头，仰饮一瓶热水。望着赤条条晃来晃去的各种躯体，感悟身外之物的串串酸楚。

别累着，我亲爱的兄弟。躺下吧，歇上一小会儿，让我客串的劳作，送你一点儿祝福，也送给和你一样，靠自己力气吃饭，干干净净的人们。

（二）

窗外下着大雪。一个电话打过来，说是商议同学聚会。散失在角角落落的同学们都开始兴奋。虽然多年未曾谋面，但心还是那么近。

圆桌的舞台没有幕布，还未开唱便进入角色。酒是时光的使者，把心灵的伪装一件件剥落。烟是友谊的火把，将共同的岁月一节节映射。语言便似骄阳下的汉子,裸露着臂膀,任背上滚动汗珠,现出往日风格。动作是夸张的小品,手指在脑后竖双兔耳朵,笑成一幅泛黄的旧照片,还原给调皮的同桌。

可惜,相聚的时刻不能定格,下一次能不能像这样,有他,有你,还有我,天各一方,想必都有期盼的焦渴。

降价风

最热闹的地方在大喊"降价"。

嘈杂的车子会带来降价吗?别信它!廉价的只是吆喝、浮躁和欺诈,是重复导演的双簧与笑话。注意些呀,"甩卖"也好,"跳楼"也罢,可千万别玩"大出血"。生命诚可贵,商品更高价。况且,这种杂耍多不文雅。要降价就降嘛,何必张张扬扬,又装疯卖傻。谁不知道,五斤鸭子四两嘴,还有一斤肚里鬼,但我不敢打保票,总会有人图便宜,相信他。便宜是随便捡的吗?得到的同时,看你是不是已经付出代价。嗨,即使真降价,那也没办法,因为有人专门用廉价的东西,把亲情和友谊打发。

幸存者观言

"种树"，还是"种数"，我不知道。

去年，前年，或者更早的哪一年，暮冬初春，就是这么一车车，一队队，一群群的红男绿女、达官显贵、小鸟伊人，在这里划线、挖坑、栽培，好壮观的场面哟。那时，荒凉的沙滩显得多么激动，沧桑的面容显得多么欣慰。

不是吗？终于迎来了欢声笑语，终于看到了彩旗飘飞，从此就可以防风固沙，美化环境，增收致富，抵御洪水，怎能不感到振奋。然而，这样的"风光"，只有几天，又似一瞬。不信，照相机、录像机可以作证，还有那些尚未完全腐烂、残留地下的树根。

为什么？为什么种下的一棵棵希望，撑不起片片绿荫，引不来栖息的鸟群？为什么一种迫切的感受，总是反反复复，又原路折回？或许是虫害，但难得一见的小虫，远不足将树儿摧毁。或许是攀折，但很少游人光顾这里怡心养神。或许是缺水，但那些冗长的讲话稿中，制作精美的统计报表里，水总是泛滥，冲过堤防，卷起沙堆，淹没了真实，淹没了良心。

沙尘暴

当污染积累到一定程度,我们就会受到季节的谴责。

砍倒了绿,遮蔽了蓝,浑浊了清流,吞噬了白帆。灰色的噪音,欲将耳膜击穿,褐红的气味,麻木神经与器官。日子,泛起黏稠的泡沫。季节,吹响尖利的口哨。黑布景小舞台,难以潇洒走一回。戴上面纱的演员,不能唱笑。张开口,就会惨遭戏弄,睁开眼,就会受到弥漫。难捱的窒息,向健康与生命宣战。草哭了,稀疏的黄发被风撕拽。树哭了,机器疯狂割裂肢体。风哭了,卷起沙的血、沙的肉。天哭了,大滴硫酸雨的泪。救护车哭了,站着的人们,被伐倒一片片。

美术课上的讲演,震撼了一张张天真无邪的小脸。孩子们丢下画笔,扛起树苗,操起铁锨,想用美丽的构思,留住春天。

发之思

最珍贵的是头,修饰头的是发。

头发是健康的晴雨表,头发是社会的流动画,头发是丰富的人生体验,头发是不得不玩的浪漫潇洒。要不信,就来看看头发的变化。

"聪明绝顶"者总羡慕别人有一头秀发。于是,想方设法生头发、织头发、栽头发，万般无奈，就用帽子遮住，或戴一头毡帽样的假发。

有头发的却饱汉不知饿汉饥，变着心思玩把潇洒，把头发刮掉，留下青乎乎的发茬，或纹上一张时尚的彩画。男子汉敢刮，女娃娃也敢刮，这样才够"哇噻"，才够"好酷"，才显得前卫和豁达。

那些拥有长发的，就在风中飘逸神采，或梳起长辫在腰际玩耍，或面对镜头甩动漂亮的马尾巴。这里有男的，也有女的，女的叫小芳妹，男的叫艺术家。

还有些总叫人想不明白，黑头发的硬要把它弄成黄的、蓝的、花的，好像鹦鹉的朋友，说一些云山雾罩的怪话。中国人，外国人，健康者，病患者，叫人难辨真假。

"白头翁"们，却想留住青春年华，把乌发膏抹了一遍又一遍，涂了一把又一把。更有可笑的，让人上看下看，左思右想，感受人生的繁杂。有的头发洒脱成杂草成"钢刷"，雨淋风刮，怎么摆弄也压服不下。

有的头发却油光可鉴，天天用摩丝，天天喷啫哩，天天打发蜡，老苍蝇爬上也要打溜滑。您瞧瞧，这位的造型是卷"刨花"，那位的造型是搞"爆炸"，这位的造型是"三七开"，那位的造型是"背南瓜"。还有一位正盘头，盘好之后还要留影，就要出嫁。

唉，满头烦恼丝哟，为何要长在人最高贵的地方，不知道是负担，还是复杂心情的萌发，反正是长出一批又一批，剪掉一茬又一茬。要不，就好好打发打发，来点泰洗、干洗、离子烫，或者其他花样吧。街头的美容美发，不知道是不是真的发啦，反正装修了一回又一回，新开了一家又一家。

嗨，脑袋呀，这并不太大的地方，因为有了头发，也就有了舞台和田野，也就有了海角天涯也就有了喜怒哀乐世事变化。还不信，哈哈，摸摸你的头发吧！

锁之交响

没有锁就没有钥匙，没有锁和钥匙就不能称其为社会。

红漆斑驳的门上，一排琐蹲着，铁扣般捂住口袋，竖起警觉的耳朵，瞪大惊异的眼睛。思绪，叩响锁的主题。

小商贩的桌凳，锁着，躲在角落；上班族的自行车，锁着，长链串着；水龙头套上铁盖，锁着，防备水贼；电表盘钉上箱子，锁着，警惕手脚；窨井盖戴上镣子，锁着，张开口就会咬人；石狮子捆上钢绳，锁着，要不然就会跑掉。眼睛和心灵累了，怕被人窃去什么，也上了锁，但隐私还是被频频曝光。那么，是不是照相机也该上锁，阳光和空气，还有水也该上锁……

嗨，别听人瞎说。锁，其实不防君子，更不防小人。锁，是一种语言，一种风格，一种错觉。笑着进来的，眼里只有欢乐，没有锁。因为锁对他总是开着。溜门撬锁的，无视锁的反击与怒喝，最终走进黑暗和罪恶。

锁啊，锁不住的是亲情友谊磊落，打不开的是卑鄙野蛮龌龊。对尊重锁的人，锁像和善的长者。强暴锁的人，手脚反被上锁。面对众多的过客，无私无畏的锁说，牺牲我吧，我愿意投进熊熊烈火，熔铸成一枚枚开心的钥匙，打开你我他，所有封闭的城郭。

第五辑 人在旅途,且行且歌

走笔张家界

(一)天子山

武陵之魂天子山,是张家界的明信片。秉承着美好祝愿,我随着一路欢歌的夕阳红团队,用年轻人攀越的方式,来体味她的内涵。站在山顶,手执一张张乘坐索道的明信片,像年轻人一样,从山尖上呼叫着冲下来。熙熙攘攘的山脚下,特意设了一个个绿色邮箱,等着旅行的人们,将远方的问候,传递给期待中的故乡……

(二)金鞭溪

石头上能长草,还能长树。在浅浅的溪水边,我们领略了这一奇观。草丛中,一串串如诗的小红豆,在点头微笑,一粒相思的石子投过去,山谷间便有小鸟般快乐的鸣响。你说,有希望的地方,就会弥漫草的芬芳,面对小溪无拘无束的流淌,即便是石头,也会充满幻想。别以为这是供作装饰的风景,清亮亮的眼神中,闪动着不畏艰辛的历程……

(三)黄龙洞

如笋如林,如梦如幻,如梯田层层,如浩渺太空,世间的钟灵造化,原是这般神奇。现代的真实的手,轻抚时空的凝缩和记忆的石刻。在窄窄的阶梯上,在陡峭的洞壁上,亦步亦趋,转而在地下河里漂流。轰隆隆的天乐中,不时的尖叫里,倾听历史的回响,穿越生命隧道。

(四)黄石寨

硬峥峥的山,正温存在黄昏那暖暖的怀抱里。刚柔相济的背景下,是过渡色的浪漫。蓦然回首处,壮观的夕阳,点亮了山顶处一排排仿古的路灯,和一颗颗逃出放飞的疲惫心灵。一声呼哨掠过,旅行的人们,恋恋不舍收起相机,匆匆赶上长长的队伍,踏上探求之路。

(五)湘西凤凰

平和安宁的夜,弥漫着文豪沈从文的灵气,和老字号姜糖店那种丰瑞辛辣的味道。沿着沱江河已是三个来回,飘然如歌的乌篷船,恍若仙居的土家吊脚楼。紫红砂石砌成的古城墙,装在记忆深处。柔波里招摇的水草,随光影浮动,撑一支长篙漫溯,放行祝福的荷花灯。沐浴丝丝细雨,在石街小巷穿行,远方大钟沧桑的提醒,掩上了所有店铺的门窗。几处临河的旅社,迎接着北方与南方交错的,几句充满情调的乡音。在并不复杂的小城里，转悠了几个来回，终于靠着感觉，找到了歇息之所。

（六）芙蓉镇

这是一个极普通的、小小的傍水小镇，原名叫做王村。就连喜欢夸张修饰的导游也说，没什么好看的，普普通通，平平常常，就是因为拍了一部电影《芙蓉镇》，就有了点名气。那是"电影泰斗"谢晋的扛鼎之作，加上刘晓庆姜文的倾情演绎，不经意间便成就了这个小镇的名声。镇上就几条小巷，几十个店铺，朴素得很。不过，你可以尝尝螺，尝尝米豆腐，买两条自制的土家烟，带两包上等姜糖，还有挂在大街拐弯处的腊肉。导游找一棵古树休息去了，朋友们在欣赏商品疯狂购物时，而我却一个人跑去，尝了尝小巷风情，尝了尝夹缝中生存的苦痛，尝了尝听着新鲜的几句问候，回来时，什么也没买，只带回满满一相机的照片，我要把小镇请回家，让娇妻爱子感受一下外乡的风味……

开封印象

开封这个城，感觉总有那么点儿贫穷。小吃便宜，出租车不贵，人也俭省，街头小店都不豪华，三轮车呢，更是多得像一群群蜜蜂。但开封穷得有深度有水平，这里的好多人都说，光龙亭的脚下，就还有四五层雍容华贵的古城，蹬上一铁锨，就会富得天下闻名。

开封这个城，感觉总有那么点儿普通。但普通得像在自个儿的家里。无论走到相国寺还是走到铁塔，走到开封府还是包公祠，或是转悠到南一处北一洼的水坑，边品尝香气四溢的灌汤包子，边饮一口烈酒就一把"包公豆"，就是坐下来垂钓从来都不会感觉陌生。

开封这个城，感觉还有那么点儿年轻，总是邋邋遢遢大大咧咧，还有点不修边幅不拘小节不讲卫生，慌乱乱地走过，一拨拨地迎来送往那些天南海北的客人各种语言的精英。开封早有一种心理准备，看看新城正红红火火地吃喝，再过几年，走不到大梁门，走不到宋都御街，就让你大吃一惊。

开封人说，这边的景点我们从来不看，不是不喜欢，不是不忠诚，而是希望保留点念想。家乡的味道就好像花生糕，你就慢慢地品尝吧，等到有一天在外边跑不动了，就坐在古城墙边听听二胡敲敲锣鼓，在各个景区小院里，静静地回味多彩的人生。

开封开封，打开了一扇扇门，封存了一段段情。开封用特别的微笑诠释自己：朋友，欢迎。开放一座城，启封一坛酒，有空来坐坐，品味一下这里无与伦比的厚重！

寄情小浪底

小浪底是一个浪漫的名字。到了这里呀，就是大浪到头，小浪到底，是黄河最抒情的地方。但小浪底却从来都没有想过要出名，他只是想静静地蹲在那儿，靠着半山坡，守着一群诚实憨厚的羊，一点点挖动心思，一口口猛抽着旱烟，在辛辣的滋味中静静地欣赏平缓的水流。他很满足，只想这样优哉游哉，一辈子踏踏实实地生活。但出名不出名，由不得谁，就在几架测量仪器的指引下，来了许多车子许多人物。有一脸斯文的专家，有前呼后拥有的官员，还有金发碧眼的大鼻子老外。

于是，小浪底，这家乡的小名，这满是黄河泥沙味道的名字，被全世界叫得山响。小浪底从没想过要走出去，他只是想在这段山路上，平平安安高高低低曲曲折折地重复过去。因为这里留下的是祖祖辈辈的痕迹，但是别人都来了，由不得你自己再自我封闭，你不去看外面的世界，外面的世界就来看你。

小浪底也经常有豪言壮语，旱烟烈酒猛匝一口，挥挥手臂，吆喝一串船工号子，让这惊起河鸟的歌曲，绕着山梁传到对岸的酸枣丛里。小浪底，显得那么牛气，但他还是没想过，一生还有如此的隆重和威仪。在巍峨的大坝边，多少人为他的激情惊叹，连小浪底自己也忍不住高喝了一声，好啊，真威风，咱也来句外语，咕得咕得，呕哨呕哨，瞧瞧吧，咱黄河的神气！

相约武夷山

装扮一新昭示环保和动漫的快乐小火车，载满欢笑，转了几道弯，停在你的面前。嘿，武夷山，我看到你了！这么丰富多彩，这么有滋有味，这么青春灵动，上上下下走过去看过来，只怪自己双眼的容量太有限。一块块独自成山的巨石足以显示你的雄险，一簇簇让相机瞪大眼睛的红杜鹃足以显示你的妩媚，一枝枝撑动翘角竹筏的青篙足以显示你的优雅，一窝窝荡涤尘寰的白云足以显示你的浪漫，一群群名叫"红领巾"的游鱼足以显示你的活泼，垅垅承载雨雾的大红袍小红袍奇种茶足以显示你的富贵。这千姿百态的植被，这清纯如液的空气，这放任野性的回声，这抚动心弦与思绪的惠风，都让我的冲动再一次升腾。

艺术气质的武夷山，以百米清泉的姿态喷墨而下，形成一幅壮观的特写，荡涤凡夫们的胸襟。"一线天"的明暗，和夹缝中行进的艰难，诠释着浮浅的体验，攀上天游峰置身蓬莱仙境，遨游天宫琼阁宛若梦中寻情，而虎啸岩上骑虎吼啸的壮士早已不知归处。好汉坡上两个四五岁的孩子，正在人们的鼓动下，忍受征服的烦恼，就像崖洞里的那棵树，在拼命地生长，想支撑一片壮丽的天空。温柔环绕在山脚的九曲溪，远远超过传奇的亚马逊，漂流在生命的河道。猛抬头，一具具悬棺就在头上，不知道，这死的方式，是说明隆重还是为了躲避什么。小船工招招手，看着流水般的客人在慨叹中上岸，走进农家去感受别样的风情。原始的茶艺表演体现着历史的淳厚，在热烈的交流中，钱包和装满东西的大包小包开始转换流通。

郭沫若太飞扬，把"桂林山水甲天下，不及武夷一小丘"的诗句，郑重放下。祖国山河尽显妖娆，来这里见你一面，此生真的非常重要。武夷山，我还会来，你虽无语，但想说的话我全都知道……

榕城福州

到福州去,一路奔波劳累。突然,车子停了一下。我睁开了双眼。

不用报上大名,就知道是你了,福州! 榕树是你的品牌,也是你的标志。路旁店前河边桥畔,名贵的榕树随处可见。你的热情我们感受得到,你并不需要解释,就知道你不是旅游城市。你有省会的繁华与喧嚣,也有车水马龙的立交,但我慕名而至的目的,除了老福州的小吃,林林总总的茶庄,还有那个名扬八方的林则徐纪念馆和所谓"当地最大"的五一广场。虽然平常,但这座谦逊的城市总会留给人朴素的遐想。

厦门的记忆

(一)金门岛

船往金门开,心早已澎湃。这片海域,曾布满防备的水雷。这是一片敏感地带神秘地带危险地带,我们今天有幸坐着安全之船,来看看自己祖国的一隅。金门岛哟,多像我离散多年的兄弟,他远远地望着我,一个劲儿地挥舞着热情的手臂。但是金门,我亲爱的兄弟,我现在还不能拥抱你,只能远远站着深情地看你,擦着脸上思念的泪滴。

我看到许多，我们的同胞兄弟，在远远地与你合影。背景里，有我们船头的五星红旗，也有远远的你的衣角上赫然写着的"三民主义"。金门岛想和我牵手，我也盼望着有这么一天，和你团圆在一起，吃饺子唱民歌听京戏。

（二）鼓浪屿

认识你，是在歌里。张暴默的歌声从心灵深处涌起。鼓浪屿之波，在碎金般明灭的记忆里荡漾。这里，没有车马的喧嚣没有刺耳的汽笛。有的只是悠扬的钢琴曲，展示着"音乐之岛"的无限魅力。

日光岩的光怪陆离，骆驼峰的起伏高低，拓印着小憩时的无限甜蜜，坐下来细细地品味题刻的字句。"鼓浪洞天""天风海涛""鹭江第一"，抑或跟着充满自豪的小导游，穿行在椰林畔的海浪里。或是那片万国建筑博览园，那一条条深深的小巷里，看着前卫的摄影师格外投入地拍摄着现代浪漫的婚礼。胡须长长的老榕树下，一对外来的新疆夫妻，正载歌载舞"亚克西"，将祖国另一片土地的风情演绎。匆匆忙忙的时光里，忙坏了游人的照相机，到了这座驰名中外的"海上花园"，才强烈地感受到，被评为最适宜人居的厦门，排在榜首本无可置疑。

（三）胡里山炮台

胡里山炮台的大炮还是新的。雄壮的炮呀，尽管你有 60 多吨的重量，尽管你能射出 6460 米，尽管你能旋转 360 度，尽管你至今还没有用过一次，但你总是威严地仰着脖子，表露着自己刚强的胸肌。在大炼钢铁的年代里，你差点保护不了自己，但是命运让你拥有了所有的奇迹。现在，一群群的学生，一拨拨的游客，都来这里认真地看你，你还是那样的大将风范,正深邃地守望着那片湛蓝的海,那片不可侵犯的祖国的疆域。

(四)南普陀寺

这座千年古刹,有火红木棉花的庄重,有白鸽翩飞的浪漫,有塔的稳固,有水的柔媚,更有现代生态文明的呵护。善男信女们,无论"功德"多高捐资多少,都是一炷小小的香火。在淡淡的烟雾缭绕中体味虔诚,应该有更加特别的味道。少一些污染,祈求的是更多的健康财富和快乐,佛光的普照,来自人性的关怀。

解读荥阳

荥阳是浪漫的故里。我徜徉在你美丽的神话里,欣赏嫦娥奔月的插曲,感叹后羿射日的威力,还有女娲造人的创世之功,还有无与伦比的先贤伏羲。

荥阳是深沉的标题。掀开厚重的历史,面对如此璀璨的记忆,我不知道该怎样读你。一个山洞,珍藏了30万年前人类活动的秘密;一道鸿沟,演绎着楚河汉界边帝王争霸的传奇;三英战吕布,激荡着虎牢雄关的刀剑之声;文坛竞风流,飘洒着千古华章的豪迈气息。

荥阳是隆起的高地。面对开放浪潮的冲击,你咬定青山毫不迟疑,紧紧抓住金子一般宝贵的机遇。于是,少林客车从这里启程,以强健姿态跑遍全国各地;建筑机械伸展双臂,烘托着万丈高楼平地而起;各种阀门在这里汇聚,主宰着一次次的开合启闭;就连如丝如缕的博大挂面,也把贴心的问候送到你的家里。

这里环翠峪的杏花呀,总散发出诗一般的馥郁;这里的河阴石榴呀,总有沉甸甸晶莹剔透的希冀;这里的柿子冬桃呀,总有甜蜜蜜令人回味的惊喜;这里的中国象棋呀,每一步都如雷贯耳,彰显出智慧的胜利。

嫘祖文化,丝绸之源,郑氏祖地,深厚的积淀正把新的起点孕育。科学发展,新的跨越,荥阳正牢牢把握时代的先机。跑起来,飞起来!换个大视野,用俯视的目光审视自己。荥阳无疆,正期待着世界热情的参与!

丫头,我这样叫你

故乡在孟州城郊,一个叫做梧桐村的小地方。过去,梧桐树并没栽上几棵,自然也没有引来什么金凤凰。记忆中有的只是河道黑黑、杂草疯长,皱着眉头的过客和冒着浓烟的工厂。几年后回到村庄,一切全变了模样。刚下车,就差点找不到感觉,迷失了方向。这是谁呀,要不是村里人介绍,我真的认不出你了,丫头!

过去你给我的印象,总是穿着脏兮兮的衣裳,迷茫的眼里淌着忧伤。那时候看你,除了心痛无奈,就只能站在远远的地方,张望、叹息、彷徨。现在好了,丫头,你原本就该这么鲜亮,蓝天白云温存着你清澈的双眸,绿树芳草为你配上飘逸的裙裳,娇羞的荷花最是你心情的点缀,飞舞的音符理当是你纯净的向往。对了,还有你喜欢的,卡通玩具般的彩色小楼,还有你心驰神往的精巧别致的凉亭、清幽恬静的鱼塘,而那些星星点点蹲在一角,敦厚圆润的白色石头,本想大胆地表达点儿什么思想,却被敏锐的小小画家们,捕捉在跳跃的素描上。几只纤巧的水鸟从曲曲折折的小路上飞来,又躲在竹林间惬意地欣赏。

丫头,这次看到你,我真不知道该怎么叫你,虽然你满身现代充满时尚,我还习惯这样叫你。丫头,你就是家乡的梧桐树,你用美丽和热情迎来了南来北往的金凤凰。丫头,你就是我们梦里故乡的模样,你就是孟州小城,让人自豪的风光!

历史的印痕

天堂杭州,有几个跪着的雕塑,险些把美丽的西子湖弄脏。来来往往的人们,无情地在他们的脸上,一茬茬地扇着耳光、抛着石子、吐着唾沫,让腐朽的心灵,一遍遍经受历史无情的拷问。

汴梁开封,有块两米多高的石碑,撇开所有声威赫赫的名字,有一处油光锃亮的凹坑,让人们的眼光聚焦。这片神秘的空白,时时闪耀着夺目的光芒,那是生生不息,潮汐般的手指,将"包拯"二字深情爱抚。就这样,第 93 任开封知府,刻在历史的天空,刻在百姓的心上。

双膝跪倒的,品尝着罪恶的苦果;名字擦亮的,激励着正义的过客。

第一段小注:指奸臣秦桧一事。在杭州西湖岳王庙有副对联"青山有幸埋忠骨,白铁无辜铸佞臣"。岳飞坟前,有 4 个铁铸人像,反剪双手,面墓而跪,即陷害岳飞的秦桧、王氏、张俊、万俟卨四人。因为民怨太重,秦桧像在漫长的岁月中不断遭到破坏又重修。据说,许多游人看到秦桧像，也是不断抛石了、吐唾沫、打耳光。那里还有一种食品叫"油炸鬼"是对岳王最深厚的怀念，因为，油炸鬼等同于油炸秦桧。千百年来，"秦桧跪像"承载了中国人的复杂的民族情感，在解放后成为"爱国主义教育"基地。

第二段小注：东边的《开封府题名记碑》是开封府的镇府之宝，碑上记载着从公元960年至1105年这145年间183任知府的名字、官职、上离任等情况。包拯的名字在碑正中偏右的位置有处浅浅的凹痕，上面的字迹已经磨光，隐约能看到包拯两字的笔画。几百年来，老百姓每到碑前都要用手指触摸他的名字，天长日久便留下了这道深深的指痕。

青天河随想

河南省博爱县青天河素有"北方小三峡"之称，河之两岸，青山如黛，山脚水上有岩石陆离斑驳，形状各异，颇为奇特，恰似一幅幅生动浮雕，组成长长的画廊，令人追古思今，浮想联翩……

我来了，检阅你，青天河！山，青的；水，青的；天，青的。崖壁却如此凝重，默然展示自己的段落。一面面，一座座，一页页，一摞摞，历史的浮雕，历史的画册，在两岸镌刻。这是山的注脚，告诉你草枯草荣，秀美巍峨。这是水的脉搏，感受着船来船往，潮起潮落。这是天的杰作，写满了苦辣酸甜，悲欢离合。这是地的造设，承载着风光无限，喜怒哀乐。

我来了，检阅你，也检阅我，你是历史，我必将也成为历史。我的检阅,算不算历史与历史的交流,历史与历史的诉说。看呐,金戈铁马,荒原大漠;市井商贾,田间耕作;高官豪宅,街头落魄;狂歌劲舞,纵欲享乐。俱往矣,或平平淡淡,或不懈拼搏,或占尽风流,或沾满龌龊。欣赏风景的红男绿女已陶醉,正在上演卿卿我我,三五成群的游客正在高谈阔论,对酒当歌。

或许,匆忙的,幸福的,安逸的,无聊的人们,都还没有体会到。每个人都将化作浮雕的一个章节,画卷的一个微缩,总会有后来人,对着我们评头论足、指指戳戳,一如游轮的鸣响,只是昭示短暂的停泊,希望与梦想,不息的生活,依然前行,如岩石之执著。风吹过,云涌过,雨打过,但青山常在,波光灼灼,唯青天可鉴,碧水可表,人之洪流中,谁是潇洒过客。

橘子洲

橘子洲,"中国第一洲",当然是个神奇的地方。

五六月间无暑气,二三更里有渔歌。极目楚天,心旷神怡,虽不见"江天暮雪",但却知"橙黄橘绿"。到了橘子洲头,才更明白,这里根本不是如我之流,写诗作词的所在。因为那位伟大的毛姓诗人,早已把诗词做到了极致,有了《沁园春·长沙》就有了"独立寒秋,湘江北去,橘子洲头……"的不朽绝唱,就有了"谁主沉浮"的豪迈和搏浪击水探求真理的激情,济世救民胸怀天下的壮志,才有了真正意义上的橘子洲,才有了刻骨铭心的记忆,才会让后来者,唏嘘震惊,无可企及。

既然来了,坐在湘江边吸一支香烟,照一张相片,发几句感叹,也算对自己一个交代，也算见证名胜，不虚此行。

小注：橘子洲，又称水陆洲，为长沙城区湘江水域中的小岛，砥柱江心，西望岳麓山，东临长沙城，四面环水，俨然似一艘墨绿色的巨舰浮于湘江之上。橘子洲头于1961年被辟为橘洲公园，2001年更名为长沙岳麓风景名胜区橘子洲景区。

在泉州

平生只到过一次泉州。泉州是我心仪之所。

那年，在潮汕，装了一肚子海鲜，还领教了天下最贵的潮菜。潮汕话加上洋酒，让我们这群北方汉确实难以消受。本有拨马返乡的打算，可是热情的泉州朋友，电话一个接一个，说车就等在高速路口。无奈，恭敬不如从命。见了面，朋友就做起宣传："到了泉州，百病全无，到了泉州，万事无忧！来泉州，就是到家了。"

喝了一场酒，睡了一夜觉，第二天果然神清气爽。不知道是心理作用，是朋友的力量，还是泉州威名的影响，反正，我们一行对会治病的泉州，有了最为深刻印象。

感知平遥

平遥，并不遥远。他在山西，我在河南。过了太行山，就可以看到他。

平遥很厚重，但并不如传说中的那般沉重。小城，古城，平静流淌的城，踏不上时代节律的城。

机动车进不去，这里只接纳平和的脚。喧嚣吵闹进不去，这里只接纳安逸的情调。这里没有红绿灯，没有车与人的撕咬，没有人与人的对抗。青砖小道，银庄票号，四合小院，厅堂屋廊。一切的一切，显得那么真实而苍老。

平遥像一张色彩斑驳的老照片，被"现代文明"的人们，一张张地翻拍、放大、宣扬、吹捧。如今，数字化生存，网络式求索，反而污染了许多东西。人们不知道是返璞归真，还是超越时尚。终于，找个间隙，我们套上旅游鞋，困窘地逃出了都市，一如鱼儿，从浮躁的水中露出嘴巴，"咕咕嘟嘟"吐着水泡。来了，就尽情地享受，走在街道上，才明白，这才是我想要的。但是，在这里我不能长期逗留，我还得匆匆赶路。我怕自己只顾了赶路，却忽略了身边的好风景。告别时，一直不舍得。好想这种清淡如云的俗世空间。这里的文明呀，别有一番味道。

小注：山西省平遥县古城，是我国境内现存最完整的明清古县城。1986 年、1997 年，这里先后被国务院和联合国确定为"国家历史文化名城"和"世界文化遗产"。

零距离

信阳因茶而闻名天下。到信阳去,看朋友,看茶场。

从梯田的五线谱上掠过,从茶场的千行诗章上吻过,山之余脉勾勒一条条金黄色的曲线,给目光以愉悦的画面。倚靠博大的绿色怀抱,感受着莺歌燕舞的氛围。阳光浴、森林浴、野性浴,天然氧吧才是治疗现代文明病的天使。来到这里,似乎一切都融化了。游弋间,将手脚松绑,将喉咙解冻,将心儿放飞,伸开双臂旋转七彩光。来这里,吸纳天地间浩然正气,感受生活的快乐与浪漫。

林间信步,参天的不是树,是历史巨人们在摩肩而立。落叶布地,腐朽者在滋补蓬勃新生。柔土小径,是硬石间多情的协调。潺潺溪水如梦,啾啾虫鸣若诗,物我两忘,只充盈陶君世外桃源的感动。"芬多精"效应,调整着感觉系统。"闭封型效应",又再造着辉煌旧梦。回归,回归,回归,让命运休养生息,让激情永无止境。就这么,在净土中与大自然零距离。

感悟西岭

无论春夏秋冬,西岭总有动人的风景。

深秋,是孟州西岭最斑斓的时节。

白云、蓝天、黄菊、红叶,奇峰、秀水、弯道、沟壑……点点滴滴,尽显无言之美。

槐树乡，是孟州西岭最精华的部分。在这里，不管是谁，都会有内心深处的触动。

水是岭之魂魄，千回百转，踏草撷菊，来欣赏梦幻中的西岭。阳光照射下，岭头间的那片湖，显得那么缥缈朦胧。星星点点的日光，洒落在秋树与崖草之间。不远处，一池碧水，被风儿轻轻掠动起多情的波纹。薄雾秀水间，一点红，冲击着疲惫的神情。这身边的风景呀，总让人有种美丽的陌生。

丰盈的湖塘，一如少女之妩媚多姿。而几近干涸的深壑，却似男儿的伟健刚强。这里，水涨水落，竟是人生的写意。涨而不满，落而不萎，如此的洒脱堪称真境界！

柴河水库是深沟里一处别样的风景。早晨，阳光穿越的地带，鸟在水面掠起记忆的浪花。午时，四野沉寂，只有远处的白鹅，一群群在小岛上散步。淡墨山水，经典时尚。这样的书卷，让名震四方的艺术家也自叹不如。及至暮色来临，长天静水，落日余晖。云苍苍，水漫漫，恍若天上人间。有时，虚幻却是最真实的展现。在黄昏里感受——壮美，是最贴切的词汇！

千姿百态的岭，终究还是这里的主宰。望过去，或直如利刃直插云天，或圆若秃笔写尽风流。有的如沉思中的伟人，有的如行进中的队伍，有的如携手的情侣，有的如对抗的武士。一群群，犬牙交错；一丛丛，相抱相拥。阳光射进去，或明或暗，或黄或绿，既富丽堂皇，又清幽雅静。白亮亮的小路，龙盘蛇绕，穿梭于其间，将神秘引领进无尽的苍茫中。

其实，每座岭，都曾有过一段传奇。只是，现在看起来它们很普通。

岭与树,组成粗犷的合唱,表露着生命的伟岸与刚强。崖壁上的树根也是西岭特有的,或丝丝缕缕,或粗壮发达,坚韧顽强,生生不息。裸露的根须,体现出永不言败的精神和活力。

从岭头到沟底,九曲十八弯,尽头是一处"农庄"。水库边上的窑洞,让你体味家的温暖与恬静。一群鸭子和母鸡,叽叽嘎嘎地叫着。一个小小的细节,牵动着无限的追忆。童年,就在一刹间闪现。

槐树产苹果,外乡人总是不懂。但苹果红中透着水色,这般光艳,确是水土与阳光的格外恩赐。现代果园生产出来的是最原始的果子,"原始",意味着本真的回归。

到古周城去,看到的是斑驳的历史。历经数千年,城墙依然坚硬如初。更上一层楼,你会体验到生命的匆促与胸怀的舒展。天王望都阁,在风中静静矗立……摄影家们最看重这里,无论站在哪个角度,都有理想的画面呈现。这里的美景拍也拍不完!

岭乡的小村,处处都有淳朴的炊烟笼罩着。金灿灿的玉米收到了家,挂在树上、房子上。农民的诗情总是不经意表露,而我们,都是读者。檐下,朴实的诗行,凝结着汗水与追求。

大槐树,是这里的标志。葱葱茏茏,苍翠不减。千年风霜,怎蚀我将军风采!

高速公路穿山过岭而来,打破了西岭的宁静。从闭塞走向开放,梦想,早已飞翔……

南翔散记

到上海去，到南翔去。那里有我的朋友和师长。

小雨，花伞，老街。

小桥，流水，人家。

还有，庄重的寺庙，热情的乐队，惊喜的表情，飞扬的青春。

这一次，注定是命运中的心佛之旅。

佛说："前世 500 次的回眸，换来今世的一次擦肩而过。

前世 500 次的擦肩而过，换来今世的一次相遇。

前世 500 次的相遇，换来今世的一次相识。

前世 500 次的相识，换来今世的一次相知。

前世 500 次的相知，换来今世的一次相爱。"

就凭这几句，我对佛顶礼膜拜。

经历了不知多少个 500 年，我与虚幻中的朋友们天南地北汇集，彼此握住了温暖的手。

经历了不知多少个 500 年，竟与文坛大师们同室而聚，坦诚对话，真是恍若梦中。

中国寓言文学研究会的年会在云翔寺召开。古典与现代的融合，让这座寺庙充满活力和品位。寺内的安宁与寺外的喧闹，演绎着和谐的主题。九曲回廊的尽头，是承载文学与佛学的神秘殿堂。浪漫与哲思在这里奏响了智慧的华章。

云翔寺，需要一颗金灿灿的禅心来参悟。云影浮动，我心亦动。

檐角,清风徐来,铜铃轻语。殿内,香烟缭绕,经声阵阵。

寺门外,是一条古典风情的商业街。这里,南翔的小笼包子可是顶有名的,进得小店,古椅旧凳,雕花方桌,尽显老字号的魅力。热气弥漫中,来几笼包子,那薄薄的皮儿,嫩嫩的馅,回味悠长的味儿,那叫一个——绝!

街道边上,八角七级的双塔,东西相望,亭亭而峙,恰如一双热情的臂膀,拥抱着南来北往、行色匆匆的过客。两边的民居,尽显江南风韵。窗外阳台上,花儿在阳光下甜美地微笑着。我想,这种微笑,一定来自于家的温暖与祥瑞。那儿有一壶茶,淡淡的热气呵护着沉静的老人,追逐着奔跑的孩童……你来我往的街道上,一个不是风景的细节让我怦然心动。一个布满沧桑的中年汉子,蹬着一辆破旧的自行车,车前,是一簇簇红艳艳、光鲜鲜的山楂串。他在忙乱的交通中,显得格外扎眼。猛然间,我竟想到了自己的生活状态。

小桥、流水、人家,这惯有的江南美景,依然撩动我无穷的回味。桥,是眺望的台岸;水,是放飞的梦想;而家,则是永恒的港湾……在寺庙间穿行。一只黑白相间的猫,很淑女地望着我,似乎充满惊奇与敬畏。在这个世界上,她一定是第一次见到我。她没有想到我会给她带来精美的食物,连同一颗怜爱慈善的心。

住寺庙,吃斋饭,是平生的第一次,新奇而神秘。文学,在任何地方都显得那么和谐而庄重。

中国寓言文学研究会,这是一个温暖的大家庭,充满友谊与亲情。写书的人们,好在历史的天空中书写着关于自己的传奇。来自天南海北的精英们,又是那么的普通随和,以至于你走到街道上,看不出他们的身影。

三五天的相逢,是清丽的风景。带来的,是热切的期盼。

告别云翔寺,正是黎明,望着晨曦中的钟楼和鼓楼,竟默默地冒出一句——阿弥陀佛!

前世有约,今生再聚!

轻弹三则

(一)京城谭片

古城墙斑驳的躯体,巍然屹立着。搅拌有江米(糯米)和血腥的墙砖,与青铜浇铸同样沧桑的老树,以及被折断无数次臂膊的虬枝,都在传递着古今文明的信息。蹬三轮的老大爷,仰躺在历史的摇篮中。花白的胡子翘翘颤动,感受着现代残阳,逆光成一丛自由的剪影。看那些逗鸟遛狗打"太极"的爷儿几个,从容走过片段。护城河畔的草棵旁,再不用戴着口罩垂钓,全新的开始,在清澈透明的底蕴中东进、东进……

(二)拜谒韩文公

到这里写诗,是最愚蠢的事情,因为这里,长眠着诗的精灵。到这里不写诗,是最遗憾的事情,因为这里埋藏着诗的火种。到这里念诗,是最庄重的事情,因为这里,每个台阶都通向诗的天堂。到这里不念诗,是最寂寞的事情,因为这里,角角落落都有诗的回响。

倚靠太行,濯足黄河,望紫山麦浪,观人间万象。听,我这个伟大的老乡,轻吟成句,正表达着心中,圣洁的渴望!

（三）槐树下

烈日疯了，裸露出难以抑制的情感。电焊般炽白的光线，打败了一双双俊媚的俏眼和纱衣短裤的嫩白肌肤。一片片绿意，丰富着生活的色彩。无风自凉，感受心绪的荫蔽。还有，一棵古槐、一张石凳、一袋旱烟、一曲小唱，抑或一盘棋子、一壶浓茶、一种视觉、一种心境。

从钢筋水泥的热浪中逃出，享受土岭上的风情，对比出朴素的冲动，而那些皮肤黝黑的乡亲，用习惯性的亲近，温煦城里人，就像招呼自己的兄弟姊妹或儿女小辈。进村了，就到家了，歇歇吧，喝口冰凉的溪水，听听地道的乡音。夏天真好，乡下真好！

夜荷

（一）

倚靠弯月的竹椅，透过夜的面纱，静静感受你的神秘。清凉的心绪，难以抑制密密匝匝的绮丽。你是那么喜欢表露，从不刻意掩饰自己。我知道，水无言无语，你不会轻易沉寂，又一阵清风吹过，点缀的蛙声刚刚平息，你将绿色的魔棒高高挥起。那一刻，满池的绝色佳丽，共同演唱一首欢乐进行曲。沐浴绿色的旋律，你看到了我，我也看到了你，心潮涌动的对视，早有心灵的玄机。

（二）

黑暗中，心如止水，无声无息。投入地享受，这深沉的静谧。绽放的梦想，舒展青春的记忆。鼓荡的豪情，从不颓然放弃。偶尔几丝星光传来，照着我的红唇绿衣，一如远方的蛙鸣倏然而去。黄金时段里，尘世间所有的期待，似乎都会融入一体。当黎明的曙光呈现在天际，小小舞台上便会闪耀出一丛丛意料之中的所谓奇迹。虽然只是一片小小水塘，只因有了你，所以彰显出不凡的魅力。

（三）

叫醒桥畔的垂柳，叫醒林间的小鸟，叫醒草坪上的露珠，叫醒湖中间的睡莲，用晨练的步伐，用高亢的嗓音，用悠扬的琴声，用竹篙的划动。从幸福的甜睡中到美好的运动里，一切都荡漾着湖水的风韵。醒来，看看梦里和现实，哪一个更加精彩。

小城一瞥

（一）我的小城之春

透过烟花看城市，城市是如此繁华；锣鼓声里听城市，城市是如此喧嚣。在浓浓酒意中醒来，在一个阳光普照静悄悄的清晨，春天跃过墙角，伸出了纤嫩的枝条。她招手的当儿，腊梅正在明亮亮的窗外，散发着余香。小城，把少女窈窕的背影留下，让门前的小河荡起思念的涟漪。

(二) 小城晨曲

梦中,被一阵阵扑鼻的菜香揪醒。在透彻心扉的视线中,飞速地洗漱打扫穿衣吃饭。妻子娇柔的目光,正被朴素和忙乱装饰。随手丢下一句叮咛,各自骑上车子你南我北的上班去。行走在大街上,心情豁然开朗。昨夜的梦,已蒸发得荡然无存。公园里,舞刀弄剑吹拉弹唱的老人们,在尽情享受生活。一脸威严的警察兄弟站在警亭边,注视着如鱼如鸟的人群,肆无忌惮地用白手套擤着无法克制的鼻涕。回过头来,不时吹响尖利的哨子。

一群掂着破旧盘秤的小商贩,在集贸市场门口,高声叫卖黄河鲤鱼、岭尖苹果、平原大白菜。行色匆匆的人们,手上夹着油条牛奶或花花绿绿的什么食物,啃嚼吞咽着飞逝的时光。学校附近,围着一簇簇等待竞争的学生和正在同样迎考的家长们。6 月平凡的一天,在悠扬的晨钟里热烈地奔腾……

(三) 小吃一条街

县城的中心,有条街道,那是食客们的天堂。

弥漫的热气与小吃的浓香,赶跑了淡淡的睡意和透心彻肺的冰凉。包子、稀饭、羊肉泡,豆腐脑儿、炸油条,驴肉丸子、杂碎汤,八宝粥、肉盒子、鸡蛋饼,五光十色的诱惑正伸出臂膊,诚邀左顾右盼的眼神。这个招呼,那个迎上。来了!请坐!

质朴在锅中煮沸,微笑在小巷流淌。来一碗热情,端一笼歌唱,另加一碟浅浅的欲望。外乡人,醉醉地感受着清纯的民风,细细地品味着乡下的时尚，在滴滴答答的节拍中，小城的背影，被晨曦勾勒出金色希望。

（四）CHINA·瓷器

CHINA 译作中国，也译作瓷器。景德镇的 CHINA 在市场展销，无数 CHINA 人（即 CHINESE），发出欣赏的唏嘘。欣赏景德镇，欣赏 CHINA，CHINA 人为之骄傲欣喜。

CHINA 很尊贵，每一件都有绝美的工艺。CHINA 很神奇，每一样都有不凡的魅力。整齐的摊位，散发出灼人的气息。看看他，瞅瞅我，望望你，皱巴巴的西装可是名牌呢。口袋中整叠的钞票甩出，买上几件，购上一批，看看咱 CHINA 人的神气，看看咱富裕起来的 CHINA 农民。

（五）小城之梦

岭是我的别墅，湖是我的泳池，滩是我的牧场，田是我的花圃。我的，是我的么？怎么会是我的？怎么不是我的？爱你，我的小城；爱你，我的大家庭。多少年，我在你身边穿梭奔忙。多少年，我在你面前引亢歌唱。尽管还有贫穷，尽管还有伤痛，尽管还有污染，尽管还有旧梦，在我的笔下，你诉说着沧桑，在我的心中，你奔涌着激情。是的，家乡！是你的，也是我的。爱家、护家、创造家，一起来，共同行动吧！

这块土地上生长智慧，也生长愚昧，生长欢乐，也生长伤悲。家乡，就是这样普通，也是这样可爱。时时处处给我们幻想，给我们力量。

有块石头会怕痒

几吨重的石头，像个巨人一样地矗立着。十几个精壮小伙儿一齐发力，这个"石爷爷"，严肃地叉着腰，纹丝不动瞪着你。一个手无缚鸡之力的学生娃跑过来："都闪开，看我的！"他伸出一根小食指，轻轻一"挠"，石爷爷忍不住抿着嘴摇晃起身子。

人们说，这就是鲁班爷留下的"怕痒石"。不对，是"仙人石"！这仙石灵验着呢，谁的孩子闹夜了，谁的家人生病了，谁的事情不顺了，到"仙人石"前面，烧炷香、祈个愿，保你百忧全消。

科学家说："谁说咱们中国老百姓不懂得罗曼蒂克？高深的物理学地质学、冰冷生硬的石块，他们只用三个简单的汉字，就诠注了一切。他们用一根小小的手指头比划一下，就让这块从山顶上栽下又掉到另一块石头上的奇巧石，吸引了全世界的目光。

第六辑　指点江山,欲说还休

平凡的光芒

写下这个题目,难免让那些壮志凌云、追求卓越之士嗤然发笑。

是啊,如今这年代,群雄竞技、百舸争流,谁还会相信"平平淡淡才是真"？但并不糊涂的洒家也要辩上几句。平凡不是平庸,不是无能,不是革命斗志衰退,更不是阿 Q 式自慰。平凡是对浮躁的一种抗击,是对焦虑劳累的缓冲,有时也是一种豁然释达的境界。

有人说,激励一个人奋斗不止的动力来自于权力、财富和荣誉。这在各方面都得到了或是得到了一部分,就会显得不平凡。事实也确是如此,有权有势有钱有地位有声望,谁不羡慕,这是多少人梦寐以求的事情呀。然而,追求之路何其漫长,上下求索何其艰辛。伟大不了,也要说几句伟大的话过过瘾,也要想法子冒充伟大。骨子里却特别的困惑、苦闷,闹腾来闹腾去,真正手捧鲜花、笑傲江湖的寥寥无几。身力交瘁、伤痕累累的比比皆是。

前一段看《焦作日报》，读到一篇《坐"奔驰"吃烩面》的小故事。主人公王在富是号称"中原第一村"河南省武陟县西陶镇西滑封村的支书，可谓声名赫赫、功成名就，但他出去办事，不摆谱不要大，家常便饭一吃了之，他的平凡行动无时无刻不闪耀共产党人的熠熠光芒。

身边的党员干部如此平凡，国外的名人雅士也毫不逊色。约翰·纳什是普林斯顿大学的教授，他曾因荣获诺贝尔经济学奖而享誉全球，更因为有了一部再现他生活经历的影片《美丽心灵》而几乎妇孺皆知。这位可敬可爱的老人在北京接受记者采访时，讲了一个让人难以忘怀的生活小事。他很实在地说："我穿的这双鞋子是 10 年前买的，就是'Made in china'，是中国生产的，非常结实，质量很好，一直穿到现在还很好。但是我不知道它是中国哪家公司生产的。"这种平凡，比那些动辄玩名牌要派头的所谓不凡人士相比，不知道要让人敬佩多少倍！

平凡地生活，平凡地做人，平静地审视自己，认真而潇洒地工作生活，不好高骛远，不攀比计较，不眼高手低，踏实地追求，在不事张扬中前行，这是多么不同凡响的境界呀。天生一副不太好的嗓子，我就平凡地歌唱，不奢望当歌唱家，只是喜欢而已；天生一副大身板，我就平凡地运动，不奢望做健美教练，只是快乐而已；天生一个倔脾气，我就平凡地写作，不奢望成名成家，只是一吐为快而已……看，远离烦恼，平凡多好，这正是平凡的光芒！

人生加减法

冰心老人说："人生从 80 岁开始。"一个 80 岁的数学家在被记者问到年龄时回答说："我还年轻，才 2 乘 40 岁。"这是他们保持作品年轻和身体年轻的重要法宝，也是他们能够影响别人的魅力所在。试想，谁愿和一个老态龙钟、毫无生气的人在一起呢，近朱者赤，近墨者黑，近老者暮。

和旧日学友在一起吃饭聊天时，大家都有一个体会："学生时代，看到一个 40 岁左右的人就感到他们已经很衰老了，可现在我们已入不惑之年，我们从来都认为自己很年轻，其实不知迟暮已临。"这是心态不正的表现。再过几十年，街头熙熙攘攘的人们或许已换了一茬，谁知归宿何处。死亡，是每个人都必须面对的问题，伟人英雄也概莫能外，何况我等凡夫。既然如此，为什么不以积极的心态好好活着呢。

人生有两种方式，一种是腐朽，一种是燃烧，恰似厨间煤火的表现。煤火的两种生存方式，一是窝囊地耗费自己，不能完全燃烧，二是适度放开自己，火热一把。同样的燃烧时间，但结果完全不同，你选择哪一种？我曾遇到三件很堵心的事情。这三件事情都源于接送我的小女儿(大儿子是脑瘫，常年生活不能自理)上下学。一次周五，我在学校门口接女儿下学，有个发广告传单的漂亮小姑娘对我笑了笑，然后递给我一张彩色宣传单。我看看，是周末英语学习的家长与学生互动班，我就问地址在哪儿，她说在华鑫宾馆一楼会议中心，我问了问其他情况。她笑着说："到时候最好让孩子的爸爸妈妈和她一起去。"我忙,问:"为什么?"她劝我说:"别误会,不是不让你们当爷爷奶奶的去,只是那样不便于沟通。当然,您老人家如有兴趣,我们也欢迎。"我很生气,一扭头带着女儿走开了。女儿没听明白,就追问我,我问:"爸爸看起来像一个老爷爷吗?""长相嘛,有点像,就是年龄太小了。"我听后,大笑,总算有些不小的安慰。日日所忙,不知己长。男人原来和女人一样,都害怕苍老呀。

又一次,还是接女儿下学。学校门口有许多小摊点,女儿要吃五毛钱一个的葱花肉饼,许多小朋友围成了一大堆,都在等着。就我一个大人站在外边,那个老大嫂很关照我,对那些你挤我扛的小朋友们说:"孩子们,先给这个老爷爷好吗? 老师在学校里教育你们尊老爱幼,对吗?"大家都稀稀拉拉不情愿地说:"对。"而我除了"谢谢"之外,什么也说不出来。

还有一次,我去银行办理存款手续,一个保险公司的业务员在边上开导我:"您老有退休工资,这点儿钱又不急着用,不如买保险吧。"我挺奇怪地看着她,一句话也没说。

这三件事情使我心里平添了好多"小石头",疙里疙瘩的,怎么想怎么别扭。我把这些事情说给妻子听,她大笑说:"我给你讲个笑话吧。以前,有个高中生搭公交车上学去,在车上遇到一个老头。老头问这个高中生:'老哥,你上哪儿去?'高中生撇他一眼,不满地回答:'到一中去!''噢,你原来去看儿子呀。不是我多嘴,您老结婚可真够晚的,孩子才上高中呀?'你说说人家长得老相不老相?"妻子说罢,自己哈哈大笑起来,我忍不住也笑了起来。妻子进一步宽慰我:"刚到新小区居住时,别人见我就叫阿姨,现在,下一代都有了,我就荣升老姨妈了,你呢,也从叔叔升格为老爷爷了。这就是人生的规律。人生如梦,真是没有错说。我们再也不必感叹,这就叫'前不见古人,后不见来者，念天地之悠悠，独怆然而涕下。'伤感总是难免的。哈哈……"

　　后来我也在想，要使自己心中处处开满鲜花，办法还是有的。一是加强修养，自己调整好自己的心态；二是自己多注意仪容仪表(时常提醒自己："我这小伙一点儿都不差嘛，挺帅的。"时时让自己充满自信。女儿也曾和我开玩笑说："爸爸，你天天勤刮胡子就年轻多了，就像哥哥了。")；三是多与年轻人在一起，汲取青春的力量，和他们一起工作玩乐，让氛围感染自己，忘记自己的年龄；四是多向别人宣传年轻的体会，自己感动自己。把假的年轻说成真的，把伤感赶走，让快乐占据。俗话不是说，假话说一百遍，就成了真理吗。还有，对外加强宣传，达到"众口铄金"的功效。在这方面，没什么可自责的。善意的欺骗是一种技巧，更是一种美德。又比如，中国有句古话叫："好男人两头哄。"都知道婆媳关系不好处，毕竟不是亲生的，当丈夫的都可以用小欺骗的方式让对方感受到浓浓的关爱，即使被识破了，大家都会体谅你的良苦用心，反而会更爱你。

　　人生一如直线，从来有去无回，在人生的道路上，我碰到大家，说了这番话，目的是让大家在快乐。心情上多使用加法，在年龄感觉上多使用减法，希望能给您以启示和好处。

无奈的长寿

生活中有许多无奈,即便是好事。

一位老人生活在偏僻穷困的小山村,他今年108岁。记者跋山涉水找到他,讨教长寿的秘诀。老人想了好久,始终也没有想出个所以然。记者有点着急了,就想方设法引导他。比如多吃素食、勤于锻炼、保持心情舒畅等等。但老人忽有顿悟,语出惊人:"贫穷,对,贫穷使我长寿!"因为贫穷,他不得不在房前屋后开垦荒地自食其力;因为贫穷,他不得不节衣缩食保持多年如一的生活习惯;因为贫穷,他不得不步行数十里到集市换取生活用品;因为贫穷,他不得不每天自唱自和排遣寂寞。贫穷给予他生存的力量,贫穷给予他活着的激情,贫穷让他不得不长寿。有人说,老天给予每个人的总量都是平等的。富贵者常有富贵之疾,贫困者往往有长寿之躯。因贫穷而长寿,这也许是深刻的人生哲理之一吧。

这种哲理也深深印刻在我们的工作和生活中。记得有一次,市委市政府组织召开一个专题会议,席间讲到学习问题,一位领导同志讲:"人都是有惰性的,主动学习、挤时间学习、把学习当成乐趣的人虽然有,但不占绝大多数,我们的学习一定还要有点强制性。有时候,强制是最好的学习方法。考试是一种强制,解决难题是一种强制,形成浓厚氛围也是一种强制。"

仔细想想,不无道理,生活工作中的许多"被迫"往往成就了我们。干秘书工作多年,我们的兴趣是相对狭窄的,主动学习的机会也不是

很多。许多的学习就是得益于不同程度的强迫。来了任务,我们不得
不深入学习;接触新生事物,我们不得不加强学习;受到了挫折,我们
不得不反思学习。在这些强迫中,我们学到了更多的知识,接受了更
多的观念,形成了更多的思维,这也促进了我们个人的不断进步。

长寿来自于强迫,进步来自于强迫。但平时,我们常常没有人去
感念这种无奈的赐予。这种并不让人欣赏的赐予,使我们距离成功越
来越近。这时的无奈,意味着有情。

"百代文宗"识英才

韩愈是杰出的"散文大师"和具有重要影响的诗人,为后世留下了
许多千古佳作,他在中国乃至世界文化思想领域都占有举足轻重的地
位。2007 年,在"世界读书日"之前,新浪网读书频道与贝塔斯曼书友
会联合举办了"当代读者最喜爱的 100 位华语作家"全国总评选活动。
评选对象为 2500 年以来最受读者欢迎的华语作家,涵盖诗歌、散文、
寓言、剧作、小说等各个领域,韩愈在综合评选位列第六,足见其影响
之深远。在对韩愈的研究中,专门提及韩愈寓言的并不多,其实,他的
寓言创作构思精妙、不拘一格、寓庄于谐,同样开启了唐宋寓言文学创
作的新高潮,他的寓言作品和散文作品一样,"奋不顾流俗,犯笑侮",
"卓然树立,成一家言"(《新唐书》卷一百七十六本传)。对后人也产
生了巨大的影响,堪称"一代寓言大师"。

韩愈的寓言作品具有三大特点:一是故事性极强,寓深刻道理于
生动形象之中。二是篇幅短小精悍,形式灵活多样。三是语言简练而

不呆板,古朴艰深而又文采飞扬。我国现代著名作家、文学评论家郑振铎先生曾在《寓言的复兴》一文中说:"韩愈、柳宗元诸作家,似亦颇有意于著作寓言。"并谈及韩柳二人笔锋犀利,发人深省,从不同角度讽刺和鞭挞着社会的黑暗、吏治的腐败、人间的丑陋,使人们从中明辨是非,受到启迪。这说明韩愈在我国寓言创作和发展中的功绩是不可磨灭的。韩愈的寓言文学在国外同样受到推崇。奥地利作家弗兰兹·卡夫卡(Franz Kafka)是 20 世纪著名的德语体寓言文学家、小说家。他别开生面的寓言文学创作手法,令 20 世纪各个写作流派纷纷追认为先驱和楷模。(为纪念这位独一无二的作家,1983 年发现的小行星3412 以"卡夫卡"来命名。日本作家村上春树爱读卡夫卡的作品,他的一本书名字就叫《海边的卡夫卡》。)而当代拉美最受世人尊敬的作家、阿根廷著名作家波尔赫士(Jorge Luis Borges)是首个将卡夫卡小说译为西班牙文的人,他在一篇文章《Kafka y sus precursores》中替卡夫卡追宗认祖,说中国的韩愈就是其写作技法方面的第二位先驱(第一位是古希腊的芝诺)和导师。后经翻译家王永年先生考证和研究,得知波尔赫士倍加赞赏的是韩愈的寓言故事《获麟解》。(《南方周末》,舒建华 2000 年 06 月 30 日。)由此,韩愈寓言在国际上的影响可见一斑。更令人称道的是,韩愈在寓言创作中从不同角度、不同层次、不同环境,深刻阐述并形成了较为系统完善的人才观,这些观点对后世同样产生了深刻而积极的影响。作者试通过韩愈的《马说》(即《杂说四》)《获麟解》《龙说》(即《杂说一》)《毛颖传》等寓言文学经典作品进行初步探讨。

韩愈的《龙说》《获麟解》《马说》,都是兼具议论体的寓言故事,《毛颖传》是传记体的寓言故事。《龙说》以龙为喻,《获麟解》以麟为喻,而《马说》以伯乐识马的故事,批评执政者昏黯庸碌,不能根据各自特长对待人才。闻名遐迩的《毛颖传》则是煞有介事地为毛笔作传,述说人才遭受遗弃之苦闷。这几则寓言,意思是比较隐晦的,中心思想的表现很曲折,但有一个共同的主题,那就是"树立正确的人才观"。

　　韩愈寓言文学表现的人才观之一:倡导慧眼识才。基于中唐时期人才大量被埋没、浪费、摧残的社会实际,韩愈倡导统治者要突破传统世俗,确立新的人才观,善于发现和挖掘人才。这在他的众所周知的寓言作品《马说》和《获麟解》中都得到了充分体现。他在《马说》中写到"世有伯乐,然后有千里马。千里马常有,而伯乐不常有。故虽有名马,只辱于奴隶人之手,骈死于槽枥之间,不以千里称也"。以千里马比喻在野的智士仁人,以伯乐比喻当权的达官显贵,从而深刻阐明了一个道理,即:必须先有能够识别千里马的人,然后才能在成千上万的马匹中鉴别出日行千里的良驹宝马。否则,即便有了这种好马,也等同于没有,因为"玉在璞中无人识,剖开方知世上珍"。他的《获麟解》也表达了同样的观点。曾国藩评论这篇文章时说:"麟,自况也。"并说,韩昌黎就是在述己不见知之意,与《马说》异曲同工也。《获麟解》的主要内容说的是,麒麟是灵兽,这是十分明显的事,在《诗经》咏颂着它,《春秋》里记载着它,它还出现在众多的杂记、传记之类的书中。连妇女和小孩都知道它是吉祥的象征。但是麒麟虽然是吉祥的象征,但是不能养在家里,天下也不常见。麒麟的外形也不为人所辨识,(它的外形)不像马、狗、猪、豺、狼、麋鹿。既然这样,虽然有麒麟出现在人间,一般人也不知道这是麒麟。看到它的角,就以为它是牛;看到它的鬃毛,就以为它是马;看到它像狗、猪、豺狼、麋鹿,就以为它是狗、猪、豺狼、麋鹿。不能辨识麒麟,则看见麒麟的时候,说它是不祥之物也可以。虽然,麒麟出现之时,天下一定有圣人在。圣人就一定能够辨识麒麟。麒麟果然不是不祥之物。有人说:"麒麟之所以是麒麟,是因为它注重的是德行而不是外表。如果麒麟出现在圣人不在的时候，那么麒麟不被人所知道，被视为不祥之物也是理所当然的。他文中写到"麟之所以为麟者，以德不以形。若麟之出不待圣人，则谓之不祥也亦宜。"麒麟之所以是麒麟，是因为它注重的是德行而不是外表。如果麒麟出现在圣人不在的时候，那么麒麟不被人所知道，被视为不祥之物和异端怪物也是理所当然的。实际上是把人才比喻为麒麟这种不常见的灵物，提醒当权者、用人者对人才要有敏锐的、全面的识别能力。历史上，韩愈本人既是慧眼鉴才的倡导者，又是积极的实践者。他先后发现并举荐了牛僧孺、孟郊、贾岛、李贺、卢仝、刘叉等人，还形成了赫赫有名的"韩孟诗派"，使之在中国文化思想领域均有一席之位。

　　韩愈寓言文学表现的人才观之二：倡导善待人才。发现人才之后，如何善待人才，如何使用人才，韩愈在其寓言文学作品中也有着独到的见解。他在《马说》中写到"马之千里者，一食或尽粟一石"，"策之不以其道，食之不能尽其材，鸣之而不能通其意"。在韩愈看来，执政者发现千里马之后，要全面了解，正确使用，不能因世俗偏见、种族、地域或乡土亲情、个人好恶等其他因素，就弃置、压抑、埋没，以至于摧残人才。正所谓策必以其道，食必尽其食，鸣必通其意。否则就会出现"且欲与常马等不可得，安求其能千里也"的后果。韩愈的《龙说》是《马说》的姊妹篇，也对人才之用给予深刻演绎。他在寓言里说，龙吐出的气形成云，云本来不比龙灵异。但是龙乘着这股云气，可以在茫茫的太空中四处遨游，接近日月，遮蔽它的光芒，震撼起雷电，变化神奇莫测，雨水降落在大地，使得山谷沉沦。这云也是很神奇灵异的呀！云，是龙的能力使它有灵异的。至于龙的灵异，却不是云的能力使它这样子的。但是龙没有云，就不能显示出它的灵异。失去它所凭借的云，实在是不行的啊。多么奇怪啊，龙所凭借依靠的，正是它自己造成的云。《周易》说："云跟随着龙。"那么既然叫做龙，就应该有云跟随着它啊！

韩愈的这篇寓言故事中以龙喻圣君，以云喻贤臣，借"龙嘘气成云"，然后"乘是气，茫洋穷乎玄间"，但是"然龙弗得云，无以神其灵矣"。旨在通过阐述龙与云的辩证关系，寓意当政者要正确处理好和各种人才之间的关系，为人才充分发挥作用营造一个宽松的环境，搭建一个良好的平台。

韩愈寓言文学表现的人才观之三：倡导才尽其用。才尽其用，让人才充分发挥其作用，这是韩愈最有特点的人才利用思想。韩愈认为，在王朝中兴、国家亟需大量人才而政府各部门"咸不足其官"的形势下，执政者一方面要多方搜罗人才，另一方面应尽可能地让那些行将致仕的年长官员继续留在朝廷，发挥其余热，而不是让他们"船到码头车到站"，只当当"顾问"、做做"参考"，或成为"过期粮票"。他有一篇奇文《毛颖传》，是根据秦朝名将蒙恬改制毛笔的传说而写就的。毛颖，即指用兔毛所制的笔。寓言开端写毛颖的诞生，再写其劳苦功高和对秦始皇的忠心："自结绳之代以及秦事，无不纂录；阴阳、卜筮、占相、医方、族氏、山经、地志、字书、图画、九流百家、天人之书，及至浮图、老子、外国之说，皆所详悉；又通于当代之务，官府簿书，市井货钱注记，唯上所使。"最后却因"老而秃""不中书"，被秦始皇遗弃。寓言以人格化毛颖的遭遇揭露了统治者"赏不酬劳，以老见疏"的冷酷无情的社会现实。柳宗元读后即"甚奇其书，恐世人非之"，便作《读韩愈所著毛颖传后题》赞道："凡古今是非六艺百家，大细穿穴用而不遗者，毛颖之功也。韩子穷古书，好斯文，嘉颖之能尽其意，故奋而为之传，以发其郁积，而学者得以励，其有益于世欤！"虽是为毛颖所作的传记，却处处关合人事人才，实际上是写了一个壮而见用、老而见疏的士人。

当其有用时，"累拜中书令，与上益狎，上尝呼为中书君。上亲决事，以衡石自程，虽宫人不得立左右，独颖与执烛者常侍。上休方罢。"一旦衰老，则被弃而不用。秦代对毛颖的少恩寡义，正是类比唐代对士人的少恩寡义。这里流露出韩愈一贯地痛惜人才不尽其用的思想。

　　韩愈之所以写出如此多的寓言故事来讲人才问题，这与他本人的人生经历也有一定关系。他"7 岁读书，13 岁能文，从独孤及、梁肃之徒学习，究心古训，20 岁赴长安应进士试，三试不第。25 岁登进士第，然后三试博学鸿词不入选，便先后赴汴州董晋、徐州张建封两节度使幕府任职，后至京师，官四门博士，36 岁任监察御史"，可谓时运不济、命运多舛，满腹才华屡屡得不到展示，他自然十分苦恼。但好在他不甘寂寞，是一个善于自我推销的人，他相信是金子总会发光，是锥子必能显露。他写过一篇《应科目时与人书》。大意是说，某月某日，韩愈再拜（书信用语，表示自谦）说：天池的边上，大江的水边，传说有怪物存在，大概不是平常鱼类水兽等动物可以比得上的。它得了水，就能呼风唤雨，上天下地都很容易。如果得不到水，也就是寻常所见的那种形状，不用广阔险峻的高山土丘就能把它困住。然而它在没有水的时候，不能自己造出水来。它们十次有八九次被宾獭（一般的水兽）之流嘲笑。如果碰到有力量的人，可怜它们的窘境而把它们运输转移（到有水的地方），只不过是举手之劳。但是这种怪物，抱负和一般东西不同，它会说："就算烂死在沙泥里，我也高兴。如果俯首帖耳，摇尾乞怜，不是我的志向。"因此有能力帮它的人遇到它们，熟视无睹，就像没看见一般。它的死活，我们也无从知道了。如今又有一个有能力的人走到它的面前，姑且试着抬头鸣叫一声（因为有能力的人已经对它们习惯视而不见了）。哪里能料定有力量的人不会哀怜它的困窘而忘记一抬手、一动脚的辛劳，将它转运到碧清的波涛之中呢？别人可怜它，是它的命。别人不可怜它；也是它的命。知道生死有命还鸣号求助的，也是它的命。我(韩愈)现在确实有点类似于它，所以不顾自己的浅陋，而写下这些话，希望阁下您垂怜并理解我!

由上可见，韩愈的几篇寓言经典作品均与人才有关。《马说》《获麟解》主要阐述的是如何发现人才、鉴别人才的观点，《龙说》主要阐述的是如何使用人才、珍惜人才的观点，而《毛颖传》则是阐述如何一以贯之地尊重人才、善待人才的观点。韩愈通过寓言作品的创作，在一千多年前就形成了一个较为成熟、完整的"善识才"、"会用才"、"真爱才"的人才观思想体系。这些思想不仅丰富了人才理论，而且对于当代如何合理选拔人才、充分发挥人才的作用有着重要的启示和借鉴意义。

韩愈寓言借鉴之一：要形成发现人才的良好机制。当前社会评价人才的标准几乎集中地体现在对学历、学位与社会地位的追捧上，客观上将相当一部分具有创新能力的人才排斥在外，这种单纯以学历(学位)和地位为本位的人才评价体系不利于人才的选拔使用。韩愈在《获麟解》中写到"然麟之为物，不畜于家，不恒有于天下。其为形也不类，非若为马牛犬豕豺狼麋鹿然。"旨在说明人才有多种多样，有忠诚可靠之才，有多才多艺之才，有巧言善辩之才，有舞文弄墨之才，有锋芒外露之才，如此等等，不一而足，不能用一个标准去衡量。因此，要建立完善以能力和业绩为重点的人才评价机制。要坚持德才兼备原则，把品德、知识、能力和业绩作为衡量人才的主要标准，逐步形成重能力、重业绩、重职业信誉的人才评价体系，真正做到不唯学历，不唯职称，不唯资历，不唯身份。要建立完善以公开、平等、竞争、择优为导向的选拔机制。竞争出活力，竞争出人才。伯乐相马固然能选中良才，但也难免受识人范围的局限和相马水平的制约。赛场选马有利于扩大选人范围,有利于公平竞争,有利于优秀人才脱颖而出。要增强透明度和公信力,进一步完善公开招考、招聘、竞争上岗等措施,变单纯的"领导点将"为"领导点将"与"制度选人"相结合,变单纯的"伯乐相马"为"伯乐相马"与"赛场选马"相结合。

韩愈寓言借鉴之二:要掌握使用人才的方法。发现人才是人力开发建设的基础和保证。不仅要善于发现人才,更要善于使用人才。善用人才,除了要使人才各得其所,得到合理使用外,还要对人才有所宽容,有所扶持,有所鼓励。首先,不能苛求人才。领导者给新手安排工作,应当有所交待,要扶上马,还要送一程。如果新手偶尔做错一件事,就一棍子将其永远打入冷宫,不复重用,哪里还会有什么人才可言?领导者应从爱护人才的角度出发,加以批评、纠正,不可一味苛求。有些有才者不拘小节,甚至狂放不羁,领导者更当以宽厚之心待之,并要对其多加引导。否则正如韩愈所言"是马也,虽有千里之能,食不饱,力不足","执策而临之曰:天下无马。"其次,充分肯定人才。千方百计给人才搭建发挥聪明才智的舞台,使他们有施展才华、发挥潜力、开拓创新的机会,帮助他们实现劳动成果向生产力、战斗力的转化,充分肯定他们在本岗位和本领域的社会地位和主要成果,实行"赏识激励"和"奖掖激励",这样才能激发人才的成就感、自豪感和责任感。

韩愈寓言借鉴之三:要营造尊重人才的环境。尊重人才,就要努力为他们创造良好的工作环境和生活环境,不仅要重视他们的知识更新与智力开发,为他们提出供不断学习培训和成长的机会,而且要不断改善他们的生活和工作条件,为他们创造轻松和谐的人际关系氛围,使他们感到有信心、有奔头,也有依靠。尊重人才,就要尊重他的自身特点和正当权利。既尊重他们的优点,也包容他们的缺点。对成绩不夸大,有问题不护短,宽严相济,客观对待,既不能"捧杀",也不能

"棒杀"。尊重人才,就要一以贯之善待人才,才尽其用。由于各种原因,人才总会度过辉煌时期,并且逐渐相对暗淡下来。这时我们不能冷落、淡忘,更不能有挖苦、讽刺之辞,而应该多一点安慰爱心,多一点体贴关怀,努力为他们提供畅所欲言的机会,认真听取他们的意见和建议,充分发挥他们的参谋和咨询作用。

1200多年前,韩愈就通过寓言创作阐释了独树一帜的人才观。1200年后的今天,我们更应该大力弘扬韩愈文化,继承并创新韩愈的人才观,在科学发展观的视野下,去重新审视我们的人才观,解放思想,开阔思路,充分认识到人才的多样性、多层次性和相对性等特点,让最活跃的因素最大限度地活跃起来,让每个人的聪明才智最大限度地激发出来,真正做到人尽其才,才尽其用,为和谐社会建设作出积极贡献。如上,便是韩愈寓言文学对后世的深远影响和深刻启迪。

你在等待什么

《经济日报》近日刊发署名文章,报道了贵州省新近发生的两件让舆论为之哗然的事情:一是北京专家针对贵州名牌太少(只有一个国家级名牌产品)的状况,主动上门服务,热心开出"药方";二是贵阳市召开培育"中国名牌"座谈会,所邀企业没有一个"掌门人"愿意参会。"一热一冷"令人深思。

这种官方积极"牵线",专家热心"会诊",企业无意"强体"的现象在我们的一些地方也不乏其例。去年,某县针对名牌奇缺、档次不高的实际,及时提出了"名牌培育和发展5年规划"。但时至今日,进度并不理想。职能部门急得上火,不少企业漠然置之。还有一例。前段时间,有个县举办企业可持续发展专题报告会,邀请经济专家为企业号脉问诊,建言献策。但企业的冷漠表现却让人大出意外。通知30多家企业参会,仅有十几家报到。到会的企业中有不少人员是奉命前去捧场应景的,企业领导和管理人员寥寥无几。咨询会上,无话可问,无言以对,沉默使双方都颇为尴尬。

这种现象不仅企业存在,部分机关团体、事业单位和职能部门中也不同程度存在着。近期,几个部门组织一批素质较高的干部外出参观学习、招商引资。学习归来,谈及感受,不少人一言蔽之:"比不了,更学不了!"结果是"只激动、不行动",掏了路费,交了学费,看了热闹,没看门道,学习归来"四大皆空"。非但如此,一些单位贯彻市里的重大决策,"一看二慢三通过",看看别人怎么干,等等时机再动手;布置过的事情,只要没人问、没人催,在个别部门就没人管、没人干;正在做的工作,也有一些干部是只图过得去,不求过得硬。这种"光说不动,说说动动,说也不动"的现象必须引起我们的足够重视。

我们的一些机关干部和企业管理者究竟在等待什么?说白了,是在等机遇、等政策、等别人施舍。机构可能要变动,等等吧;干部可能要调整,等等吧;上级可能要出台扶持政策,等等吧;外地可能要拿出现成经验,等等吧;"枪打出头鸟""木秀于林,风必摧之",何必自讨苦吃,等等吧……于是就仰着脖子等天上掉馅饼,躲在后边等别人趟"雷区"。"任凭风浪起,稳坐钓鱼船""工作围困万千重,我自岿然不动"。就这么坐等良机,"守株待兔",孰不知时机如白驹过隙,一次次与我们擦肩而过。想到一个哲理故事:某人信奉上帝,总埋怨上帝不青睐自己。一次突发洪水,天上飞过飞机,河面漂过木头,远处传来信号,树上挂着救生圈,他无动于衷,在等待上帝救他,结果被淹死了。到了天堂，他问上帝："我那么崇敬您，关键时候您为什么不救我？"上帝说："我已经派去了飞机、木头、救生圈和救你的人，你难道没看到吗？"道理其实就这么简单。等待，也能导致悲哀；等待，也会产生障碍。等待的理由很多，但结果却基本相似：停滞、后退或坐以待毙。

等待，是观念陈旧、思想保守的体现，也是制约发展的主要因素之一。我们现在有什么、缺什么？ 不少人说，我们有人、有人才，但是缺资源、缺资金、缺大项目、缺快节奏。由此看来，人才似乎是唯一的优势。如果所谓的"人才"都在等待观望，都在故步自封，都在唯我独尊，我们真的什么优势也没有了。说到底，我们最缺乏的是一种精神、一股劲头、一种动力、一种工作状态。这些缺陷远远不能令群众满意，与当前的发展形势也格格不入。我们常讲，"不进则退，小进也是退"，这绝不是空话，而是实实在在的警示。

要克服本领恐慌，进行学习革命，我们不能等待；要忠诚负责，做到令出必行，我们不能等待；要破除狭隘思想，立志干事创业，我们不能等待。等待就是退让，退让就是落伍，落伍就无位次。越等越被动，越等困难就越多，成本就越大。发展等不来，前途等不来。我们没有任何理由养尊处优，没有任何借口徘徊不前，没有任何权力原地踏步。

不等不靠，我们做什么？ 要鼓劲、抢争、夺冠。人活精气神，干事业更应一鼓作气、凝心聚力。要"巩固好基础，争创新优势，再上新台阶"，首要问题是鼓足干劲。要深刻认识到机遇的暂存性、共有性和事业的紧迫性，运足气力，大步快跑，自觉学习新知识、掌握新本领，以积极进取、蓬勃向上的精神，展示新风采，激发新活力。有道是，两军相争勇者胜。目前，发展区域经济已成为强大动力，各地明争暗赛，你追我赶，呈百舸争流之势。不抢，就难以领先；不争，就不会进步。要争时间，争速度，抢天时，夺地利，把竞争的氛围造起来，把竞争的优势显出来,争出水平,抢出业绩,开创发展的新局面。要常想"怎样争第一",要反思"为什么不是第一"。要做就做最好、最大、最强,要敢于当老大,当拳头,当领头雁。要在环境建设上争一流,在团队建设上争一流,要当行业的第一、区域的第一、全国的第一,让孟州成为发达的孟州、繁荣的孟州、协调发展的孟州、孟州人引以为自豪的孟州。

我们欣喜地看到,"等而论道"的人正越来越少,起而奋争的正不断增多。这是发展的前奏,是辉煌的基石。

莫等待,珍惜好时光;快行动,打造新形象。

有心浇花花更艳

——致文友余途

有人抱怨生活的平淡,有人感叹生活的无奈,有人诉说生活的艰辛,也有人在品味生活的乐趣。

生活本身就是一部寓言。

在有心人的世界里,这样的生活充满芳香。

余途就是这样一个有心人。

他的寓言精短而充满哲思,他的身影在书中穿梭跳跃。

"我是余途,余途不是我,于是有余途寓言。"

其实,余途就是我,就是我们,他的所思所想所言所悟,都让我们在产生着共鸣。

一个个小小的闪光,串成了智慧的珍珠,让我不觉眼前一亮。小故事大智慧,小寓言大启发,诚如斯。

我不认识余途,但我通过文字的交流,懂得了他的深刻,了解了他的通俗,感知了他的风格。

作品无大小,打动人就是大作品。

硬要找点不足的话,感觉是,有个别故事已有点儿老生常谈,如《半杯牛奶》《助残日》。因是研讨,就什么都说了,毕竟是寓坛一家人,对与错,我想不会有人介意的。

收到余途签赠的《余途不多余》,正是"五一"那天,品读着散发着墨香的文字;体味着作家的辛勤劳作,深受启迪与教益,草草写下几点感受,并预祝余途作品网络研讨会圆满成功!

借此,感谢中国寓言文学研究会,让我通过寓言这座金色桥梁,结识了许多寓坛大家,也结识了一大批优秀的寓言文学作家和评论家。中国寓言文学研究会,有活动,有人气,有影响,有希望。我为自己成为其中一员而骄傲。

故乡小菜园

近来,到一些乡村搞调研,看到许多群众房前屋后的小菜园、小花园、小竹园、小游园、小果园,收拾得整整齐齐、干干净净,别有一番乡土气息,让人赏心悦目。

陪同的乡干部说:"群众对新农村建设积极性很高,我们在环境卫生的规划建设方面因势利导,遵从群众意愿,不搞一律化,不用强制命令,收到了百花齐放、各具特色的良好效果。"此前,笔者听到外地一些农村因为搞环境卫生整治,上级命令农户统一拔除家家户户门前的小菜园、小花园,群众有意见,引发了不稳定因素,个别地方甚至动用了警力,被戏称为"拔苗运动"。"一引一拔",看到的是新农村建设的不同效果。

农民惜土如金,有节约用地的好习惯,在房前屋后的空闲地上种植些花草、蔬菜或小杂果,一来可以美化家园,二来可以用活土地,三来可以方便自己,四来可以创收致富,五来可以净化空气。别看"小",环保效益、经济效益、社会效益尽在其中,因而这已成为农村的一大亮景。还有些农民在这小小舞台上做出了大文章,不光种黄瓜、西红柿、茄子、豆角这些"家常菜",还开发了香菜、茴香、花椒、苦菊、粘玉米,培育了茄子秧、辣椒秧、红薯苗,一年下来有不少的收入。但在种植过程中,许多农民只讲究"实用",喜欢因陋就简,不讲究美观,缺乏管理,导致荒草丛生,乱搭乱扯。更有甚者将此作为藏污纳垢之处,滋生了不少蚊蝇小虫,这显然与新农村建设是格格不入的,需要进一步规范治理,但这并不是说一拆了之、一毁了之,我们可以发动群众通过科学修剪、适当垒砌、合理搭架等方式,对小花园、小菜园、小竹园、小游园、小果园进行美容处理,让农村居住环境真正绿起来、美起来、靓起来,成为新农村的一大看点。

浇地新时尚

长期生活在农村,对农民的种种艰辛比较了解。

比如浇地,田垄的长短和地块面积的大小,直接影响着浇灌的质量。一垄田,短的有三五分,长的一亩多,甚至于面积会更大。浇地前首先要平整田地，地段长的还要分段浇灌，即便如此，在浇灌中还是难免这儿跑水，那儿打口。烈日炎炎下浇地还是好的，最让人发怵的就是夜里轮到自家浇地。水泵在几百米以外，隔着密密匝匝的庄稼，经常会遇到处理不了的事情，这时就得掂着泥腿两头飞跑，或者动用好几个人分兵把口，你喊我叫的，真是难受，用农民的话说"太折腾人了"。

　　近期又到村里去，感到乡亲们"时尚"多了。浇地时，脖子上挂个精致的遥控器，一边欣赏音乐一边干活，遇到情况，随时随地都可以轻松地开机、关机。收秋时节，也不用钻在玉米地里经受闷热痛痒之苦了，一台收获机过去，既收了玉米棒，又让秸秆还了田。至于小块地，开不进大机械的，有专用小三轮收获。拉到场地上稍一晾晒，再用大锨往脱粒机中一倒，很快就变成了黄澄澄的玉米粒。想把粮食搁放到楼台上，用一台上料机，不费吹灰之力就解决到位。如今，农民连花生收获机、大豆收获机也用上了，农民兄弟腰酸腿疼的历史一去不返了。到了做饭时间，灶台上飘动着淡蓝色的火苗，户户都用上了集中供应的沼气；夜色来临，明晃晃的电灯暗淡了天上的繁星，那是太阳能蓄电池提供的能源。村干部也同样生活得自在，腰间别着一个手机大小的"对讲机"，需要上情下达动用村里的"喉舌"（高音喇叭）时，轻轻点一下按钮，随时随地可以"发号施令"，被村干部戏称为"星级享受"。

　　小到遥控器、新灶具，大到收获机、太阳能，还有方便实用的手机"农信通"，科技改变着农民的生活，为他们带来了越来越多的福音。这些科技，虽然说不上什么高科技，但是实用、实在、实际，用着舒心、放心、开心。有用的，农民就说是最好的。让科技改变农民的生活，引领农民的生活，最重要的是让他们掌握实用科学技能，在生产生活中直接受益，建立科学、文明、健康的生产和生活方式。在我的家乡河南省孟州市的广大农村,目前正在深入推行"科技富村""文化富农"计划,科技网络实现了"村村通",党员远程教育网、乡村农民夜校、村级综合服务中心、科技之家等,正成为一个个科技信息的辐射源,各种先进适用技术像阳光一样,普照着广大农民。

科技,是第一生产力。科技,就是力量。愿新科技为更多的新农村、新农民,带来更多新活力、新实惠!

书记的小皮尺

贵州某公司的老总到河南省孟州市的一家工厂考察项目。在厂门前,他看到一个人正拿着皮卷尺认真丈量着道路两边花池之间的距离,便随口问一句:"他在做什么?"陪同人员说:"这是我们办事处的党工委书记,我们也不清楚他在做什么。"老总感到很新奇,便停下来了解情况。原来,书记到厂里走访,发现花池间的路宽只有 5 米,货车通行很紧张,就拿皮尺拉了拉,建议厂家把花池各后退两米,将道路改造成 9 米,以确保货物进出方便。这家公司的老总点点头走了。中午吃饭的时候他忽然宣布说:"我们初步决定在孟州投资,这里的干部连企业的细微末节都能考虑得如此周到,我们还有什么不放心的!"一个月后,这家公司总投资 2 亿元的项目正式与孟州签约。小细节折射大精神,小事情产生大效益。一件小事,一个基层领导干的"小活",让人欣喜地看到了良好的干部作风。

最近有网上调查说,企业目前最大的投资风险是基层官员的作风和诚信风险。这虽然只是反映了部分现象,但的确值得人们深思。现在有些干部，官不大、派不小，惯于说大话，不屑干小活，动辄谋大局、谈长远，有胸怀天下的气魄，而无脚踏实地的行动，让人敬而远之。有道是，一屋不扫何以扫天下。大事干不来，小事又不干，当干部的干不好事、干不成事，怎么能让群众信服？从某种意义上讲，干部作风也是生产力，也是效益。因此，领导干部勿以善小而不为，要乐于"干小活"，善于从干小活中解决大问题，从干小活中发现大思路，大处着眼、小处落脚，这本身也是一种能力的体现。愿所有干部真正从"书记拉皮尺"这个小故事中获得启示。

学会休息

列宁同志说：谁不会休息，谁就不会工作。

我却感到，"谁不会工作，谁就不会休息。"

工作是一种快乐，是一种寄托，是一种体现价值的技巧，也是一种成就事业的法则。

谁不会工作，谁就缺乏收获；谁不会工作，谁就耗费体魄。

身体是革命的本钱，不会工作的人总是拿自己的身体做无谓的牺牲。有人习惯加班加点，习惯埋头苦干，把工作当作一项任务，把完成任务当作终极目标；有人对所从事的职业心存不满，牢骚满腹，把工作当作一件包袱，把甩掉包袱当作努力方向；还有的说，工作就是干活儿嘛，谋生的手段而已，不给钱，谁干呀，我就喜欢让小鞭子溜着。这样的工作，怎么会不累，这样的工作，怎么会愉悦？

学会工作，是一种能力的体现。其实，你根本不必累着。累有两种,一是心累,二是休累。往往是二者相互作用,让人对工作失去兴趣,失去信心希望,甚至走入绝望。

学会工作,要学会调整心态。把工作当作享乐,把工作的过程当作施展才华的过程,积极投身工作,激情创造工作,而绝不是疲疲沓沓、消极怠工;学会工作,要善于运用智慧。工作不是苦力,不是压抑,它有规律可循,有捷径可走,先动脑再动手,先用心再用力,工作自然就会轻松起来;学会工作,要多方获取帮助。一个好汉三个帮。一个人能力再强,纯铁能打几个钉?听听大家意见,汲取多方营养,凝聚众人力量,你会做得更好。

工作着是快乐的,工作着是幸福的。

不会工作自然不会休息,不会休息怎能创造业绩?

戏说才子

"你太有才了。"这是时下最普遍最时髦的吹捧方式。就好比,见了男人就叫帅哥,见了女人就叫美女一样。

有没有才,自己心里先要有个谱。不能经别人一夸,就飘飘欲仙。才自何来?一靠天生,二靠自用。岂不闻,是神都有把打蝇刷,是瓦砾也能够垫桌腿?老天给你的,你不用,等于没有,才又何来?老天给我三分,我倍加珍惜,反复砥砺,三三即得九,九九八十一,局限之才又迅速膨胀升值,小才变为大才,此乃大幸。恰似一把宝剑,不用则锈迹斑斑,黯然失色,常舞则锋芒毕露,光焰四射。

湖南岳麓书院有副对联,"惟楚有才,于斯为盛"。我说现在得改一改，就是"天下有才，用则成才"。人尽其才，才尽其用，多挖掘、多发现、多嫁接、多衍生，才源滚滚来，才俊创伟业。反之，才不尽然，便生腐朽，关在笼子里，放在房间里，闲置山洞中，才美不外现，焉有人知，何才之有？

天生我材我必用，才到用时方恨少；天生我材我必用，用到佳处始称才。

不挣"黑"钱

据《焦作日报》报道，曾被列入"中国十大污染城市"之一的河南省焦作市，前段时间，果断拒绝了一个投资几十亿元的纺织印染项目，原因是经过考察论证，环境总容量达不到要求，最后只得忍痛割爱。市领导明确表示：只要环保不过关，项目再大也不引，我们坚决不挣带"黑"的钱。

不挣带"黑"的钱，有着深层次意义，值得称道。

不挣带"黑"的钱，体现了正确的价值取向。素有"中原煤城"之称的焦作市，大项目并不多，企业缺少"豪华"阵容，2005年，焦作市销售收入超过50亿元的工业企业还没有一家，河南省百户重点企业中，焦作没有一家进入前10名。对于一个资源枯竭型城市来说，要加快发展，迫切需要大项目支撑，面对众多主动上门的客商，他们清醒地认识到自己经济发展的"软肋"，没有追求"挖到篮子里就是菜"，对每一个投资项目都认真考察，先由各级环保部门论证认定，确定为无污染项目才进行洽谈，断然拒绝污染项目落地生根，提出要做保护环境的有为之人，不做污染环境的负罪之辈，他们在生态环保的前提下，正在逐步改变目前"月亮不多星星多"的局面，形成"月亮"和"星星"相得益彰的"众星捧月"景象。这是一种切合自身实际的发展方向和价值取向。

不挣带"黑"的钱，体现了科学发展观。2004年，焦作市"黑榜有名"后，对当地刺激很大，市长还向全市人民道了歉，并称要坚决遏制大气污染和水污染。他们不为失败找理由，出台了"环保第一行政许可权制度"，严格落实对县市区政府主要领导环保实绩考核办法，对招引污染项目的领导"打板子""摘帽子"，坚决杜绝新上污染项目，严把污染源头关，并开展了治理污染的"飓风行动"，关闭了一批重污染企业，淘汰了一批落后生产工艺和设施。从回应群众呼声治理污染、停建大型污染项目，到主动拒绝污染项目进入，这是深入落实科学发展观的具体体现。

不挣带"黑"的钱，体现了贯彻中央精神的决心和力度。现在环境保护已经不仅仅是经济问题，还是重要的政治和社会问题。目前，我国经济总量已经达到18万亿，排在世界第4位，而1978年只有3100亿，用高速发展来形容一点儿也不为过，但快速发展在一定程度上也付出了环境的成本、资源的成本、社会的成本，付出了巨大的代价，党中央现在提出要科学发展、又好又快发展，不再仅仅强调发展是硬道理，不再仅仅强调GDP的增长，环境保护也成为发展的重要内容之一，科学发展观在"十七大"也将列入党章，成为总揽全局的指导思想。在这种大形势下，任何地方如果还是一味地盲目地发展，把巨大的环境压力带给社会，这是坚决不允许的。就焦作而言，近两年通过深入贯彻中央精神，得到了迅猛发展，已冲出环保"围城"，获得了"焦作山水""焦作现象""焦作模式""世界杰出旅游服务品牌"等众多"名片"，实现了从"黑色印象"到"绿色主题"的大转折，成为中原崛起的重要力量。"焦作经济转型经验"被编入普通高中地理课程标准实验教科书，旅游业发展的"焦作现象"入编《旅游绿皮书》。

我们欣喜地看到，不挣带"黑"的钱，已广泛达成共识。河南省8个省辖市主要领导亲自挂帅，认真接待群众关于环境问题的上访，广泛倾听基层的意见建议。全国许多地方也正在刮起环境治理风暴，社会各界齐上阵，真正用壮士断腕的决心，强力进行治污。前段时间太湖污染问题对国内国际影响很大，群众吃水都成了问题。江苏省委认识到，如果还是只注重发展，忽略环境保护，那绝不是小康社会。提出宁肯使GDP降低几个百分点，也要下决心确保环境治理达标，他们推出了"铁腕治太"的一系列重要措施，目前已经沿太湖流域关掉上千家企业。从今年起，江苏省还将大幅压缩太湖围网养殖面积，让苏南传统的大闸蟹养殖业为太湖环境治理让路。

古人讲："畏天知命，协和共荣。"以往，在安全生产方面，我们提出"不出带血的煤，不挣带血的钱"；现在，在环境保护方面，我们要叫响"不挣带'黑'的钱"这个口号。愿不挣带"黑"的钱，成为我们最庄重的承诺，最现实的选择，最有效的工作。

质疑"第一"

一些单位在汇报工作、介绍情况或总结表彰时，对取得的成绩和收到的效果喜欢用"第一"来表述，什么"世界第一""全国同行业第一""全省第一家""全市第一个""位居第一""跻身第一"，等等，有些更干脆更含糊,直接总结为"获得了x个全国全省第一"。其实,这许多的"第一"是经不起检验和考究的。

诸多"第一",有的是想象猜测、自标自封的,有的是虚张声势、夸大其词的,有的是模糊概念、以偏概全的,还有的是子虚乌有、主观臆造的。不管哪一种,目的只有两个:一是为了鼓舞士气,为今后发展营造所谓的氛围;二是为了给单位领导的脸上贴金,博得上级好评。但事实上,不管出于何种目的,如果用真正的"第一"来总结工作,自然是多多益善,值得提倡,但如果靠虚假"第一"哗众取宠,不仅起不到应有效果,还会适得其反。

创造"第一"很重要,但请千万别掺假。

当当"眼子"又何妨

河南人幽默,管精明刁钻、别人奈何不得的人叫"光棍",管老实憨厚、常遭精明人捉弄的人叫"眼子"。在道是:"太行山上往下看,黑黑压压一大片,老'眼子'弄怕了,小'眼子'长大了。"可见,"眼子"是一个不小的群体,而"光棍"似乎是凤毛麟角。生活中,有些人总想当"光棍",不愿做"眼子"。其实呢,"光棍"并不光彩,而"眼子"却备受人们称道。

首先,请想想看,生活中的"光棍"都是些什么人?"眼子"又是些什么人?横行霸道、打打杀杀,没人敢沾惹的痞子谓之"光棍";做事情循规蹈矩、不越雷池、知错自纠的"老实疙瘩"谓之"眼子"。不干工作、无视领导、不服管教的"圈中野马"谓之"光棍";踏踏实实、乐于奉献、不怕吃亏的实干者谓之"眼子"。善耍手腕、以权压人、四面树威的领导谓之"光棍";诚恳待人、不计名利、热心补台的干部谓之"眼子"……于是，人们惯于在"光棍"前面放上一个"臭"字。东西臭了，为人所不齿；人的名声"臭"了，大伙都厌而远之。请问，"兴棍"又有什么好处呢？还不如做一个受人尊重的"眼子"呢。

再说，"光棍"又是怎么来的？无外乎两点：一是自己"闯光棍"，二是别人"抬举"。前者违法乱纪，目空一切，将自己的所谓"威信"建立在损人利己的基础上，一时得意，终有一天会翻船落水。后者虽然有一些人"抬举"，但事出有因，往往是抬举得越高，摔得越狠。这样的例子生活中还少吗？俗话说得好，"光棍"大，"眼子"架；"眼子"不架，塌了架。要知道，生活工作中没有哪个人是成心当"眼子"、当支架的，只不过是为了一时的平静而委曲求全罢了(这便是"眼子"的悲哀)。

话又说回来，如果有人把忠厚老实的人当作"眼子"的话，说明他的人生观、价值观确实有问题。当当这样的"眼子"又有何妨？况且事物都是辩证的，"光棍"往往就是"眼子"，而"眼子"往往又是"光棍"。人们常说，机关算尽不精明，"憨人"总有憨福气。其实这种现象并非偶然，就好比一支笛子，看是浑身的"眼子"，却又是个实实在在的"光棍"。"眼子"多了，才能吹奏出真正动听美妙的乐曲。愿这样的"眼子"多一些！

三八二十三

弟兄两个一同外出卖豆腐，入市不久，弟弟的货物被抢购一空，而哥哥的却迟迟难销。哥哥疑惑不解地问："咱们俩同样的豆腐，你的怎么就卖得那么快，我的怎么就没人要呢？"弟弟笑笑，一语道破天机：

"三八二十三，人人说俺憨，憨人卖完了，精人还在担。可呀，做生意可千万别学得那么精明，要学会装傻才行啊。你看我，算账时总让自己吃点小亏，看似不会做生意，却把生意做成了。而您却总是锱铢必较，一点儿小利也舍不得让给人家，谁还去买你的账呢？"哥哥听了以后十分惭愧。

这是流传在我们这一带的民间笑话。谈笑之余，我们又该作何感想呢？客观地说，弟弟的销售方式迎合了一部分顾客的心理，摸透了消费者的意图，生意自然就会货畅其流了。当然，我们并不是提倡经营者都去装憨卖傻故意算错账，而是从中领悟到一些营销的艺术。譬如做商品介绍，经营者往往满嘴都是漂亮话，天花乱坠，惊涛拍岸，梨花带雨，惊世骇俗。唯恐别人不了解、不信任，不自动掏出自己的腰包。而有些经营者却"傻呆呆"地指出自己商品的不足之处，以期得到顾客的理解和支持。这种先抑后扬的做法往往取得了成功。

如今，漫步街头，商业门店随处可见，个体摊位比比皆是。瞅过来看过去，经营者似乎都是一副精明练达的面孔，给人一种"买他的东西难免吃亏上当"的感觉，于是乎，购物者勇气顿消。任你追着拉着推销，他再也不会回头。

看看吧，这些经营者缺乏的是什么？正是良好的经营理念和高超的销售艺术。他们中的一些人往往对此不以为然，认为卖东西不过就是你要我取的举手之劳，或者认为是吹吹拍拍、哄哄骗骗、把东西甩出去就完事了，对其中的学问却熟视无睹，不屑一顾，经致于"一窍不得，少挣一百。"

马克思在《资本论》中强调，从商品到货币的交易是"惊险的一跃"，这个跳跃如果不成功，摔坏的不是商品，但一定是商品所有者。这惊险的一跃，使得商品生产者要么"上天堂"，要么"下地狱"。当然现在社会分工越来越发达，越来越精细，折腾的不再是单一的生产者，而是一群拴在产业链条上的"蚂蚱"。对此，商品营销者更应深思才对。

乌贼·黑手·网

乌贼有种伎俩，为了躲避捉拿，往往把8只脚攒入口中，连嘴也藏在肚子下，然后施放"烟幕弹"，遮住自己的身体，它以为自己很精明，孰不知渔人技高一筹，大网撒向"墨水"处，稳稳当当就将这厮"捉拿归案"。聪明反被聪明误，这正是乌贼的悲哀。

最近读报刊，有一个短文让我产生了同感。说是年近六旬的张某在任一家钢铁公司常务副总经理和另一家钢铁集团公司经理两职期间，频频伸出黑手，贪污受贿一百多万元，待查的还有200多万元和部分贵重物品。但他平时却极会伪装自己，工作勤勤恳恳，每天一大早就步行赶到办公室，经常戴上安全帽到车间里转悠。在职工大会上，他也总是慷慨陈词，并宣称："谁砸企业的饭碗就先砸谁的饭碗，谁损害企业的利益就坚决和谁作斗争！"如此公仆，谁会相信他在胡来，谁会相信他在砸企业的饭碗、损害企业的利益？以至于案发后，职工们还非常吃惊："我们鼓掌（拥护）的手还麻着呢，人就被抓了。"

大凡贪官，在没有被发现之前，一般都是比较善于伪装、善于隐藏、善于粉饰自己的。这样的案例真是数不胜数。海南省文昌市原市委书记谢明中勇于开拓创新，一度以"百年一遇好书记"闻名乡里；原公安部部长助理郑少东、原重庆司法局长文强等人，更是曾经的打黑英雄;还有,被"破烂工""捡"出来的贪官——原郑州市委副书记、纪委书记王治业;被骗子"骗"出来的贪官——原保定市委书记王昆山;被小偷"偷"出来的贪官——原长顺县政协副主席、计划局局长胡方瑜;被算命先生"算"出来的贪官——原巴东县科技局党组书记、局长谭军,等等。广西壮族自治区原常务副主席刘知炳,因受贿罪被判有期徒刑 15 年。他是披着"廉洁"外衣的腐败"高手",平时衣着朴实,不讲排场,没有架子,总摆出一副体恤下级的谦和态度,同上下级的关系也处理得不错,关于他违纪违法的举报不多。吉林省原省委副秘书长、白山市委书记王纯在现出"原形"之前,一直被人们当成"好干部"。曾是全国人大代表的他,给人的印象是严格自律,容易亲近,穿着朴素,不吸烟喝酒,不上娱乐场所。陕西省某市公安局原局长范太民,经常脚穿解放胶鞋,身背绿色挎包,被人们称为"挎包局长",他小心掩盖受贿行贿,蒙蔽他人,因窃贼多次光顾而露出嘴脸,被判处有期徒刑 10 年。

不过,更典型的还是"临终反腐"的李真。自称"河北第一秘"的原河北省国税局局长李真,是一个带有"传奇"色彩的贪官。他平时注意树立廉洁形象,下乡吃工作餐还要给钱。在反思自己走向毁灭的根源时说:"当前官场上突出的弊害是吏治腐败和结党营私,两者相辅相成,互为渗透,不仅在党内产生了极坏的影响,而且也严重地败坏了社会风气,如不断然采取有效措施严加整治,无疑会成为我们党在前进道路上的极大危险和严重阻碍。"从李真就任省委办公厅秘书到被任命为省国家税务局副局长、党组副书记的 7 年间,他利用职务之便,大肆索取收受他人财物,共计折合人民币 814 万余元;伙同他人侵吞中国东方租赁公司河北办事处人民币、中兴电子有限公司和尼瓦利斯有限公司股份,共计折合人民币 2967 万多元,李真从中分得财物共计折合人民币 270 万余元。其涉案犯罪数额之巨大，居建国以来河北党政领导干部贪污受贿犯罪数额之冠。

安徽省原副省长王怀忠更是技高一筹。精通官场权谋，自诩"泽中蛟龙"。他做人的原则是"宁愿我负天下人，不让天下人负我"，"台上大谈廉，台下死要钱"。他贪污腐败，功力深厚，机关算尽，斗智狡辩。案发后他心目中活命的"底线"是 1000 万元，为了使法院认定的犯罪数额不超过 1000 万元，他出尔反尔，把亲笔供词当场撕掉，还诬陷办案人员刑讯逼供，声称"历史将证明我这是最大的冤案"。虽然他拒不认罪，但公诉机关用 76 本卷宗无可辩驳的事实，还是将王怀忠案办成了铁案。而事实上，他成了继胡长清、成克杰之后，我国改革开放以来第三个被处以极刑的省部级以上腐败高官，由此留下的政绩遗祸同样转嫁到了百姓头上。"狡猾的狐狸难逃好猎手"，再善于伪装的腐败分子，终究难逃人民的惩处。

纵观以上"大家""名角"，与小小乌贼有极为相似之处。他们为了自己的切身利益，往往挖空心思，竭力伪装，处处给人以假象，以求欺骗世人、蒙混过关。但是他们的保全措施又常常是一叶障目，欲盖弥彰，显得幼稚可笑。有道是"要想人不知，除非己莫为。"既然做了亏心事，厉鬼就会找上门。毕竟，纸里是包不住火的。心里有愧，心态总会失衡，再去过分粉饰，岂非"此地无银三百两"？因而，奉劝社会上那些手段高明的不法之徒，"手莫伸，伸手必被捉。"不管你如何乔装打扮，终难逃过法网恢恢。

"灰色服务"当休矣

《新民晚报》载,湛江一些酒家为了给公款吃喝者提供便利条件,别出心裁地推出了一项新的服务项目:公车一到酒家门口处,侍者马上过来"接应",用特制牌子挡住车号,或是用大车罩将车体整体罩上,帮助吃公者"遮羞"。

如此酒家,可谓脑筋活络,用心良苦。只可惜用歪了劲儿,服务得出了格,成了人所不齿的"灰色服务"。

按说,服务行业搞优质服务是分内职责,也是获取更大利益的主要手段之一。但若为一己之利,而去开拓一些社会效益不高或很差的业务,做有悖常理之事,那就未免有些太过分了。众所周知,公款吃喝是腐败的一条"主枝",在群众中影响极坏,此风不杀后患无穷。而湛江的那些精明的店老板,却为了一点儿小利益却去违背大道义,对腐败是不是有点儿推波助澜、助纣为虐的味道? 这样周到热情的服务,看似优质,实则暗伏危机,与糖衣炮弹式的"三陪服务"在实质上确有殊途同归之嫌。早闻山东青岛市有一个从事饮食行业的青年个体户,为呼吁良好的社会风气,在饭店开业之际,赫然悬出了"吃公者戒"的大牌子,一时传为美谈。一个"低调"遮牌,一个"高调"挂牌,两"牌"相比,何其鲜明!

其实,无论从事哪种行业,赚钱的路子都很多,关键看你怎么去赚。堂堂正正干事业,赚到手的是金子;投机取巧钻空子,捞到兜的是粪土。不知各位怎么看?

跋:平凡的歌者

颜欣凯

很久没有河南作家白水平的消息了,不知道他这段时间又在忙些什么。在众多文友中,他是给我留下较为深刻印象的。尽管自己年龄比他大了30多岁,尽管我们没有生活在同一个城市,尽管自己刚刚大病初愈,尽管我们仅算作一面之交,但闲下来的时候,对一些朋友的想念还不时萦绕在心,我还不时会想到他。近日,他打来电话,说有文稿想让看看,我打开电脑,收到了他发来的电子邮件,非常高兴。相互间又谈天说地,讲了各自近况。我们兴致勃勃地聊了许多,感触最多的是世相百态的冲击以及社会舞台上亲情友情与金钱物欲的交织碰撞。

交谈中,我了解到,在分别后的两年多时间里,他依旧像海面上的一叶小船,漂来泊去,先后"南征北战"换了4个工作单位,了解到他的患有重度脑瘫、生活完全不能自理的孩子的状况,还了解到他又写了书稿《你在等待什么》准备出版。他想让帮忙看看,我很高兴地答应了。同时我也在想,他在行政机关、事业单位和集体企业工作多年,而今已年过不惑,对文学还保持着这样的温度,的确难能可贵。如今,文学创作的道路越来越寂寞,但总有那么一些人就是那么的纯粹。一种寻求内心所向往、真正幸福的写作,一种在追求人性光辉下的、关于生存、青春、幸福、梦想的写作,就这么一直在喧哗的文化市场边缘默默而孤独地坚持着。在这群怀抱纯真的文学信念、坚持复坚持的寻觅团体中,白水平就是其中的一个。

其实我和白水平的交往并不是很多,但相互之间却非常投缘。我们的相识始于汕头金海湾大酒店,当时,他陪同市领导到广东来参加文化旅游节,经朋友介绍,我们有了一些接触和了解。因为志趣相投,相互之间全没有年龄的隔阂,散文、小说、地方风俗、社会环境、城市风貌、个人家庭等等,想到什么聊什么,交谈很随便,也很愉快。本想留他在汕头多住几日，无奈他有公务在身，又要到福建泉州去，日程已作出安排，我只好作罢。此后，我们又通过几次电话，相互寄了各自的作品和新出版的书，相互之间进一步加强了了解。我知道他在孟州市委做秘书工作，平时文字材料和外事活动很多，工作很忙，也很辛苦，没有轻易给他去电话。他平时的电话也不是很多。但是不管路途有多么遥远，平时联系有多少，不管周围环境发生了怎样的变化，我们的心总是那么亲近，也许正是志趣相投的缘故吧。

他嘱我写一篇跋。我欣然应允，这是他对我的信任和尊重。因为身体原因，对他的文章我不能一一拜读，但从林林总总的文稿中，从坦诚豁达的交流中，从他丰富的人生经历中，从我对他以前作品的了解上，我完全相信，他的创作是富有责任心的，他的字里行间是充满激情的，他的作品是经得起时间考验和历史检验的。

生活冲动带来浪漫主义的激情。经济唯上、物欲横流的时代，作为一个作家，不仅要保持心灵和创造的双重平静，固守自己纯真的精神家园，同时还要高度关注生命本真的存在。白水平的文章植根于生活，善于从庸常平淡中发现美的闪光。因此，读他的文章，只会感受到生活的芳香气息，而没有空中楼阁的虚幻感觉；只会有受积极思想启迪的兴奋舒畅，而没有受无病呻吟传染的低沉郁闷。拜读白水平的散文，更多的是感动，是愉悦，是对他人品的敬仰。我从内心里为有这样一位才华横溢而又不事张扬的文艺界朋友感到幸运和骄傲。

秋去冬至，落叶飘飞。季节在更迭，时空在变换。面对伟大的时代、火热的生活，白水平正如一个不事张扬、平凡冷静的歌者，一步步迈向成熟和成功，这也是作为忘年交朋友所期待和盼望的。

是为跋。祝朋友再有力作、再续新篇！

2010 年 11 月